JN076371

新訳 ペスト

Daniel Defoe

A Journal of the Plague Year

ダニエル・デフォー

中山宥 訳

興陽館

新訳ペスト

A JOURNAL OF THE PLAGUE YEAR

Daniel Defoe

目次

17世紀のロンドン市の地図

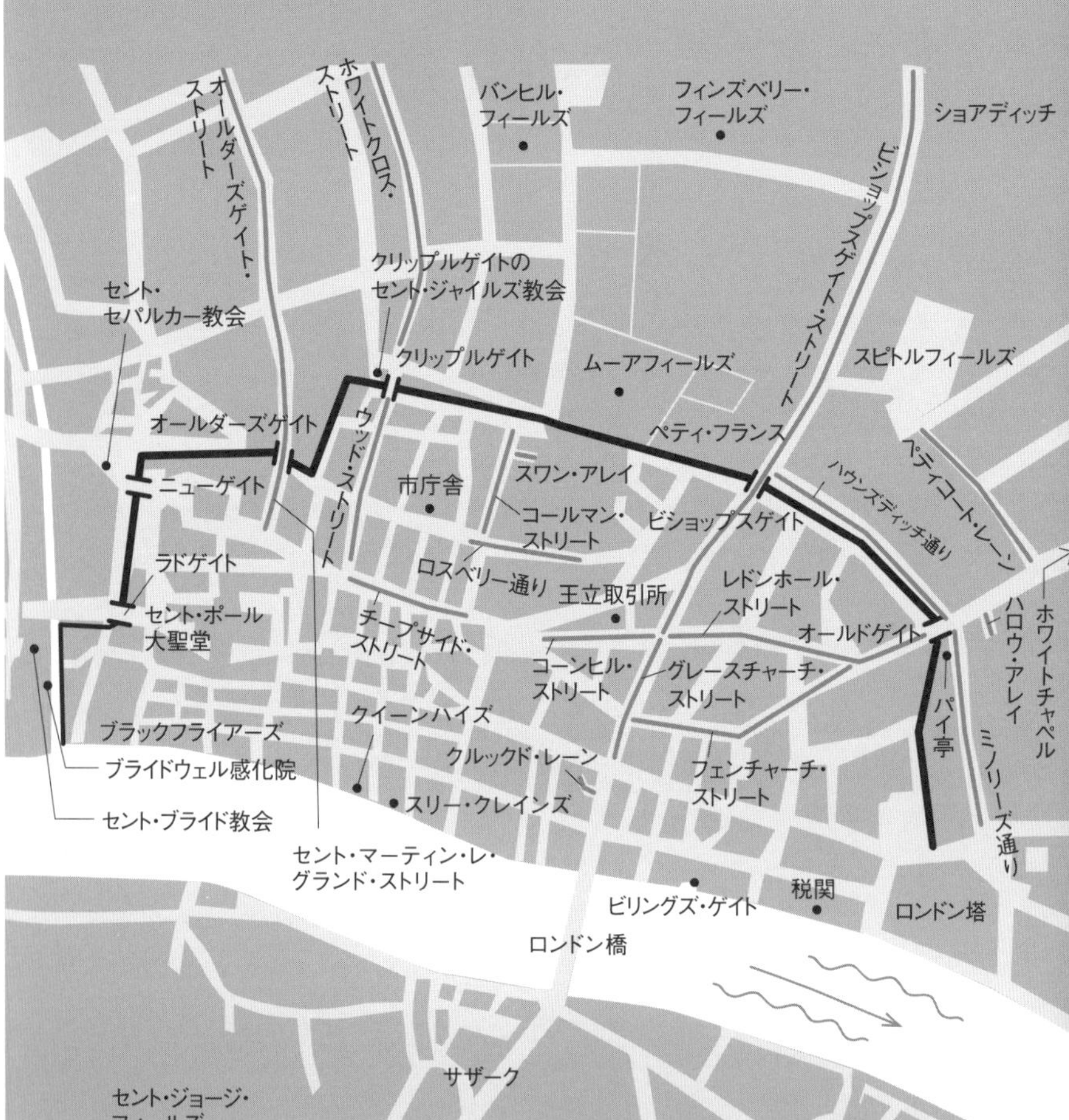

市街地（シティ）を囲む防御壁

★ ペストの発生地

地図は以下のサイトを参照し、作成した。
https://faculty.humanities.uci.edu/bjbecker/PlaguesandPeople/lecture12.html

17世紀の
ロンドン広域地図
ハイゲイト
↑ウォルサムストウ、エンフィールドに至る
ホーンジーに至る
スタンフォード・ヒル
ハックニー
セント・キャサリンズ
ボウ
ブロムリー
ステップニー
ロンドン
シティ
市街地
シャドウェル
ライムハウス
ラトクリフ
ポプラー
プール水域
ブラックウォール
ニューイントン
ロザーハイズ
テムズ川
ウォッピング
デットフォード
グリニッジ
↓エセックスに至る
地図は以下のサイトを参照し、作成した。
https://www.gutenberg.org/files/17221/17221-h/17221-h.htm
ホルボーン
セント・アンドルー教会
セント・ジャイルズ・
イン・ザ・フィールズ教会
ペストの
発生地
ドルリー・レーン
ロング・エイカー
セント・クレメント
・デインズ教会
テンプル
（二つの法学院）
セント・マーティン・イン・ザ・
フィールズ教会
テムズ川
ホワイトホール宮殿
セント・ジェイムズ宮殿
ウエストミンスター
ウエストミンスター寺院

あれは一六六四年、九月の初めごろだったと思う。

近所の人たちとの何げない世間話のなかに、不吉な話題が交じりだした。オランダでまたペストが流行し始めているらしい、と。

じつはその前の年、オランダではペストが猛威を振るい、とくにアムステルダムとロッテルダムに大きな被害をもたらした。病気のもとはイタリアから伝わったのだと言う人もいれば、地中海の東岸、おそらくトルコあたりから帰ってきた船が輸入品といっしょに持ち込んだのだろうと言う人もいた。

クレタ島のカンディアからではないか、いや、キプロスからではないか、と憶測は入り乱れた。ただ、「オランダが、ペスト流行の第二波に呑み込まれつつある」という点では、どの話も一致していた。

当時はまだ、事実や噂を広く知らせるための新聞は存在しない。人類のあらたな発明や発見によって苦境を打開することもできなかった。後日の世界とは違う。

新しい情報は、国外と手紙をやり取りする貿易商人などを通じて入り、あとは口伝えで広まるだけだ。現在のように国内じゅうにすぐ行きわたるわけではなかった。もっとも、政府はいち早く実情を把握し、感染拡大の防止をめざして協議を重ねていたらしいが、すべて極秘とされていた。そのせいで、一般市民のあいだでは、ペスト再流行の話題は立ち消えになった。自分には無関係として忘れ始め、たぶん偽情報だったのだろうと楽観した。

ところが、その年の一一月の終わりか一二月の初めのことだ。フランス人とみられるふたりの男性が、ロング・エイカー、つまりドルリー・レーンという大通りの北端を左へ折れたあたりで、ペストによって死亡した。家族はこの事実を隠そうとしたものの、近所に漏れ、やがて州務長官の耳に入った。

真相を確認するため、内科医二名と外科医一名がその家へ出向いて検死を行なった。結果、遺体の明らかな特徴から、ともに「死因はペストである」とおおやけに判断が下された。ただちに教区委員を通じて市庁舎に報告が届き、各教区の死者数を知らせる死亡週報には、素っ気なくこう記された。

ペスト死　二
感染教区　一

これを見た人々は不安を覚えた。追い打ちをかけるように、一二月の最後の週になって、同じ家、同じ症状で、男性がさらに一名死亡。警戒心がロンドン市内全域を覆い始めた。とはいえ、そのあと六週間ほどは平穏に過ぎて、感染症による死者はひとりも出なかった。「疫病神は去ったらしい」とささやく声もあった。

ところが翌年、たしか二月一二日だったと思う。同じ症状でまたひとり死者が出た。同じ教区内の、こんどは別の家だった。にわかに、ロンドンの北西端に位置するセント・ジャイルズ教区に注目が集まった。死亡週報によると、その教区における埋葬数は明らかにふだんより多い。

世間に疑念が漂いだした。じつはその界隈ではもう感染が広がって、多数の死者が出ているのではないか。にもかかわらず、ばれないようにひた隠しにされているのではないか……。人々は、仕事上やむを得ない場合を除いて、ドルリー・レーンなどの周辺道路を避けるようになった。

平常なら、セント・ジャイルズ教区における週あたりの埋葬者は一二人から一七人。その西のホルボーンという地域内にあるセント・アンドルー教区では一二人から一九人。いつも決まってその程度だ。ところが、セント・ジャイルズ教区でペストが発生して以来、埋葬者の多さが目立ってきた。たとえば――

一月二四日〜三一日
セント・ジャイルズ　二四
セント・アンドルー　一五

一月三一日〜二月七日
セント・ジャイルズ　二一
セント・アンドルー　二三

二月七日〜一四日
セント・ジャイルズ　二四

ホルボーンの片側に隣接するセント・ブライド教区と、反対側に隣接するセント・ジェイムズ教区でも、死亡週報の数字が増えつつあった。どちらの教区も、ふだんの死者数は四人から六あるいは八人なのに、明らかに増加している。

一二月二〇日〜一二月二七日

セント・ブライド　九
セント・ジェイムズ　一五

一月二四日～三一日
セント・ブライド　八
セント・ジェイムズ　一二

一月三一日～二月七日
セント・ブライド　一三
セント・ジェイムズ　五

二月七日～一四日
セント・ブライド　一二
セント・ジェイムズ　六

例年なら、この季節は死者がわりあい少ない。なのに、全般的に数字が増えている。人々は不安を募らせた。週報の死者合計はおよそ二四〇人から三〇〇人がふつうで、三〇〇人だとずいぶん多いと感じられる。ところが、ペスト騒ぎが始まって以降、その水準を超えて増加し続けているのだった。

	埋葬者	増加数
一二月二〇日〜二七日	二九一	
一二月二七日〜一月三日	三四九	五八
一月三日〜一〇日	三九四	四五
一月一〇日〜一七日	四一五	二一
一月一七日〜二四日	四七四	五九

とりわけ最後の数字には身の毛がよだった。前回の疫病流行は一〇年ほど前の一六五六年だが、それ以後としてはおそらく最も多い。

しかし、ここでいったん流行の気配は収まった。冬本番になって、二月末近くまで氷点下の厳しい寒さが続き、強くはないものの身を切るような風が吹くなか、死亡週報の数字は減少し、世間は落ち着きを取り戻した。「危機は去ったらしい」と誰もが安心し始めた。

ただ気がかりなのは、セント・ジャイルズ教区だけ相変わらず埋葬者が多いことだった。春に入った四月の初めには毎週二五人ほどで推移し、同月一八日から二五日までの週には三〇人に達した。うちペストが二名、飢饉熱が八名。診断名は異なるものの、じつは同じ病気である可能性が濃厚だった。飢饉熱の名のもとで、死者が増加していく。八人から、翌週は一二人へ。

市民はまた少しずつ警戒を強めた。季節が変わり、気温が上がってきたのも不安材料だった。

それでも、次の週にはわずかに明るい光がさした。死亡週報の数字が下がり、総数は三八八人とやや抑えられて、ペストは皆無、飢饉熱は四人だった。

ところが、翌週にはまたぶり返した。そのうえ、いくつかあらたな教区にまで感染が飛び火した。たとえばホルボーンのセント・アンドルー教区や、セント・クレメント教区。とくに衝撃的だったのは、ロンドンの中心街、すなわち防御壁に囲まれた「シティ」と呼ばれる区域でも死者が一名出たことだ。セント・メアリー・ウールチャーチ教区のベアバインダー・レーンという場所で、王立取引所からも近い。

全体ではペストが九件、飢饉熱が六件だった。ただし、追跡調査の結果、注目された防御壁内の死者はフランス人で、騒ぎの発端となったロング・エイカーの感染家屋のそばに最近まで住んでいたことが判明した。早い段階で感染していたにもかかわらず、気づかないまま、罹患を恐れて防御壁内へ引っ越したすえに死亡したのだった。

そうこうするうち、五月に突入した。天気は変わりやすかったが、そう暑くはなく、人々はまだ希望を持っていた。心の支えは、中心街である「シティ」に絞ってみれば感染を免れているという点だ。防御壁内の九七教区だけなら、埋葬者をすべて合わせても五四人しかいない。防御壁の外に位置する感染地域の住人たちは心配だろうが、壁の内側までは流行が広がらずに終わるのでは、との期待が強まった。無理もない。

次の週、五月九日から一六日にかけて、死亡者は三人にとどまった。防御壁内では〇人。壁外の西の外れにあるセント・アンドルー教区でも一五人と、非常に低い数字だった。防御壁の北側に隣接するセント・ジャイルズ教区は埋葬者が三二人いたものの、疫病が死因とされたのは、たったひとりだった。人々は胸をなで下ろした。死亡週報に記された合計数も、前の週は三四七、この週は三四三と、以前より低い水準にとどまった。

人々はさらに数日間、希望を持ち続けた。が、その数日のあいだに希望の灯は消えた。もうみんな、うわべの数字でごまかされるほど愚かではない。家々の調査が進むにつれて、ペストがすでに蔓延し、毎日おおぜいが命を落としている現実を認めないわけにいかなくなった。

悠長に構えてなどいられない。それどころか、感染の勢いはもはや弱まる望みのない段階に達しているようだ。セント・ジャイルズ教区では複数の道沿いで患者が確認され、家族全員が病に倒れている例も複数あった。

翌週の死亡週報が出た。ペストが死因と明記されているものは一四のみだが、誰も本気にしなかった。セント・ジャイルズ教区では合計四〇人が埋葬されている。大半は違う病名が記載されているものの、ペストで死亡した人が少なくないだろう。

埋葬の増加数は三二にとどまり、週報全体の死者数は合計三八五だが、ペスト一四のほかに飢饉熱が一四。もろもろを考え合わせると、その週のペストの犠牲者は五〇人にはなるはず、というのが一般市民の推測だった。

次の死亡週報は五月二三日から三〇日までの統計で、ペストによる死者は一七人だった。しかし、セント・ジャイルズ教区での埋葬数は、恐ろしいことに五三人にものぼっていた。ペストと明記されているのはうち九人だけだったが、市長の要請を受けて治安判事たちが厳密に調査したところ、その教区におけるペストの死者はさらに二〇人いるとわかった。飢饉熱その他の病名がつけられたり、事実が隠蔽されたりして、数字が不正に抑えられていたのだ。

しかし、そうした数字のごまかしなど、直後の展開にくらべれば、ささいなことにすぎない。暑くなり始め、六月の第一週からは疫病が恐ろしい勢いで広がりだした。熱病、飢饉熱、生歯熱といった名の陰に隠れて、死亡週報の数字が膨れ上がった。本当の死因がばれると、近所から疎んじられ、付き合いを断わられかねない。当局によって家屋を封鎖される恐れもある。そうした事態を避けるために、遺族は本当の病名を隠そうとしたわけだ。家屋の強制封鎖はまだ行なわれていなかったが、人々はその可能性を予感しておびえていた。

　六月の第二週、依然として感染の重みがのしかかるセント・ジャイルズ教区で、一二〇人が埋葬された。公式発表ではそのうち六八人がペストだが、その教区の通常の数と照らし合わせると、少なくとも一〇〇人はペスト死だろうと誰もが考えた。

　この週まで、防御壁に囲まれた「シティ」はまだ無事だった。全部で九七教区あるなかで、犠牲者は、前に触れたフランス人一名だけだった。ところがついに、内側で四人の死者が記録された。ウッド・ストリートで一、フェンチャーチ・ストリートで一、クルックド・レーンで二。もっとも、テムズ川を挟んだ南岸のサザーク地区は疫病の気配がなく、まだ死者がいない。

　わたしの住まいは、防御壁の東側の出入り門、オールドゲイトの外側にあった。オールドゲイト教会とホワイトチャペル関門のちょうど真ん中あたりで、「シティ」から来ると道の左側、つまり北側だ。この付近にはまだ疫病が広がっていなかったため、平常の生活が続いていた。

これにくらべ、ロンドンの反対側、つまり西の端あたりでは、極度の混乱が起こっていた。裕福な人々、とくに「シティ」西部の貴族や紳士が、家族や奉公人を連れ、慌てふためいてロンドンから脱出し始めた。そのようすは、わたしが住むブロード・ストリートのそば、ホワイトチャペル関門でつぶさに観察できた。

家財、女性、奉公人、子供たちなどを満載した二輪や四輪の馬車のほか、上流階級の人々がおおぜい乗った高級馬車や、馬を引いて歩く従者たちが、ひっきりなしに大急ぎで通り過ぎていく。しばらくすると、こんどは逆方向から、空っぽの荷馬車や、従者に引かれた馬が来る。さらに多くの人を運び出すため、地方の町から折り返してきたに違いない。ほかに、馬にまたがった人たちも、次から次に現われた。単身の者もいれば、奉公人を連れた者もいる。概して、誰もが山ほど荷物を積み、見るからに長旅の身支度をしていた。目を覆いたくなるような、不気味で憂鬱な光景だった。けれども、否応なしに、朝から晩まで視界に入ってくる。なにしろその時点では、それが唯一の光景だったのだ。

ロンドンを襲いつつある深刻な惨状が、わたしの心を押しつぶした。あとに取り残された人々の不幸も、深く思いやらずにはいられなかった。

このような慌ただしい脱出劇が何週間も続くうち、市庁舎で公的な手続きを済ますのも容易ではなくなった。国外などへ逃れるため通行証や健康証明書を求める人々で市庁舎はごった返した。そうした証明書を持っていないと、旅の途中、町を通り抜けたり、宿屋に泊まったりすることが許されないからだ。ただ、この時点では、「シティ」内で犠牲者がほとんど出ていなかったおかげで、九七の教区および特別行政区の住人は、申請すれば簡単に認可をもらえた。

相次ぐ脱出は数週間で収まるとみられていたが、思いのほか途絶えず、五月と六月のまる二カ月間も続いた。不穏な噂のせいだろう。「間もなく政府から命令が出て、旅を禁じるため道路に柵や関門を設置するらしい」「路上の町も、感染者の侵入を恐れてロンドン市民の通行を拒否するらしい」といった流言が飛び交った。どれ一つ根拠はなく、無責任な想像にすぎなかった——少なくとも、当面は。

わたしも、いよいよ自分自身の問題として真剣に考え始めた。どう対処すべきだろうか。腹をくくってロンドンにとどまるべきか、それとも、近所の人の多くと同じように家を閉めて逃げ出すべきか。

このあたりの心の葛藤は詳しく記しておきたい。今後いつほかの人々が似たような状況に置かれ、同じ悩みに直面し、選択を迫られるかわからない。そういう場合に役立つかもしれないと思うからだ。わたしがたどった運命そのものは、後世には何の意味もないだろうが、一連のいきさつを、わたし個人の行動録としてではなく、みずからの行動の指針として読んでいただきたいと思う。

さて、わたしの前には大きな問題が二つ立ちはだかっていた。一つは、商売や店をどうすればいいのか。これまでありとあらゆる労苦をつぎ込んできただけに、相当な規模になっている。もう一つは、ロンドン全体が情け容赦ない災厄に見舞われるなか、個人としてどう生き抜いていくかだ。たしかに厄介な災難ではあるにしろ、わたしもほかの人々も、恐れてばかりいてはさらに窮地に追い込まれてしまう。

個人的には一つめがとくに重大だった。わたしの商売は馬具屋。店頭販売や不定期の注文よりむしろ、アメリカの英国植民地と取引する貿易商人がおもな得意先だった。したがって、わたしの資産はそういった商人たちと切っても切り離せない。

また、独身ではあるものの、商売柄、奉公人たちやその家族を抱えていた。自宅や店舗、商品を大量に保管中の倉庫もある。このような非常時にはすべて放り出して逃げるのも手だろうが、安心して任せられる管理人くらいは置かないと、商売や在庫品も含め、全資産を失いかねない。

ちょうど、ポルトガルから帰って何年にもならない兄が同じロンドンに住んでいた。相談を持ちかけたところ、兄の答えは、ひとことで言えばこうだった。「汝自身を救いたまえ」。聖書のなかにある言葉だ。早い話、兄は家族とともに地方へ行くことを決めていて、弟のわたしも商売から手を引いて疎開すべきだと考えていた。外国暮らしの経験から、「疫病に対処する最善の策は、逃げることだ」と学んだという。

「だけどそうしたら、商売も在庫品も、他人に貸した金もぜんぶ失ってしまう」とわたしは異を唱えたが、議論では兄のほうが一枚も二枚もうわてだった。ロンドンに残る理由として、わたしが「身の安全と健康は神にお任せしたい」と言ったところ、兄はその言葉を逆手にとって、「地方へ逃げたら商売や品物を失う、という主張と食い違うじゃないか」と指摘してきた。「こんなに切迫した事態に追い込まれているいま、神に命を預けるなどと言って危険な場所にとどまるより、商売がだめになるかどうかを神に任せたほうが理にかなっている」と。

わたしの場合、行き場がなくて困っているわけではなかった。一家の出身地であるノーサンプトンシャー州には友人や親戚が何人もいたし、その北東のリンカンシャー州にはたったひとりの実の姉が暮らしていて、わたしをいつでも喜んで迎えてくれるに違いなかった。

兄は、妻とふたりの子供をひと足先にベッドフォードシャー州へ避難させ、自分もあとを追うと決めていた。それだけに、弟のわたしも疎開すべきだと言い張って譲らない。いちどは、わたしも兄の忠告に従おうと決意した。ところが、移動のための馬を確保できなかった。市民がひとり残らず「シティ」から逃げたわけではないが、馬のほうはほとんど残らず出て行ってしまったらしい。数週間にわたって、「シティ」のどこを探しても、馬一頭、買うことも借りることもできなかった。

そこでわたしは、奉公人をひとり連れて徒歩で町を脱出しようとした。おおぜいがやっているように、宿屋には泊まらず、兵隊用のテントを携えていって野宿すればいい。もう夜でも暖かいから、風邪をひく心配はないだろう。「おおぜいがやっている」というのは本当で、とくに、終わってまだ何年も経たないこの前の戦争で従軍経験を積んだ男たちは、野宿をいとわなかった。

ただ、ここで一つ指摘しておかなければいけない。結果論ではあるが、もし地方へ疎開する人のほとんどがそうやって野宿の旅をしていれば、あれほどたくさんの周辺の町や家々に悪疫が広がる悲劇は防げたのではないか。あんなにも甚大な被害が生じ、おびただしい数の人命が失われるような展開にはならなかったかもしれない。

いずれにしろ、結果としてわたしの計画は頓挫した。連れて行くはずだった奉公人に裏切られたせいだ。いつ出発するかわからないものだから、その奉公人は感染の拡大に恐れをなして、ほかの手段を講じ、わたしを置いて逃げてしまったのだ。予定は先送りするしかなくなった。

その後もこんな具合に、町から脱出しようとするたび、なんらかの想定外の出来事に阻まれて、延期を繰り返すはめになった。

ここで、こういった事情でもなければ、不必要な余談と思われそうな話をしておきたい。というのもわたしは、こんなふうに何度も思いどおりいかないのは神の思し召しではないか、という気がしてきたのだ。

今後、似たような危機的な状況に置かれた人に、最善の対処法をお勧めしよう。とりわけ、自分の義務を良心的に果たしたい人、良心の声に従って行動したい人に、ぜひ伝えておきたい。こういう際には、神のさまざまな導きを見逃さず、それぞれの導きがどうつながっているか、全体として目の前の問題とどう関わっているかをていねいに観察すべきだ。そうすれば、一連の出来事をたしかな啓示と受け取ることができ、果たすべき義務が明らかになる。たとえば、疫病に襲われた際、いま住む場所から避難すべきなのか、とどまるべきなのかがおのずとわかるに違いない。

ある朝、今後の身の振りかたについて悩んでいる最中、心の底から温かくこんな考えが湧き上がってきた。神の導きや許しがなければ人間には何事も起こりえないのだから、わたしの計画がこう繰り返し挫折するのはただごとではない。この場所を見捨てるなという天の意志が、はっきりと、あるいは遠回しに示されていないか、よく検討する必要があるだろう、と。

続いてすぐ、こう考えた。ロンドンにとどまれというのがもし神からのお告げなら、この先どんな死や危険に取り囲まれても、神はわたしを守ってくださるはずだ。逆に、住み家を逃げ出して保身を図り、神のお告げと思われる再三の導きに反して行動すれば、いわば神から逃げ出すことになり、裁きの手はやがていつかどこかでわたしを捕らえるだろう。

わたしはふたたび決意を翻し、兄と会って、以上のような理由を伝え、「わたしはここに残り、神に与えられた境遇のもとで運命を受け入れたい。この選択こそ自分に課せられた義務だと思う」と告げた。

兄はとても信心深いにもかかわらず、わたしの意見を一笑に付した。わたしのような「無謀な者」の実例をいくつか引き合いに出したあと、こう言った。

「もしペストか何かの病気に冒されて、からだの自由がきかないのなら、それを神のなせるわざとして受け入れるのもいいだろう。どこへも行けない以上、神の導きに従うほかない。神は創造主であり、人の運命を左右する権利を間違いなく持つわけで、もしおまえがそういう状態に置かれれば、何が御心による呼びかけで、何がそうでないか、判断するのは難しくないはずだ。けれども、馬を借りられなかったとか、いっしょに行くはずの奉公人に逃げられたとか、そんな些細な出来事を神の思し召しだと考えるのは、ばかげている。げんにおまえは健康で、手足も自由に動くし、奉公人だってほかにもいる。一日か二日、徒歩で旅をするくらい簡単だろう。いたって健康だという証明書をもらえるからには、なんなら道中で馬を借りるなり、乗合馬車を使うなり、好きにすればいい」

続いて兄は、過去に訪れたアジアその他の地域を例に挙げた。トルコ人などのイスラム教徒のなかには、浅はかな思い込みをもとに行動し、悲惨な末路をたどった者が多いという(前にも書いたとおり、兄は貿易商人で、数年前まで外国の各地をめぐり、最後はリスボンから帰国した)。

兄が見聞きした異教徒たちは「万人の最期は神によって定められていて、変えようがない」という信念にもとづいて、感染地域にも平気で足を踏み入れ、感染者と無防備に会話を交わしていた。その結果、毎週一万人から一万五〇〇〇人もの死者が出た。これに対して、ヨーロッパから訪れていたキリスト教徒の商人たちは、家に引きこもったおかげで、おおかた感染を免れた。

こんなふうに兄に説得されたせいで、わたしはまたしても決意を変え、旅立ちに向けて準備を始めた。周囲で感染が目立ってきたうえ、死亡週報の数字が七〇〇近くにまで上昇したせいもある。

ある日、兄が「もう一刻の猶予もならない」と言うので、わたしは「あしたまで考えさせて欲しい。覚悟を決めるから」と頼んだ。商売についても、家や倉庫を任せる管理人についても、すでに手配を済ませてあった。あとはわたしの覚悟一つだ。

しかしその晩、家に帰ったわたしは、なおも迷いを捨てきれなかった。気持ちが揺れ動き、正しい行動に自信が持てない。ほかに何もせずこの問題だけを深く考えることにした。邪魔が入る心配はない。すでに近所の人はみんな、申し合わせたかのように、日没後は外出しなくなっていたからだ。

わたしは、夜ひとり閉じこもって、どうするのが自分の義務なのかを見定めようとした。地方へ行けとさかんに勧める兄の論拠をあらためて思いだし、それに対し、ここにとどまるべきだと強く感じる自分の意見を突き合わせてみた。すると、神の思し召しがいっそう鮮明になってくるように思えた。商売の事情をかんがみても、全財産といえる家屋や在庫に責任を持たなければいけない点からみても、ここに居残るのが妥当だろう。

また、神からのお告げとしか思えない出来事の成り行きから考えて、ロンドンにとどまるべしというのがある種の啓示であるように感じられる。さらにわたしは、こんなふうに思い至った。もし、ここに残るように神の導きを受けているのなら、それに従えば、身の安全は保証されているのではないか。

この思いが頭から離れず、ロンドンに残りたい気持ちがいままでになく強まった。自分の身はきっと安全なのだという密かなうぬぼれも支えになった。

加えて、こんな体験をした。目の前に置いた聖書のページをめくりながら、いつもに増して真剣にこの問題を考えていたわたしは、「ああ、どうすればいいのだろう。主よ、わたしをお導きください!」と思わず大声で言った。何という偶然か、そのとき開いていたページは『詩篇』第九一篇だった。わたしは第二節に視線を落とし、第一〇節まで読み進めた。そこにはこう記されていた。

「わたしは主に呼びかけるだろう、『わが避難場所、わが砦、わが頼みの綱である神よ』と。神はあなたを救ってくださる。狩人が仕掛けた罠や、恐ろしい疫病から。神はその羽根であなたを覆い、翼の下にかばってくださる。神のまことは大きな盾であり、また小さな盾でもある。あなたは、夜に忍び寄る恐怖にも、昼に飛んでくる矢にもおびえる必要はない。闇のなかを歩きまわる疫病も、真昼に襲いくる破滅も、恐れなくてよい。たとえあなたのかたわらで一〇〇〇人が倒れ、あなたの右側で一万人が倒れようとも、その災いがあなたに近づくことはない。あなたはただ、そちらに目をやり、悪しき者たちが報いを受けるようすを見るだけである。なぜならあなたは、難を避ける場所であり至高の存在である主を、おのれの住み家と定めたのだから。災いがあなたに降りかかることはなく、疫病があなたの家に近づくこともない」

説明の必要はないだろう。この文章を読んだ瞬間、わたしはロンドンにとどまることを決断した。全能の神の善意と加護に身をゆだね、ほかのどんな避難所も求めないようにしよう。わたしの時間はすべて神の手に握られている。無事なときも疫病流行のときも同じように、神はわたしを守ってくださるはずだ。もし、わたしを救うのはふさわしくないと神がお考えになったとしても、神の手のなかにあるわたしは御心を受け入れるほかない。

覚悟が決まって、わたしは床についた。翌日、気持ちがさらに強まるような出来事が起きた。家屋そのほかすべてを任せるつもりだった女性が、病にかかったのだ。しかも次の日には、わたし自身まで体調が悪くなり、ますます決意を貫く以外なくなった。旅に出ようにも、どうせ出られない。からだの不調は三、四日続いた。これでもう、ロンドンに残る決意が完全に固まった。

わたしは兄に別れを告げた。兄は、サリー州のドーキングという町を経由して、家族の避難用に見つけてあったバッキンガムシャー州だかベッドフォードシャー州だかの家に落ち着いた。

ただ、こんな時節に体調を崩したのはまずかった。病気だと言うとすぐ、「あの人は疫病にかかった」と噂を立てられてしまう。わたしの場合、悪疫の兆候などいっさいなかったものの、頭も胃もひどく加減が悪く、「ひょっとして感染したのではないか」と、かすかな不安が頭をよぎった。

けれども、三日ほどすると快復し、三日目の夜にじゅうぶん眠って少し汗をかいたところ、元気を取り戻した。心配は消し飛んで、わたしはいつものように仕事に取りかかった。

こうして紆余曲折を経て、わたしの心から、地方へ疎開する考えは消え去った。兄も身近にいなくなり、この問題について兄と議論することも、自分で悶々と悩むことも、もうなくなった。

早くも七月の半ばに入った。当初、悪疫がおもに猛威を振るったのは「シティ」を挟んだ反対側、つまり西側だった。前に述べたようにホルボーン地区のセント・アンドルー教区やセント・ジャイルズ教区、加えてその南のウエストミンスター方面などだ。ところがついに、わたしが住む東部地域にも忍び寄ってきた。

とはいうもの、西から東へまっすぐ横断して広がってきたのではない。「シティ」の防御壁内は相変わらず感染を免れていたし、テムズ川を渡ったサザーク地区でもまだ大きな被害は出ていなかった。

このころの一週間の病死者は合計一二六八人、うち疫病死は六〇〇人以上とみられたが、防御壁内に限ってみれば二八人、川向こうのサザーク教区では一九人にすぎない。これに対して西部では、セント・ジャイルズ教区とセント・マーティン教区だけで四二一人も死亡している。

どうやら感染は、防御壁の外側を這うように進んでいるらしかった。外側の地域は防御壁内にくらべて人口が密なうえ、貧困者が多く、疫病神の餌食になりやすい。このあたりの事情はあとでまた述べるとしよう。

悪疫の魔の手は、クラーケンウェル、クリップルゲイト、ショアディッチ、ビショップスゲイトといった教区を、防御壁の外の北側に沿って、西から東へ順に進み、わたしのいる東部までじわじわと接近中だった。最後に挙げた二つの教区のすぐ先が、オールドゲイト、ホワイトチャペル、ステップニーなど、壁の外の東側に位置する教区だ。やがてこの二つの教区に達したとたん、疫病はかつてない勢いで猖獗(しょうけつ)をきわめ、発生地である西部が小康状態に入ったあとも犠牲者を量産することになる。

不思議な話だが、七月四日から一一日までの段階では、被害がまだ西部に集中していた。セント・マーティンとセント・ジャイルズの二教区だけで四〇〇人近くが疫病で死亡。これにくらべ、東部のオールドゲイト教区ではわずか四名、ホワイトチャペル教区では三名、ステップニー教区では一名だけだった。

同じように、次の七月一一日から七月一八日までの週も、死者総数は一七六一人にのぼったが、テムズ川南岸のサザーク地区では疫病死が一六人しか出ていない。

ところが、状況はわずかなあいだに激変した。とくに北部中央のクリップルゲイト教区、次いでクラーケンウェル教区で、疫病が牙をむき始めた。八月の第二週になると、クリップルゲイト教区だけで八八六人、クラーケンウェル教区では一五五人が埋葬された。クリップルゲイト教区の数字のうち八五〇人が疫病で死亡したとみられ、クラーケンウェル教区のほうは、うち一四五人が疫病死と週報に明記された。

つい七月までは、先ほど述べたとおり、東部地域では被害が小さかったから、わたしは仕事の都合に合わせて、ふだんどおり、おもてを出歩いていた。また、一日か二日にいちどは市内へ足を踏み入れ、管理を頼まれた兄の留守宅まで行って、安全を確かめた。預かっている鍵で家に入り、何も異状がないか、ほとんどの部屋を見回った。

まさかと思うだろうが、こんな大変な災難のさなかにも、強盗やこそ泥を働く図太い連中がいるのだ。現実は甘くない。市中ではあらゆる種類の悪がはびこり、いかがわしい行為やみだらな行為も以前と変わらず公然と行なわれていた。もっとも、いろいろな理由で人の数が減ったぶん、悪事の頻度も少しは減っていたのかもしれない。

やがて、ついに「シティ」そのもの、すなわち防御壁のなかにまで悪疫が侵入する日が来た。おびただしい人々がすでに地方へ疎開したから、「シティ」の人口はめっきり減っている。さらに、以前ほど群れをなしてというほどではないものの、七月に入ってからも、逃げ出す人々は相次いだ。

八月になってもなお、脱出を図る市民があとを絶たなかった。この調子だと、「シティ」に残るのは下級役人と奉公人だけになるのではないか、と思えてくるほどだった。

こんなふうに人々がこぞって疎開するかたわら、宮廷も早々と六月に引っ越しを決めてオックスフォードへ移転し、関係者たちは神のご加護のおかげで全員無事だった。聞いたところでは、病魔はその後も宮廷人に指一本触れなかったらしい。

にもかかわらず、宮廷人が神に大いなる感謝を捧げたとか、多少とも改心したとかいう気配は、まったくなかった。当人たちは世間の批判に耳を貸そうとしないが、じつは、宮廷人の悪行の数々がさすがに度を超したせいで、この恐ろしい天罰が全国民に降りかかってきた、と言っても過言ではないと思う。

ロンドンの様相はいまや一変し、不気味なほどだった。ひしめく建物も市内も、特別行政区、郊外、ウエストミンスター、サザークなどすべて、以前の活気は見る影もなかった。「シティ」内にはまだ感染が広がっていないにせよ、全般的な状況が大きく変わり、顔という顔が悲しみをたたえていた。

疫病にまだ呑み込まれていない地域もあるが、どの顔も不安におののいている。自分も自分の家族も、このうえない危険に見舞われていると、誰もが考えていた。もし、この光景を目撃していない人にありのままを描写し、どれほどの恐怖に打ちのめされていたかを伝えることができたら、話を聞いた人は生々しさに心を痛め、愕然とするに違いない。

いわば、ロンドン全体が涙に暮れていた。とはいえ、死を悼む人々が通りを行き交っていたわけではない。ごく親しい者が死んでも、黒い喪章を着けたり、正式な喪服をまとったりする人はいなかった。ただ、道を歩くと、嘆きの声が漏れ聞こえてきた。愛する家族が死に瀕しているか、ほんの少し前に息を引き取ったかなのだろう。窓から、戸口から、女性や子供の悲痛な叫びが響いてくる。どんな鉄の心臓にさえ突き刺さる声色。

感染拡大のとくに初期には、ほとんどの家が嗚咽(おえつ)にあふれた。「とくに初期」と書いたのは、流行の終わりごろになると、死を目の当たりにする毎日に慣れてしまい、みんな心が麻痺し、近親者を失う不安すら感じなくなったからだ。いつ自分の番が回ってくるかもしれないのに、人の心配などしていられなかった。

おもに西部地域で疫病が流行(はや)っている時期も、わたしは、仕事の用でそちらへ足を運ぶときがあった。通常ならごった返す道が閑散としているのを見て、呆然とした。わたしでなくても驚いただろう。とにかく人の気配がなかった。不案内な誰かがもし迷子になろうものなら、通りの端から端まで歩いても、道を尋ねる相手が見つからなかったかもしれない。出会うのはせいぜい、封鎖された家の入り口に立つ監視人くらいだ。家屋の封鎖については、追って説明しようと思う。

ある日、よんどころない用事で西部地域を訪れたわたしは、好奇心が湧いて、あちこちを見物したくなった。そこで、必要もないのに遠くまで歩いた。ホルボーン地区を進んでいくと、珍しく人通りが多い道にぶつかった。しかし、通行人はみんな、その広い道の真ん中を歩き、左右の端を避けていた。道沿いの家からいきなり出てくる人とぶつかったり、感染しているかもしれない家から漂ってくる嫌な空気を嗅いだりするのを避けるためらしい。

法学院はどこも閉まっていた。テンプル、リンカン、グレイと、どの学院も弁護士の姿はまばら。こんな折りには裁判沙汰など皆無だから、弁護士の出る幕はないのだ。おまけに夏季休暇の最中なので、大半の弁護士はロンドンを出ていた。一部の地区では、並んだ家々がすべて閉まっていた。住人は残らず逃げ出し、番人がひとりかふたりいるだけだった。

家が閉まっているといっても、当局の命令で封鎖されたわけではない。宮廷の移転に伴い、職務や主従関係の都合で家を去った人が多かった。もちろん、疫病に震え上がって引っ越した者もいるから、完全に無人化した区域もある。

しかし、「シティ」内部はまだ恐怖がそう浸透していないようすだった。死者急増の当初は狼狽した人々も、前に述べたとおり流行の本格化と沈静化が何度も繰り返されたため、警戒心が薄れたらしい。疫病の勢いがすさまじくなったあとも、「シティ」や東部、南部には差し迫った危険がないとみて元気を取り戻し、同時に感覚が少し鈍くなっていた。

すでに述べたように、おおぜいが逃げたには逃げたのだが、おもに西部の住人か、「シティ」中心部の、商売をしなくても暮らしていける裕福な人々だ。それ以外の者は、ロンドンにとどまり、最悪の事態を覚悟しているらしかった。いわゆる特別行政区や、郊外、サザークのほか、東部に位置するウォッピング、ラトクリフ、ステップニー、ロザーハイズなどでは、おおかたの住民が踏みとどまっていた。例外はやはり、商売を営んでいない一部の裕福な家族だけだった。

ここで忘れてはならないのは、疫病の流行が始まった時点で「シティ」やその郊外の人口がとてつもなく多かったという事実だ。災厄を生き延びたわたしは、その後、ロンドンに住む人々がさらに増え、かつてない膨大な人数に達するのを知っている。

しかし、疫病大流行の初期段階でも、人口はたいへんな数だった。戦争が終わって動員が解除されたうえ、王政復古を受けて関係者が戻ってきたせいもあり、ロンドンに定住して商いをする者、報酬や出世を求めて宮廷に仕える者などが押し寄せ、人口は一〇万人以上も増加したらしい。それどころか、王党に属していちどは没落した人々まで帰ってきたことを考えると、人口は二倍になった、との推算もある。退役軍人が商売を始め、多くの家族が住み着いた。宮廷の復活とともに、ふたたび、きらびやかな趣味やあらたな風俗が流れ込んできた。市民こぞって浮かれ気分で贅沢になった。王政復古のお祭り騒ぎが大量の人をロンドンに引き寄せたといえる。

わたしはよくこんなふうに考えた。エルサレムが古代ローマ人に包囲されたのは、「過ぎ越しの祭」を祝うためにユダヤ人がおおぜい集まったときだった。本来なら各地方に散らばっていたはずの人たちまで含め、驚くほどの人数が集結しているさなか、不意打ちを食らったのだ。同じように、特別な事情が重なり、ロンドンの人口が信じられないほど膨れ上がったとき、狙いすまして悪疫が襲いかかってきたのではないか、と。

若々しく派手な宮廷の後を追ってきた人たちが続々と商売に手を染め、とくに流行や服装にかかわる種類の商いがとめどなく増えた。結果として、ロンドンには多くの職人、手工業者などが集まった。そのほとんどは、身を粉にして生計を立てる貧しい人々だった。

とくに鮮明に覚えているのは、貧困層の生活状況について市長に出された報告書のなかに、「シティ」内や周辺部には少なくとも一〇万人のリボン織工がいると推定される、と書かれていたことだ。その大半が、ショアディッチ、ステップニー、ホワイトチャペル、ビショップスゲイトといった教区に住んでいた（このあたり一帯が、スピトルフィールズと呼ばれていた。現在のスピトルフィールズとくらべると、広さが五分の一にも満たない）。

狭い地域でこれほどの数の職人が暮らしていたとなれば、ロンドン全体の人口が膨大だったことは察しがつくだろう。おびただしい人数が早い段階で逃げ出したというのに、見たところまだずいぶんおおぜい残っているものだと、わたし自身、たびたび奇妙に感じた。

さて、この想像を絶する時期の初めごろに話を戻そう。芽生えたばかりだった恐怖感を妙な具合に煽り立てたのは、たび重なる不可思議な出来事だった。相次いだ異変を考え合わせると、みんな居ても立ってもいられずに家を捨てて逃げ出してもおかしくなかった。

まるで、ロンドンという街は神によって「流血の地」と定められ、地球上から抹消される運命にあり、ぐずぐずしているとまとめて滅ぼされてしまうのではないか、とさえ思えるほどだった。

そんな異変の例をいくつか挙げておきたい。実際にはもっと種類が多く、尾ひれを付けて不安を煽る魔術師や詐欺師があとを絶たなかった。はたしてあの連中（とくに女性）は生き残れたのだろうか。

まず第一に、疫病が流行する前、数カ月にわたって、まばゆく輝く彗星が出現した。その後、翌々年のロンドン大火の前にも同様の現象がみられた。老女たちや、老女と見まがうような陰鬱な男どもは、こんなふうに講釈を垂れた（おおかたは、先見の明ではなく、疫病と大火という二つの天罰が下ってからの後知恵だったが）。

「二度にわたって現われた彗星は、ロンドンの真上を通り、家並みのすぐそばまで迫った。明らかに、この街だけに災難が訪れることを示す前触れだ。疫病の流行に先立つ彗星は、ぼんやりと生気のない色を帯びていた。動きが遅く、重苦しかった。それにくらべ、大火の前の彗星は、明るく輝いていた。燃えさかっていると言う者さえいた。動きかたも、荒っぽくて速かった。すなわち、最初の彗星は、長期にわたっておぞましい重大な天罰が下るという予兆だ。まさしく疫病の特徴と一致する。ところが二番目の彗星は、唐突で素早く、勢いが猛烈だった。あっという間に街を火の海に包む大火を予告していたのだ」

一部の者にいたっては、「大火の前の彗星を見上げたとき、すさまじい速さで流れていくのが肉眼で確認できたうえ、音まで聞こえた。遠いだけにかすかな音量ではあったけれど、おぞましく力強い、夜空を切り裂く音だった」などと、まことしやかに語った。

わたしも、二つの彗星を目撃した。正直に白状すると、わたし自身、通俗な発想にとらわれて、これは天罰の予兆なのではないかと、つい考えた。とくに、最初の彗星が現われたあとに悪疫が流行し、その後また似たような事態が繰り返されたため、神はいまだこの街を懲らしめ足りないらしいと感じずにいられなかった。

半面、一連の出来事をほかの人たちほど騒ぎたてる気にはなれなかった。天文学者が彗星を自然現象とみなしているのを知っていたからだ。公転を含め、星のどんな運行も計算済み、あるいは計算可能の見通しだと聞いていた。だとすれば、彗星の出現は、疫病、戦争、火事などの災厄の兆しとはいえないし、まして、彗星が災厄を運んできたとする説は論外だろう。

だが、学者やわたしの考えがどうであれ、相次ぐ奇怪な出来事が一般大衆の心理に及ぼした影響は計り知れない。恐ろしい災難や天罰がロンドンに襲いかかるのではないかと、ほとんどの者が漠然とした暗い予感を抱えた。とくに大きなきっかけが、彗星の出現と、一二月にセント・ジャイルズ教区で二名が疫病死したという第一報だった。

当時の浅はかな風潮のせいで、世間の不安はいたずらに募った。わたしには理解しかねるのだが、そのころ、後にも先にも例のないほど、予言や占星術、夢占い、迷信のたぐいが人気を集めていた。そういう嘆かわしい傾向は、「予言や占いの本を売りまくり、不安を煽ってひと儲けしてやろう」と企む連中が生み出したのではないか、という気もするが、定かではない。

確かなのは、そのたぐいの本、たとえば『リリー暦書』『ギャドベリ占星書』『プア・ロビン暦書』などが、読者を恐怖に陥れたことだ。宗教書を装った『わが民よ、疫病を免れたくばロンドンを去れ』『直言録』『英国備忘録』といった本もあった。ほかにも類書はおびただしく、そのほとんどが、直接的や間接的にロンドンの破滅を予言していた。

それればかりか、「われこそは、民に忠告を与えるべく神から遣わされし者である」などと称し、市内の各所をめぐって予言を触れまわる者もいた。ある男にいたっては、旧約聖書に出てくるニネベのヨナを真似てか、「あと四〇日でロンドンは滅びる」と街頭で叫んだ。いや、「あと数日」だったかもしれない。

また別の男は、腰を下着で覆っただけの裸同然で昼夜を問わず走りまわり、大声を上げた。エルサレムが滅亡する直前、「エルサレムに災いあれ」と叫んでいたという、歴史家ヨセフスの記述のなかの男に似ている。ただ、この哀れな裸の男は、恐怖で声と表情を引きつらせ、「ああ、偉大にして恐ろしき神よ！」と繰り返し叫びつつ走るだけだった。わたしが聞いたかぎりでは、この男が立ち止まったり、休んだり、食べ物を口にしたりするのを見た者はいない。わたしは街角で何度かこの男に出くわした。話しかけてみようと思ったものの、男はわたしに限らず誰とも口をきかず、ひたすら不気味な叫びを上げ続けるのだった。

こうした不穏な空気が、人々を恐怖の底へ突き落とした。先ほど触れたとおり、セント・ジャイルズ教区における疫病死の知らせが週報に載り始めたせいで、不安に拍車がかかった。

ほかにも、街頭で目立ったのが、老いた女たちによる夢占いだ。他人が見た夢を解釈するという商売で、これが、おおぜいの市民をいっそう動揺させた。かと思えば、「ロンドンから逃げなさい。いずれ疫病が猛威を振るい、生者が死者を葬ることすらままならなくなるでしょう」と警告するささやきが聞こえてきた、と言い出す者もいた。「宙に浮かぶ幽霊を見た」と話す者もいた。

警告の声にしろ幽霊にしろ、わたしに言わせれば、たんなる幻聴や幻視だろう。ただ、そのくらい人々は混乱し、正気を失っていたといえる。

しじゅう雲ばかり観察する者が現われたのも、当然の成り行きかもしれない。空に水蒸気が漂っているだけなのに、そこから人や物のいろいろなかたちを読み取って、象徴的な意味を探ろうとした。「雲のなかから、燃える剣を握った手が現われ、その剣の先端はまっすぐロンドンに向けられていた」と報告する者までいた。「棺や霊柩車がいくつも空を飛び、墓地へ向かっていた」「死体が埋葬されないまま山積みだった」などの噂も流れた。恐怖に押しつぶされそうになり、人々は、妄想を思いつくまま周囲にまき散らした。

憂いて空を見上げれば
いくさ交える船の群れあり
心を静め、眼(まなこ)こらすと
浮かぶは、ただの雲の群れ

日常のなかで市民が見聞きしたという奇妙な話をここに書き連ねたら、きりがない。誰もが「本当に見た」と言い張り、もし疑いを挟もうものなら、仲違いは間違いなしだった。失礼だと怒鳴られるくらいならまだしも、不信心な頑固者めとののしられかねない。

あれは三月だっただろうか、セント・ジャイルズ教区以外にはまだ感染が広がっていないころ、街角に人だかりができていた。わたしは何事かと近寄った。すると、全員が空の一角に目をこらしている。ひとりの女性が「あそこにはっきり見える」と主張する「あるもの」を、ほかの人たちも見ようとしているのだった。「あるもの」とは、白い服を着た男の天使で、炎の剣を持ち、それを頭上で振り回しているらしい。

女性はその姿を細かに描写し、いまこんな身振りをした、こんどはこんな体勢をとった、と説明していた。やがて周囲の人もつられ始めた。「あ、見える、見える。間違いなく剣だ」とひとりが言った。「天使も見えるぞ」と、別の声が飛ぶ。天使の表情までわかったという者も現われ、「なんて神々しいんだろう」と感嘆しきりだった。あれが見えた、これが見えたと、場は騒然となった。

わたしも、みんなにならって目をこらした。だが、ほかの人たちほど簡単に同調する気はなかった。「白い雲しか見えませんねえ」と、わたしはつぶやいた。「逆方向からの日の光に照らされて、一部分が輝いていますが」

すると女性が「ほら、あそこよ」と熱心に教えてくれたが、「相変わらず見えません」とこたえるほかなかった。見えないものを見えたと言えば、嘘をつくことになる。

するとその女性が、わたしのほうに向き直って顔をのぞき込み、「おまえさん、あざ笑ってるね」と言った。これまた妄想で、わたしは笑ってなどいなかった。むしろ、勝手に妄想を膨らませておびえている人たちを気の毒に感じ、深く考え込んでいた。ところが女性は急に背を向け、「人を笑いものにする罰当たりめ」と吐き捨てた。「神様がお怒りで、恐ろしい天罰が近づいてるっていうのに。おまえさんみたいな不信心者は『驚きて滅び去る』と聖書に書いてあるよ」

まわりの連中もいっしょになって憤慨しているようすだった。笑ってなんかいないと弁解したところで無駄らしい。現実を正しく見るべきだと諭しても、袋だたきにされるのがおちだろう。やむなく、わたしは場をあとにした。後日、この天使の一件は、例の彗星と同じように、偽りない真実として世間に伝わった。

同じく真昼、もう一つ別の騒ぎに遭遇した経験がある。「シティ」の北東部のペティ・フランスからビショップスゲイト教会の墓地へつながる、狭い路地を歩いていたときだ。ビショップスゲイト教会の区域には墓地が二つある。

一つはペティ・フランスからビショップスゲイト・ストリートに向かう途中、教会の正門のわき。もう一つが、そのときわたしが歩いていた路地の片側だ。左手には救貧院が立ち並び、右手に、柵の付いた低い塀があって、奥が墓地になっている。さらに先には「シティ」の防御壁が見える。

この狭い路地にひとりの男が立って、柵のすきまから墓地をのぞいていた。それを取り囲むように、かろうじて通行の邪魔にならないくらいの結構な人だかりができている。男は、墓地のあちこちを指さしながら、「ほら、あそこの墓石の上を幽霊が歩いてる」などと、まわりの人々に熱心に語りかけていた。幽霊の姿かたちや動きをつぶさに描写し、「こんなにくっきり見えるのに、どうしてほかの人には見えないんだろう」と不思議がっている。

そのうち突然、「おい、あそこ。こっちへ来るぞ」と叫んだあと、「ああ、また向こうに行ってしまった」と言った。とうとう、集まった人々も幽霊の存在を信じ始めた。「うん、見えるような気がする」と話を合わせる者が、ひとり、またひとりと増えた。

それから毎日、男は同じ場所にやってきた。おかげで、狭い路地に似つかわしくない人数が群がり、騒ぎはビショップスゲイト教会の時計が一一時を打つまで続いた。なぜか、幽霊は一一時になると、ふと何かに呼び戻されたかのように姿を消すらしかった。

わたしは目を皿のようにして、隅々まで見た。男があっちだ、こっちだと言う方向を凝視したものの、気配すら感じられなかった。

しかし、男が自信たっぷりに断言するものだから、野次馬たちは本気にして、青ざめた表情で身震いしながら去っていくのだった。事情を知る者はその路地を通らなくなり、夜ともなれば人っ子ひとりいなくなった。

男によれば、幽霊は家、地面、人々を順に指さしていて、おそらく、無数の死者が将来その墓地に埋葬されると告げているのだろう、という。のちに実際、そのとおりになった。けれども、男が本当に幽霊を見たとは信じられない。できるならお目にかかりたいと熱心に探したにもかかわらず、わたしには、影もかたちも見えなかった。

当時の人々がどれほど妄想に身をやつしていたか、こうした例からわかるだろう。感染拡大の気配を嗅ぎとって、疫病のことで頭がいっぱいになっていた。悪疫がロンドンはおろか英国全体を荒廃させ、人も獣も、この国のほとんどが滅びるという予感に取りつかれていた。

先にも述べたとおり、占星術師の思わせぶりな予言も、さらなる悪影響をもたらした。かねてから「惑星どうしが重なって見えるのは、不吉な兆候である」としており、実際そのような現象が一〇月、一一月と立て続けに起こったため、ここぞとばかり「干ばつ、飢饉、疫病の前兆が現われた」と人々に吹き込んだのだ。

そのうち最初の二つは、ものの見事に外れた。干ばつや飢饉は発生しなかった。一二月から翌年三月にかけて厳しい寒さが続いたあと、暑いというより暖かい穏やかな天気に変わり、さわやかなそよ風が吹いた。要するに、それぞれの季節にふさわしい気候だったし、大雨も何度か降った。
当局も、いたずらに不安を煽るような書籍を取り締まり、その手の本の流布を防ぐ策をいくつか講じて、数名を逮捕した。しかし、わたしの知るかぎり、本腰を入れてはいなかったようだ。もはや正気ではない市民とへたに揉めたくなかったのだろう。

信者を勇気づけるどころか、かえって滅入らせるような説教をした聖職者たちも、罪深いと思う。その多くは、人々に覚悟を促し、早く悔い改めさせようとしたに違いないが、所期の目的を遂げられなかったうえ、違う面での悪影響のほうが大きかった。

聖書のどこを読んでも、神は、恐怖や驚きをもって信仰を強いるのではなく、温かく誘ったうえで、神に寄り添いつつ生きる道を説いている。はっきり言わせてもらえば、聖職者たちも、われらが主、イエス・キリストにならって行動すべきだったのではないか。キリストは「あなたがたは、命を得るためにわたしのもとへ来ようとしない」と嘆きながらも、天からの恵みを世にもたらし、改悛者に許しを与えた。だからこそ、主の福音は、平和や慈愛の福音と呼ばれている。

ところが、どうだろう。どの宗派にも良心的な聖職者がいるはずなのに、説教はおしなべて空恐ろしい話題に終始した。恐怖に震えて教会へ足を運んだ信者たちは、悪が押し寄せてくるとの予言ばかりを聞かされて、涙に暮れながら家路につくはめになった。「天に救いを求めよ」とは教えられず、不安に打ちのめされる一方だった。

しばらく前から、わが国では宗教をめぐって不幸な分裂が起きていた。数えきれないほどの宗派や教義が広まり、意見が対立していた。四年ほど前、王政復古とともに英国国教会が復活したものの、その内部では、長老派や独立派のほか、さまざまな宗派の牧師や説教者が別々の団体をつくり、きそって祭壇をしつらえた。現在より信者の総数が少ないにもかかわらず、いまと同様、各宗派が独自に礼拝の集いを開いていた。

非国教徒が一つの集団にまとまるのはもっと後の話で、当時、非国教徒の集いは少なかったが、それでも政府は認めようとせず、活動を弾圧して会合を封じようとし、混乱を生んでいた。

疫病の流行に伴い、一時的に双方は融和した。国教会の牧師がおおぜいロンドンを逃げ出してしまったため、非国教徒のうち優れた牧師や説教者は、取り残された国教会に出入りを許された。人々も、宗派の違いはさておいて、説教を聞きに集まった。

ただ、流行が終息すると、そのような友愛の精神は薄れ、教会ごとに本来の牧師が戻り、すでに死亡した場合には新しい牧師が任命されて、深い溝はもとに戻った。

悪いことが起こると、それをきっかけにまた悪いことが続くものだ。人々は恐怖と不安に駆られて、根拠の薄いばかげた怪しげな事柄に数限りなく手を出すようになり、それをけしかけるあくどい連中のほうも、とめどなく現われた。たとえば運勢占い。市民は、易者、魔術師、占星術師のもとへ殺到し、占いに身をゆだね、天球図を計算してもらうなどして、みずからの運命を知ろうとした。このような愚行が流行したせいで、魔法使いだの妖術使いだのを自称する胡散臭い輩がロンドンにあふれた。この手合いは、本人の自覚よりはるかに罪深く、とんでもない悪魔と取引していたといえる。

こうした商売はやがて広く公然と行なわれるようになり、入り口に看板や広告を掲げる家が増えた。「あなたの運勢、占います」「星占い、こちらへどうぞ」「天球図の算定ならご相談ください」……。

また、このような商売をする家の目印として、修道士ベーコンの真鍮の頭像、予言者マザー・シプトンや魔法使いマーリンの顔を描いた看板などが、どこの道沿いでも見られるようになった。

いったいどんな理不尽でくだらない悪魔の神託が、市民の心に安らぎや満足感をもたらしたのか、わたしには見当もつかない。しかし、悪魔のお告げを聞きたがる者が来る日も来る日も戸口に群がったことは事実だ。この種の魔術師がよく着ている艶やかな上衣、帯、黒い外套を身にまとった男が、いかめしい表情で通りを歩いていようものなら、たちまち人が集まって、あとをついて行きながら矢継ぎ早に質問を投げかけた。

これがどれほど忌まわしい妄信であり、どれほど重大な結果をもたらすかは、指摘するまでもないだろう。けれども、いずれ疫病そのものが万事にとどめを刺し、えせ占い師どもをロンドンから一掃するような事態にでもならないかぎり、押しとどめる手はなかった。迷惑なことに、客が心配顔で「この先、疫病が大流行するのでしょうか」と尋ねると、えせ占い師のこたえは決まって「はい」だった。そう返事をしておけば、いつまでも商売を続けられるからだ。

世間に恐怖をまき散らしておかないと、占い師はすぐ用済みになり、店じまいに追い込まれてしまう。そこで必ず、星の動きやら惑星の重なり合いやらの話を持ち出し、「その影響で必然的にいろいろな病気が生まれ、ひいては疫病が流行するに相違ありません」と告げるのだ。じつは世のなかの状況を何一つ知らず、「疫病はもうどこかで、流行し始めています」などと、みんな百も承知のことをさも自信ありげに語る者もいた。

念のため言い添えておくが、こうしたいんちきに誰もが目をつぶっていたわけではない。ほとんどの宗派の賢明な牧師、説教者たちが、烈火のごとく怒り、よこしまで愚かな行為だと断罪した。一般人にしろ、冷静な判断力のある者たちは、占いをさげすみ、忌み嫌った。

しかし、平凡な庶民や貧しい労働者には、いくら道理を言ってきかせても無駄だった。恐ろしさのほかには頭が回らず、くだらない流行に金をつぎ込んでしまう。

奉公人、とりわけ女の奉公人が、占い師のかもになった。申し合わせたかのように、開口一番、「これから疫病が大流行するのですか」と尋ねる。続いて「ああ先生、教えてください。わたしはどうなるのでしょう。奥様はこのままわたしをそばに置いてくださるでしょうか、それともお払い箱になさるつもりでしょうか。奥様はロンドンにお残りですか、それとも地方へお逃げになるのですか。もしお逃げになるのなら、わたしも連れて行ってくださるでしょうか、それとも、置き去りにして飢え死にさせるおつもりでしょうか」。男の奉公人も、訊く内容は同じだった。

実際のところ、奉公人たちの運命は悲惨だった。おいおい触れようと思うが、奉公人の圧倒的多数が遠からず解雇されることは明らかで、事実そうなった。たくさんの者が、疫病で命を落とした。とくに、占い師の甘い言葉に騙されて「このまま仕えていれば、いっしょに地方へ連れて行ってもらえる」と信じていた者が犠牲となった。

災厄に見舞われた際のつねとして、こういう哀れな奉公人たちはきわめて多く、公共の慈善活動が行なわれたからまだ良かったものの、そうした救済がなければ、ロンドンのなかでも最悪の境遇に置かれていただろう。
疫病に対する不安が芽生え始めたばかりで、本格的な流行にはまだ至っていない時期に、このような風潮が何カ月にもわたって庶民の心をかき乱した。

忘れてほしくないのだが、市内でも、信心深い人々はまったく異なる生活態度をとっていた。まず当局側が、信仰を奨励し、公式な礼拝について定め、断食してみずから反省する日を決めた。市民の頭上に迫る恐ろしい裁きを避けるために、罪を告白し、神に慈悲を願う機会を与えたわけだ。宗派の垣根を越えて、おおぜいがこの指針にのっとり、教会や集いの場に群がった。どこもひどい混雑となり、会場にたどり着けないどころか、大きな教会の門に近づくのさえ難しいことがままあった。

教会によっては毎日、朝夕の二回ずつ祈禱会を開いた。めいめいが自分の居場所で祈る日をもうける教会もあった。どの集まりにも、人々は異常な熱意をもって参加した。身内だけで自主的に断食を行なう一族も現われた。要するに、本当に敬虔な信者たちは、真のキリスト教徒にふさわしく、謙虚に悔い改めようと励んだわけだ。

また、公共施設の担当者たちも、めいめい努力して災厄をしのごうとするようすがうかがえた。華美と贅沢に彩られた宮廷でさえ、社会に迫る危険に対し、それなりの懸念を示し始めた。

たとえば、フランス宮廷を真似て、芝居や幕間劇が流行の兆しを見せていたのだが、上演がすべて禁止された。賭博場、舞踏場、音楽堂など、大衆の風俗を乱しつつあった場所も閉鎖された。

貧しい庶民に人気だった道化芝居、人形劇、綱渡りといった見世物のたぐいは、そもそも商売が成り立たなくなって店じまいした。もはや遊んでいる場合ではない。恐れと悲しみで、庶民の表情は凍りついていた。死神を目の前にして、自分の墓が脳裏をよぎり、娯楽どころではなくなった。

ロンドンが滅亡して第二のニネベになりかねないほどの災厄のもと、こうしていままでの堕落を反省する動きもあったのだから、もし市民全体をうまく取りまとめることができれば、人々は進んでひざまずいて祈り、罪を懺悔し、天を仰いで慈悲深い救世主に憐れみを乞おうとしただろう。

ところが、庶民は野放しのまま、暴走していった。恐怖に駆られ、これまで無思慮に振る舞ってきたことを反省したまではいいものの、しょせん浅はかなせいで、またあらたな愚行に走ったのだ。

まず、前に述べたとおり、自分の運命を知ろうと魔法使いなどあらゆるぺてん師のもとに殺到し、あげくの果てに、いっそう不安を煽られ、金を巻き上げられた。

その一方、ありもしない特効薬を求めて、やぶ医者やいかがわしい売人、薬草を調合する老婆らを懸命に追いかけまわした。そうして丸薬やら粉薬やら、予防薬のたぐいを山ほど買い込み、多大な浪費をした。病毒を恐れるあまり、怪しい薬を服用してかえって健康を害し、疫病の予防どころか、むしろ疫病にかかりやすいからだになってしまった。

実際に見ていない人は想像できないと思うが、家の門柱や街角には、医者やぺてん師の宣伝が嫌というほど大量に張られていた。どれにもこれにも、得体の知れない医術の効能や、治療に来るよう勧める文言が書き連ねてあった。

「効果てきめん予防丸薬」「疫病予防には、迷わずこれ」「空気感染を防ぐ栄養剤」「万が一の感染時にも、これさえ飲めば大丈夫」「抜群の効き目を誇る、新調合の予防酒はいかが」「悪疫退治の万能薬」「いかなる疫病にも即効性あり」……。まだまだあって、数えきれない。全部書き留めていったら、それだけで本が一冊できあがるだろう。

なかには、もし感染した場合にこちらまで来れば諸注意を教えると、客集めを狙う広告もあった。もっともらしく、こんな文章が書かれていた。

「当方、オランダより来たる高名な医師。去年のアムステルダム大疫病の折り、現地にて多数の疫病患者を治癒せし経験を有す」

「ナポリから到着したばかりの女医でございます。苦心を重ねたすえ、独自の予防法を発見いたしました。一日で二万人が死亡した先ごろの疫病禍にて、奇跡的な成果を残しております」

「去る一六三六年に当市で疫病流行の際、偉業を成し遂げた身分ある老婦人なり。診療は女性限定。口頭による指導その他あり」

「経験豊富な医師です。長年、あらゆる種類の毒と伝染病に対する解毒剤を研究。四〇年にわたって実践した結果、神の祝福に恵まれ、ついに悪疫予防の秘術を会得いたしました。貧しき者には無償で伝授いたします」

ここに引用したのはほんの一部にすぎない。あと二〇や三〇は簡単に挙げられるが、それでもまだまだ書き足りない。だが、これだけあれば、当時の雰囲気を察することができるだろう。

盗人たけだけしい集団が、貧乏人から金を巻き上げたうえ、命取りになりかねない胡散臭い薬を処方して人々の健康を損ねたのだ。特効薬と称して水銀を売る者もいれば、効能書きとは似ても似つかない代物を押しつける者もいた。もし実際に疫病にかかった場合、よけい害になるものばかりだった。

ここで、いんちき治療師のひとりの手口について、ぜひ書き留めておきたい。その男は、言葉巧みに貧しい人々をおびき寄せたすえ、金と引き換えでなければ何一つ与えようとしなかった。男が街角に張り出した広告には、でかでかと「貧しいかたは無料」と書かれていた。

それを見て、おおぜいの貧しい人々がやって来た。男はひとまず、もっともらしく弁を振るい、訪問者の健康状態や体質を調べたあと、ありきたりな助言を口にする。しかし結局は、独自に処方した予防薬を持ち出すのだった。

「毎朝これをこのくらいの量飲めば、けっして疫病にかかりません。感染した人と一つ屋根の下に住んでいても大丈夫」。そう言われると、誰でもその薬が欲しくなる。ところが値段がとんでもなく高い。確か半クラウンもした。

「でも、先生」と、ある貧しい女が抗議した。「わたしは他人の施しで暮らしている身で、こうしていられるのは教区の援助のおかげなんです。先生の広告には『貧しいかたは無料』と書いてあったじゃありませんか」。

「ええ、そうですよ」と男はこたえた。「だから張り紙のとおり、こうして無料で診察しているわけです。ただ、薬まで無料というわけにはいきません」

「ひどい！」。女は憤慨した。「貧乏人を罠にかけるとは。お金を出して薬を買えという説明が無料だっただけなのね。商品の説明なんて、ただで当たり前でしょ」。女はにせ医者をののしり始め、その日のあいだずっと戸口に立って、来る人すべてにいきさつを話した。

やがて、女が客を追い払っていることに気づいた医者は、しぶしぶ、女を二階の部屋に呼んで、薬をひと箱、無料で与えた。もっとも、その特効薬とやらも、どうせ効き目はなかっただろう。

さて、話を戻そう。藁にもすがる思いの庶民につけ込んで、いんちきな医者や薬売りが大儲けしたことは間違いない。その証拠に、そういう連中に助けを求める人たちの群れが日々増えていった。

高名なブルックス博士、アップトン博士、ホッジズ博士、ベリック博士のような当代きっての本物の名医よりも、にせ治療師のほうが客を集めていた。なかには薬代で一日五ポンドも荒稼ぎした者までいたらしい。

この時期、迷える庶民の理不尽な行動はこれだけにとどまらない。結果として、いままで挙げた連中よりさらに悪質な詐欺に引っかかってしまった。ここまでの小悪党どもは、他人を騙して財布をまさぐり、金をくすねたにすぎない。騙す側が一方的に悪く、騙されるほうに罪はなかった。

ところが、むしろ騙される側が悪いか、せいぜいお互い様と思える事例も出てきた。何の話かというと、おびえる大衆は、疫病から逃れるため、お守りや魔法の水、呪文の札、魔除けの宝石などを身につけ始めたのだ。まるで、悪疫は神の裁きではなく、悪霊のたたりだといわんばかりだった。十字切りや十二宮を描いた図、複雑に結んだ紙切れなどを持っていれば、感染を防げる気でいた。

紙切れには、ある種の言葉や記号が書かれていた。とくに多かったのが、「アブラカタブラ」という呪文を逆三角形、あるいは逆ピラミッド形に描いたものだ。

A B R A C A D A B R A
A B R A C A D A B R
A B R A C A D A B
A B R A C A D A
A B R A C A D
A B R A C A
A B R A C
A B R A
A B R
A B
A

十字架のなかにイエズス会のこんな記号を入れたものもあった。

I H
S

ほかに、このような模様だけの護符もあった。

疫病禍という重大な国難のさなか、まじないに頼るなどという愚行、いや悪行にふけるとは、何たることか。わたしは、とてつもない怒りを禁じえない。しかし、その思いをここに書き連ねたら、話が長くなってしまう。一連の出来事をめぐるこの覚書では、事実だけありのままを記すことに専念するとしよう。

哀れな人々は、まじないなど役に立たない、とやがて気づくことになる。おびただしい数の者が、ばかげた護符を首からぶら下げたまま、死体運搬の荷馬車で運ばれ、各教区の共同墓地の穴へ投げ込まれた。このへんは追ってまた触れたい。

こうした混乱が起きた原因は、悪疫が間近に迫っていることに急に気づいて、市民がうろたえだしたことにある。時期としては、一六六四年の九月二九日、聖ミカエル祭のあたりかららしい。

人々の動揺がさらに色濃くなったのは、一二月の初めにセント・ジャイルズ教区で二名、翌年二月にまた一名が死亡したあとだ。感染拡大が誰の目にも明らかになるころには、くだらない連中を信じて損した、金を奪われただけだったと、庶民もようやく目が覚めた。しかし、市民の恐怖心は、また別の愚かな行動を招いた。災難を逃れるにはどんな手段を講じたらいいのか見当がつかず、不安で居たたまれなくなった人々は、隣近所の家を訪ね、しまいには道沿いの家の戸を片っ端から叩いて、「主よ、わたしたちをお憐れみください。いったいどうすればいいのでしょう?」と叫び続けるありさまだった。

このような惨めな者に関しては、同情すべきところもある。なのに、救いの手はまったくと言っていいほど差し伸べられなかった。この記録を読む人すべての共感は得られないかもしれないが、わたしとしては、深い畏怖と反省を込めて、経緯を記しておきたいと思う。

というのも、いまや死が、市民すべての頭上を漂いだしたばかりか、家や部屋をのぞき込み、各人の顔を正面から見すえている。なお鈍感な愚か者も少なくないにせよ、それ以外の者たちは、魂の奥深くで警鐘がけたたましく打ち鳴らされるのを感じていた。

多くの良心が目を覚まし、多くの固い心が涙に溶けた。長いあいだ秘密にしてきた罪を懺悔する者も相次いだ。絶望のなかで死にゆく患者たちのうめき声を聞いて、あらゆるキリスト教徒の魂が悲痛な思いに打たれた。

それでいて、苦しむ患者を慰めようとあえて近づく者は誰ひとりいない。盗みを働いた者や殺人を犯した者が、こぞって声を張り上げて罪を告白したものの、みんな自分が生き残ることに必死で、耳を傾けてやる者はいなかった。

道を歩いていると、イエス・キリストの名を呼んで神の慈悲を求める叫びが響いてくる。「わたしは泥棒をしました」「姦淫の罪を犯しました」「人を殺めてしまいました」。けれども、通行人は足を止めようとしない。声の主が身も心も苦痛に耐えかねているにもかかわらず、多少とも事情を尋ねたり、慰めの言葉をかけたりする者は現われなかった。

初めのうちこそ病人を見舞う牧師もいたが、やがて皆無になった。感染者の家へ足を踏み入れることは、運が悪ければ即、死を意味したからだ。

気の強さが自慢の死体埋葬人でさえ、ときとして、家に入るのを尻込みした。とくに、家族全員が死亡していたり、名状しがたいほどの惨状を呈していたりすると、そばに寄りたがらない。もっともそれは、疫病が猛威を振るい始めた最初のころだけだった。時が経つにつれて、人々は悲惨な光景に慣れ、どんな場所にもためらいなく入っていくようになる。

いよいよ感染拡大が本格化し始め、当局としても、市民の健康状態を真剣に考え始めた。患者が発生した家を取り締まる規制についてはのちほど述べるとして、予防や治療に関わる措置だけここで述べておこう。

貧しい人々がいんちきな医者、薬売り、魔術師、占い師たちに異様な熱を上げている現状を踏まえて、冷静で敬虔な市長は、一部の内科医と外科医を指定し、貧しい感染者の救済に乗り出した。また、病状の重さにかかわらず金のかからない治療法を公表するよう、医師会に命じた。これは、当時なし得る最大限の思いやりある賢明な措置だった。

おかげで市民は、いかさま広告を張り出す詐欺師たちの家に群がるのをやめた。薬だと騙されて毒を飲み、生きようとして逆に命を落とす愚かしさから解放された。

医師会全体の話し合いを経て、まっとうな治療法がまとめられた。貧しい人を念頭に置き、安価な薬を活かす趣旨だったので、誰でも見られるようにおおやけにされ、希望者には無料で配布された。簡単に入手できるはずだから、ここで内容を紹介するまでもないだろう。

悪疫の勢いが頂点に達したときの惨状は、まるで翌年の大火のようだった。しかしだからといって、わたしは、医師たちの権威や能力をおとしめるつもりはない。大火のほうは、疫病が滅ぼしきらずに残したものを一気に焼き尽くし、人間には手の施しようがなかった。消防ポンプが壊れ、バケツは投げ捨てられ、人力の及ぶところではなかった。

疫病も同じで、どんな薬も効かなかった。医者ですら、予防薬を口に入れたまま感染する始末だった。患者に薬を処方し、養生を説いていた当人が、ふと、自分のからだにも忌まわしい兆候を認め、間もなく倒れて事切れた。打ち勝つべき敵に、みずから敗れてしまったわけだ。

著名な医師数人も含めて内科医たちが命を落とし、優秀な外科医のなかにも犠牲者が出た。にせ医者も次々に死んだ。効き目がないのを痛いほど知っていたくせに、みずからの売薬に頼って息絶えた。この連中は、天罰を免れないとじゅうぶん承知していたはずだから、ほかのぺてん師たちともどもロンドンから逃げ出すべきだっただろう。

一般人と同じく災禍に見舞われたとはいえ、医師たちの苦労と真摯さには敬意を払わなければいけない。自分の命を犠牲にしてまで人類のために奉仕したのだから、褒めたたえるべきだ。隣人のために尽くし、他人の命を救おうと、大いなる努力を重ねた。しかし当然、医師たちの力では、神の審判を阻むことはできず、天罰として下された疫病禍がその使命を果たすのを食い止められなかった。

言うまでもなく、医師たちは技量を発揮し、細心の注意を払って、数々の人命を救い、健康を回復させた。ただ、医師を呼んで診てもらうころにはもう重い症状が出ていたり、すでに危篤に陥ったりしている場合も多く、そうするとさすがに治すことができなかった。それは医師たちの責任ではない。

さて、感染拡大が始まったころ、当局がどのような手段をとって、公衆の安全を図り、蔓延を食い止めようとしたかを述べることにしよう。

のちに疫病の流行が本格化すると、深い思いやりにもとづいて、食糧その他を配給し、秩序の維持と貧困層の救済に努めるのだが、そのいきさつはまた先の機会に触れるとして、ここではまず、感染者が出た家を管理するための法令について記しておく。

前にも触れた、家屋の封鎖に関して詳しく話しておきたい。悪疫流行のこの記録のなかでも、ことさら痛ましいと思う。しかし、どんなに悲痛な物語であっても、目を背けるわけにはいかない。

六月ごろ、「シティ」の市長と市参事会が、街の統制に強い関心を示し始めた。

それに先立って、ロンドン北西部を統括するミドルセックス州の治安判事が、国務大臣の指示を受け、セント・ジャイルズ、セント・マーティン、セント・クレメント・デインズなどの教区で感染家屋の封鎖を始め、一定の効果を挙げた。

いくつかの道沿いで、疫病が発生した家を厳重に監視し、患者の死亡が確認された際はすぐに埋葬したところ、その付近では疫病が止んだのだ。

げんに、ビショップスゲイト、ショアディッチ、オールドゲイト、ホワイトチャペル、ステップニーといった教区にくらべ、家屋封鎖の措置をとった教区のほうが、いったん病勢が増しても早く食い止めることができた。すばやい封鎖が、疫病を封じ込めるうえで非常に有効らしかった。

わたしが知るかぎり、家屋を封鎖するというやりかたは、ジェイムズ一世即位の直後、一六〇三年に疫病が流行したときに初めて用いられた。「悪疫患者の人道的な救済および取り扱いに関する法令」なるものにより、家人もろとも患者の家を封鎖する権限が認められた。

今回の流行に当たって、「シティ」の市長と市参事会は、この法令をもとにあらたな規則を定め、一六六五年七月一日から施行した。

この時点では、「シティ」内の一週間の死者総数はわずか四名。感染者もまだ少なかった。それでも、何軒かの家屋が封鎖され、患者の一部は、ロンドン北側のバンヒル・フィールズを越えてイズリントンへ行く途中にある疫病療養所に移された。

こうした措置のかいあって、ロンドン全体で週に一〇〇〇人近く死亡したときも、防御壁内ではわずか二八人にとどめることができた。疫病禍のあいだじゅう、「シティ」は外にくらべて安全だった。

六月末に公示、七月一日から施行されたこの条例は、次のような内容だ。

疫病流行に関してシティ・オブ・ロンドン市長ならびに市参事会が発令する条例、一六六五年

故ジェイズム王の御代（みよ）、「疫病感染者の寛容なる救助と取り扱いに関する法令」が布告された。それにもとづき、治安判事、市長、町長その他の責任者には、めいめいの管轄内で、感染者および感染区域に対して調査員、監視人、検死人、付添人、埋葬人を任命する権限と、以上の者に対して職務を忠実に遂行する旨を宣誓させる権限が与えられた。また、早急な対処が不可欠であると認められる場合には、適宜、追加の命令を出すことが許可された。

昨今の状況を慎重に検討した結果、(神の御心にかなうならば) 悪疫の伝染を抑止し回避すべく、次に挙げる各職員を任命し、諸命令の順守をめざすことが最も適切な措置と決定したしだいである。

［教区ごとの調査員］

まず、各教区ごとに一名または二名、ないしそれ以上の、有徳で人望ある者を選び、調査員として任命することが必要であり、区長、助役、区会にこれを命ずる。

調査員の任期は最低でも二カ月とする。

任命された適任者が職に服することを拒絶した場合は、命令に従うまで禁固刑に処す。

［調査員の職務］

調査員は、各教区内において随時、調査を行ない、どの家で病気が発生し、誰が病気にかかり、それがどのような病気であるか、可能なかぎり把握することを区長に宣誓しなければならない。

また、疑わしい場合は、病名が判明するまで外部との接触を禁じ、疫病の感染者を見つけた際には、その家屋の封鎖を警吏に命じなければならない。

万が一、警吏が職務怠慢の場合は、その旨をただちに区長に報告しなければならない。

［監視人］

すべての感染家屋に二名の監視人を置くこと。

一名は昼勤、一名は夜勤とする。監視人は、担当する感染家屋にいかなる者も出入りしないよう、厳重に注意しなければならない。

職務怠慢の場合には厳罰に処される。また、監視人は、当該の家が要する種々の用事を代行すること。代行のため持ち場を離れる際は、必ずその家屋を施錠し、鍵を持ち歩かなければならない。

勤務時間については、昼勤の監視人は午後一〇時まで、夜勤の監視人は午前六時までとする。

［検死人］

特別な配慮のもと、各教区ごとに女性の検死人を数名ずつ任命すること。誠実な人柄との評判が高く、この種の任務にきわめてふさわしい女性に限る。

検死人は、できるだけ正確に検査し報告する旨を宣誓したうえで、検査を命じられた遺体の死因が疫病なのか、そうでなければ他のいかなる病気なのかを調べなければならない。

各教区で任命された、またはこれから任命される検死人はすべて、疫病の治療と予防の責を負う医師の指示に従うものとする。

医師は、必要に応じて検死人を呼び出し、任務にふさわしい資質を備えているかどうかを判断すること。

職務遂行上、支障ありと判断された検死人は、裏付けとなる正当な理由が認められしだい、懲罰を受けるものとする。

今期の悪疫が流行しているあいだ、検死人は他のいかなる公務に就くことも、店を経営することもできない。洗濯女その他として雇用されることも許されない。

［外科医］

過去、誤った病名が報告されたせいで悪疫のさらなる蔓延を招いた例がある。そこで、検死人の補佐役として、有能かつ慎重な外科医を選出することを命じる。ただし、すでに疫病療養所で勤務している者は除く。

任命された外科医たちのあいだで、地理的な便宜に応じて「シティ」および特別区域を分割し、一名ずつ一地区を担当すること。

各地区の外科医は、検死人と協力し、病名の報告に万全を期さなければならない。また、外科医は、患者本人の求めによる場合や、各教区の検死人から指名を受けた場合、ただちに往診におもむいて病名の確認に努めなければならない。

任命された外科医は、今回の疫病に専念し、他のいっさいの治療を控える必要があるため、患者一名を診察するたびに一二ペンスの報酬を受け取るものとする。その支払いは原則的に患者の負担だが、やむを得ない場合には教区が負担すること。

［付添看護師］

疫病により患者が死亡したあと二八日以内に、付添看護師が感染家屋から転居する場合、転居先の家屋は、その二八日間が経過するまで封鎖されるものとする。

感染家屋および疫病患者に関する規定

［発病の報告義務］

家人のいずれかが、身体のいかなる部位であれ、しこり、紫斑、腫れ物の症状を訴えた場合、あるいは、疫病以外に明白な病因が思い当たらないにもかかわらず危篤に陥った場合、戸主は、二時間以内に調査員に通知しなければならない。

［患者の隔離］

前記の調査員、外科医、検死人によって疫病であると診断された場合、患者は同日夜からその住居のなかに隔離される。

こうして隔離が行なわれたときは、たとえ患者が死に至らなかったとしても、その家屋は一カ月のあいだ封鎖のこと。ただし、家の残りの者たちにはあらかじめ適切な予防策を施すものとする。

［家財の消毒］
疫病にさらされた家財はいったん差し押さえ、寝具、衣類、窓掛けについては、ふたたび使う前に、たき火でいぶし、感染家屋で使用すべき規定の香料で清めなければならない。以上の作業は調査員の指導のもとで行なうこと。

［家屋の封鎖］
許可なしに、疫病患者とわかっている相手を訪問したり、感染者を出した家屋へ故意に立ち入ったりした場合、その者が居住する家屋は一定期間、調査員の指示により封鎖されるものとする。

［感染家屋からの転居禁止および例外］
疫病患者が出た家屋からは、いかなる者も、市内の他の場所へ転居してはならない。ただし、疫病療養所やテント、あるいは、疫病が発生した家屋の戸主が所有し、みずからの奉公人によって管理している別宅であれば、移ることは差し支えない。その際は、安全を確約する書面を転居先の教区に提出すること。

なお、これまで記したすべての場合、患者を受け入れる結果になる教区に対し、看護や経費について何ら負担をかけてはならない。また、転居の作業は夜間に行なうこと。

二戸の家屋を所有する者は、健康な家人のみ、あるいは感染した家人のみを別宅へ転居させても良い。ただし、健康な者を転居させたあと同じ家屋へ患者を転居させたり、逆に、患者を転居させた家屋へあとから健康な者を転居させたりしてはならない。さらに、感染してもただちには症状が現われない可能性があるため、転居先は少なくとも一週間は封鎖し、周辺の住人と交わらないようにしなければならない。

[死者の埋葬]

このたびの疫病流行による死者の埋葬は、日の出前か日没後の都合の良い時間に行ない、教区委員または警吏の了承を得ること。

死者を教会に運ぶ際、隣人や友人はいっさい付き添ってはならない。

疫病が発生した家に出入りすることも禁ずる。

これを破った者に対しては、家屋封鎖あるいは投獄の罰を科す。

教会におおぜいが集まる公禱、説教、講話の時間中は、疫病死した者の遺体を埋葬したり、教会内に安置したりしてはならない。

また、教会や教会墓地その他に埋葬する際、遺体、棺、墓穴の近くに子供を近づけてはならない。

墓穴の深さは、少なくとも一・八メートルとする。

さらに、今回の流行が続くあいだ、疫病以外の原因で死亡した者の埋葬であっても、多数の参列者を集めるのは控えること。

［感染家屋にある家財の売却禁止］

感染家屋から衣服、織物、寝具、毛布を持ち出してはならない。寝具類や古着類を売却もしくは質入れする行為は固く禁じる。

また、古物商は、こうした寝具や古着をいかなるかたちでも陳列、販売しないこと。道幅にかかわらず、人通りのあるどんな道に面した店先、棚、窓であろうと、陳列してはならない。

違反した者は投獄の罰に処す。

古物商その他が、疫病発生後二カ月経たない家屋から寝具、衣服、その他の家財を買い取った場合、その者の住居は感染家屋と同様に扱われ、少なくとも二〇日間、封鎖されるものとする。

［感染家屋からの患者の移送禁止］

万が一、疫病に罹患した患者が、監視の怠慢その他の理由により、感染家屋から別の場所へみずから移動した、または誰かによって移送された場合、移動元の教区は、報告を受けしだい、教区の経費負担において、夜間、患者を元の場所へ連れ戻さなければならない。また、この違法行為に関わった者たちは、区長の裁定に従って罰せられる。このような患者を迎え入れた家屋も、二〇日間封鎖されるものとする。

［感染家屋の目印］

疫病が発生した家屋にはすべて、よく見えるよう、戸口の中央に長さ三〇センチの赤い十字の目印を付けなければならない。

十字のすぐ上に、聖歌に多く使われている詩句「主よ、われらを憐れみたまえ」を記し、その家屋の封鎖が法的に解かれるまで消してはならない。

［感染家屋の監視］

警吏は、感染家屋が漏れなく封鎖され、監視人によって見張られているかどうかを確認しなければならない。

監視人は、感染家屋の者が外へ出ないよう注意するとともに、日常の必需品を手配してやること。その費用は、支払い能力がある場合は家の者の負担とし、そうでない場合は公共の負担とする。

また、家族全員が健康になってからも四週間、封鎖を継続すること。

検死人、外科医、付添看護師、埋葬人が道を歩くときは、一メートルの赤い棒または杖を両手で縦に持ち、周囲にはっきりと見えるようにしなければならない。

この者たちは、自宅、または命令を受けておもむいた家屋には立ち寄って良いが、他の家屋に出入りしてはならない。

また、外部者との接触は慎むこと。とりわけ、疫病に関わる職務に従事した直後はじゅうぶんに注意する。

〔同居人〕
一軒の家屋に複数の者が同居し、うち一名が疫病に罹患した場合、教区の調査員から証明書の発行を受けないかぎり、患者のみならず他の家人も、転居してはならない。
これに従わなければ、転居先の住居は感染家屋と同様に扱われ、封鎖されるものとする。

［貸馬車］
貸馬車の御者は、患者を疫病療養所などへ搬送したのち、すぐに一般の客を乗せないよう注意を払わなければならない（不用意に乗せる例が多々みられるとの報告あり）。
患者を搬送したあとは、馬車を空気で念入りに消毒し、五ないし六日間は使用しないこと。

道路の清掃および保全に関する条例

［道路の清潔維持］
すべての戸主は、自宅の玄関に面した道路を毎日清掃し、一週間を通じてつねに清潔を保つよう心がけなければならない。
［清掃人によるごみの回収］
各家庭のごみや汚れ物は、清掃人が毎日運び出すこと。従来と同様、清掃人は角笛を吹いて到着を知らせるものとする。

［市内から離れた場所へのごみ捨て場の設置］

ごみ捨て場は、市内および街路からできるだけ遠くへ移転すること。

汲み取り人その他の者は、排泄物を市街地周辺の庭園へ廃棄してはならない。

［不潔な魚、肉、かびの生えた穀物についての注意］

悪臭を放つ魚、腐敗した肉、かびの生えた穀物、悪くなった果物は、どのような種類のものであれ、市内やその周辺で販売されることのないよう、厳重に取り締まらなければならない。

醸造業者、および、酒類を提供する飲食店については、かびた不潔な樽を置いていないか、検査を行なうこと。

豚、犬、猫、家鳩、兎は、市内のいかなる場所においても飼育してはならない。

街路や路地をさまよっている豚は、教区委員その他の世話人が捕獲し、その飼い主は、市議会の法令によって罰せられる。犬の場合は、あらかじめ任命された者によって殺処分とする。

浮浪者および無駄な集まりに関する条例

［物乞い］

市内の付近一帯に群れる浮浪者や物乞いが、悪疫をさらに広める大きな原因となっている。しかしながら、たび重なる命令を無視して退去しようとせず、それに対する苦情があとを絶たない。このような状況にかんがみ、次のとおり命じる。

警吏をはじめとする関係当局者は、物乞いらが市内の道路をいっさい徘徊しないよう、徹底的に取り締まること。

逆らう者には、法の定める刑罰を正しく厳重に執行しなければならない。

［芝居］

あらゆる芝居、熊いじめの見世物、賭博、詩歌の朗唱、刀剣試合など、人だかりを招くような催しは、いっさい禁止する。

違反した者は、各区長を通じて厳罰に処す。

［宴会の禁止］

当市の商業組合の宴会をはじめ、あらゆる祝宴、居酒屋などの飲食店における酒宴は、追ってあらたな通達があるまで、禁止とする。
これにより節約された金銭は、貧しい疫病患者の救済と福祉に向けて、貯蓄、使用されるべきものとする。

［店における飲酒］
飲食店、居酒屋、珈琲ハウス、酒蔵などでの過度の飲酒は、当代の悪癖であるとともに疫病拡散の大きな原因であり、厳しく取り締まらなければならない。
当市の古来からの慣習と法律に準じて、いかなる個人も団体も、店における飲酒は夜の九時までとする。それ以後は、酒類を提供する店に滞在、入店してはならない。
違反した者は、法の定めにより処罰される。

以上の条例、ならびに今後の状況に応じて追加となるあらたな規則や命令を確実に実施するため、区長、助役、区会議員は、毎週一回、二回、または三回（必要があればさらに頻繁に）、平素から各区で用いている会場（ただし疫病感染の恐れのない場所）に集まり、ここに記した条例を正しく運用すべく方策を協議すること。ただし、感染の発生地域やその周辺に居住する者は、健康状態に不安があれば、会合に出席しなくて良い。

また、会合の席上で有益な提案があった場合、各区の区長、助役、区会議員は、それを実行に移し、国王陛下の臣民を感染から守れるよう尽力するものとする。

市長　ジョン・ローレンス卿
州執政長官　ジョージ・ウォーターマン卿
同　チャールズ・ドウ卿

これらの条例は、言うまでもなく、市長の管轄である「シティ」内だけに適用され、集落や郊外と呼ばれる「シティ」の外側の教区に関しては、治安判事が同様の策を講じた。わたしの記憶によれば、家屋封鎖の命令は、東部ではもう少し後になってから施行されたと思う。

というのも、わたしが住む東部地域で流行の兆しが見えてきたのは八月初めごろで、「シティ」の条例制定の時点ではまだ安泰だったからだ。その証拠に、死亡週報によると、七月一一日から一八日までの死亡者数は、ロンドン全体で一七六一名だったのに対し、「タワー・ハムレッツ」と呼ばれる東部地域の疫病死は合計七一名にすぎなかった。内訳は次のようになっていた。

教区	七月一一日～一八日	一九日～二五日	二六日～八月一日
オールドゲイト	一四	三四	六五
ステップニー	三三	五八	七六
ホワイトチャペル	二一	四八	七九
セント・キャサリン（タワー区）	二	四	四
トリニティー（ミノリーズ区）	一	一	四
合計	七一	一四五	二二八

もっとも、悪疫はすさまじい勢いで東へ広がりつつあった。同じ週について、右記の教区のすぐ隣にある各教区を見ると、埋葬数がはるかに多い。

教区	七月一一日～一八日	一九日～二五日	二六日～八月一日
セント・レナード（ショアディッチ区）	六四	八四	一一〇
セント・ボトルフ（ビショップスゲイト区）	六五	一〇五	一一六
セント・ジャイルズ（クリップルゲイト区）	二一三	四二一	五五四
合計	三四二	六一〇	七八〇

家屋封鎖の措置は、当初、無慈悲でキリスト教の精神に反するとして、世間から批判を浴びた。閉じ込められた当事者たちも、悲痛の声を上げた。

市長のもとには連日、取り締まりが厳しすぎるとの苦情が寄せられた。理由もなく、ときには誰かの悪意のせいで、封鎖の憂き目に遭ったという訴えだった。

しかし、調べてみると、不当だと騒ぎたてる連中の大半には、やはり封鎖されるだけの理由があったらしい。

一方、医師が診察してみたら疫病ではなかったとか、病名ははっきりしないものの本人が疫病療養所に入ることを承諾したとかといった事情で、封鎖を解かれる家もあった。たしかに、この措置はきわめて残酷だと思われても仕方がない。入り口に鍵をかけられて、昼も夜も監視人に見張られ、家から出ることも人を招くことも許されないのだ。

家族のうちでまだ健康だった者は、むしろ病人のそばを離れてよそへ行ければ、助かったかもしれない。たとえ家屋が汚染されていようと、そこから逃げる自由があったなら、病魔の手を逃れることができた人もいただろう。なのに、おびただしい人々が、惨めな監禁状態のなかで死んでいった。

そんなわけだから、初めのうち市内は騒然となった。封鎖された家屋の監視人が、暴力を振るわれ、負傷する事件も起こった。あとで触れるが、力ずくで家から脱出する者も少なくなかった。

しかし、公共の利益を考えれば、この措置で一部の個人が犠牲になるのはやむを得なかった。わたしの知るかぎり、いくら当局や政府に泣きつく人が相次いでも、取り締まりが緩むことはなかった。

やむなく、家を封鎖された人々は、ありとあらゆる策をめぐらせて脱出をもくろんだ。どうにかして監視人の目をあざむき、がんじがらめの鎖から逃れようとした。そのさまざまな手口を紹介していったら、ちょっとした本が一冊できあがるだろう。当然、取っ組み合いが起こり、ときには大けがをする者もあった。

ある朝の八時ごろ、わたしが東部のハウンズディッチ通りを歩いていると、何やら騒がしい声が聞こえてきた。おおぜいが群れることは禁じられていたせいもあり、人だかりはできていない。わたしも長居する気はなかったが、興味をそそられて、窓から顔を出している男にどうしたのかと尋ねた。

その男は監視人で、感染者が出たらしい封鎖家屋の見張りとして雇われたという。すでに二日間、夜の監視を済ませ、先ほど昼番と交代したところだった。監視中ほとんどのあいだ、家のなかは静まりかえり、明かりもつかないままだった。

監視人のだいじな任務の一つは家人の所用を代行することだが、ここの者は何も頼んでこない。ただいちど異変があったのは、前夜つまり月曜日の夜。家族の誰かが息を引き取るまぎわとみえ、なかから悲鳴や泣き声が響いてきた。どうやらその前の晩も、死体運搬の荷馬車が戸口の前でとまり、緑色の毛布に包まれただけの女奉公人の遺体が運び出されたらしい。

大きな泣き声を耳にした監視人は、入り口の扉を叩いたが、返事はなかった。しばらくして、ひとりが窓から顔を出し、怒ったような早口で涙まじりにどなった。「何の用だ、うるさいぞ！」

そこで「監視人です。大丈夫ですか？　何かありましたか」と尋ねた。相手は「あんたの知ったことか。運搬車を呼べ」とこたえた。夜中一時ごろだ。

監視人は急いで死体運搬車を呼び止め、ふたたび扉を叩いた。だが、反応がない。なおも叩き続け、運搬車の付添人も「遺体を出してくれ」と叫んだ。しかし誰もこたえない。ほかに何軒も行き先があるとのことで、運搬車は待ちきれずに去っていった。

監視人はわけがわからず、交代が到着するまで待った。やってきた昼番に一部始終を伝えたあと、ふたりで扉を叩いてみたものの、反応なし。ふと、三階の窓が開いたままなのに気づいた。夜中にぶっきらぼうな返事をした男が顔を出した、外開きの窓だ。

ふたりの監視人は、いったいどうなっているのかと、長いはしごを持ってきた。ひとりがのぼって部屋をのぞき込むと、若い女性が息絶えて床に横たわっていた。膝上までの肌着だけという、あられもない姿。血の気が引く光景だった。監視人は室内に向かって大声で呼びかけ、長い杖を突っ込んで床を激しく叩いたが、人が動く気配はなく、家は静寂に包まれていた。

はしごを下りて、もうひとりの監視人に状況を伝えた。こちらものぼって窓をのぞくと、なるほどそのとおりだった。窓から勝手に侵入するのは気が引けたので、責任者に報告しようと決めた。

知らせを受けた治安判事から、やがて指示が届いた。物が盗まれないように、警吏一名とほか数名の立ち会いのもと、家の入り口をこじ開けよ、と。

それに従って内部へ踏み込むと、先ほどの若い女性の遺体しか見あたらない。家は、もぬけの殻だった。疫病に冒されて手の施しようがなくなった女性を見捨てて、残りの者はみんな逃げてしまったらしい。監視人の目を盗んで正面から出たのか、裏口を使ったのか、はたまた屋根伝いに脱出したのか。

監視人が聞いた悲しげな叫びは、別れのつらさに耐えきれず泣き崩れる家族の声だったらしい。一同、心を引き裂かれたのだろう。遺体は、戸主の義理の妹だった。戸主は妻と数人の子供と奉公人を連れて逃亡したのだが、すでに感染していたかもしれないし、無事だったかもしれない。後日談を深追いしなかったわたしには、わからずじまいだった。

いずれにせよ、このように感染家屋から逃げ出す者がたくさんいた。とりわけ、用事を頼まれて監視人が場を離れた隙に、逃亡を企てる者が多かった。家人から頼まれれば代わりに使いに出るのが、監視人の仕事だったからだ。食糧や薬などの必需品を買いに行く、往診に応じる内科医や、外科医、看護師を連れてくる、死体運搬の荷馬車を呼ぶなど、何でもやらなければいけない。その際、家の外戸を施錠し、鍵を持って行くのが決まりだった。

ところが、家の者たちは悪知恵を働かせて、合鍵を二、三個つくったり、備えつけの錠前を扉の内側からまるごと取り外したりした。あとは、つまらない用事をでっち上げて、監視人を市場なりパン屋なりへ行かせてしまえば、好き勝手に逃げ出せるという寸法だ。しかし、この手口も間もなく露見して、今後は戸の外側に南京錠をかけ、必要なら閂(かんぬき)も使うようにと、監視人たちに命令が下った。

こんな話も聞いた。オールドゲイトの門から「シティ」へ入って最初の街路に面したある店で、女奉公人が病気にかかったため、家屋は店ごと封鎖され、一家全員が閉じ込められたという。店主は友人のつてを通じて近所の有力者や市長と連絡を取り、女奉公人を疫病療養所へ移したいと願い出たが、却下された。店の入り口には赤い十字の印がつけられて、外から南京錠をかけられ、条例にのっとって監視人が見張りに立った。

このままでは、妻子ともども、疫病患者と同じ屋根の下で幽閉されてしまう、と店主は悟った。そこで監視人に声をかけ、「看護師をひとり呼んでくれ」と頼んだ。「その看護師に、発症した女奉公人の世話をしてもらいたい。病気がうつって死ぬのはごめんだから、われわれ家族は介護しない。もし看護師が来てくれないなら、患者は疫病か空腹で命を落とすはめになる。妻と子供には、ぜったいに患者に近づくなと言い渡した」。患者は四階の屋根裏でふせっていて、たとえ大声で助けを求めても誰にも聞こえそうにない。監視人は店主の頼みを受け入れて、言われたとおり看護師を呼びに行き、その晩のうちに連れてきた。しかしそのあいだに、店主は、道に張り出した屋台のほうまで行けるよう、壁に大きな穴を開けた。この屋台は、店の陳列窓の前あたりにあり、かつてはそこを靴職人が間借りして営業していたのだが、時世が時世だけに、死んだか商売をたたんだかしたのだろう。鍵は店主が持っていた。壁を壊すとなれば騒々しい物音がするから、監視人をいったん追い払ったわけだ。

抜け穴をつくり終えた店主は、監視人が看護師を連れてくるのを待ち、翌日までおとなしくしていた。だが夜になると、店主はまた、ささいな用事にかこつけて監視人を厄介払いした。たしか、患者のからだに塗る膏薬を買いに行かせたのだ。薬の調合を待つため、監視人は薬局で足止めを食らい、その隙に、店主は妻子を連れて逃げた。あとに残された看護師と監視人は、哀れな女奉公人を死体運搬の荷馬車に乗せ、家の後始末までしなければならなかった。

面白いといえなくもない、こうした話はいくらでもある。あの陰鬱な長い一年に出合った、いや耳にした出来事はきりがない。非常時だから詳しくは裏付けを取れなかったが、だいたいのところ、紛れもない事実かそれに近いもので、根も葉もない作り話ではなかったと思う。

報告によれば、監視人に対する暴行沙汰も頻繁にあったらしく、疫病の流行が始まって以降、殺されたり瀕死の重傷を負わされたりした監視人が少なくとも一八人から二〇人いたようだ。封鎖命令を受けた家の者が逃げるのを食い止めようとして、暴力を振るわれたとみえる。

ただ、そんな荒っぽい事態になるだろうと、あらかじめ想像がついていた。封鎖された家の数だけ、いわば監獄が出現したのだから……。そんなふうに幽閉、いや投獄された人々は、罪を犯したわけではなく、悲運に見舞われたにすぎない。あげくに厳しく取り締まられたわけで、なおさら気の毒といえる。

本物の監獄と違うのは、看守がひとりずつしかいないことだ。たったひとりで家全体を見張らなくてはいけない。つくりの違いはあれ、たいがいの家には出口がいくつか付いているし、複数の道路に接している場合もある。ひとりだけで全部の出入り口を監視し、逃亡を防ぐことなど、できるはずがない。しかも、閉じ込められた人々は、恐ろしい運命におののき、当局の措置に怒り、悪疫の猛威に圧倒されて、自暴自棄になっていた。家族の誰かが監視人と話している隙に、ほかの者が裏手から逃げ出すこともあった。

たとえばコールマン・ストリートは、いまと同じくたくさんの路地に分岐していた。あるとき、その一つ、ホワイト・アレイという路地の一軒が封鎖処分を受けた。この家には裏口はなく、ベル・アレイという別の路地につながった広場に面して窓が一つある程度だった。警吏の指示を受けて監視人が一名、玄関の前に見張りに立った。もう一名と交代しながら、昼夜を通して監視した。

ところが、家の者たちは全員、夜に乗じて裏窓から広場へ逃げてしまった。そうとも知らず、ふたりの監視人は、以後も二週間近く見張りを続けていたという。

その場所から遠くない界隈で、監視人が火薬を投げつけられてひどい火傷を負うという事件も発生した。その監視人が苦しそうにうめいているのに、誰も助けようとせず、そうこうするうち、家のなかのまだ動ける者はみんな二階の窓から下りて逃げてしまった。

あとには病人がふたり取り残され、看護師が介護にあたるほかなかった。逃げた家族は消息不明だったが、やがて疫病が下火になったころ戻ってきた。しかし、これといった証拠もなかったため、何のおとがめも受けなかった。

また、ふつうの監獄と違って鉄格子がないので、監視人の見ている前でも、窓から飛び降りて逃亡を図る人たちがいた。そういう輩は、監視人に剣か短銃を突きつけて、「ちょっとでも動いたり、助けを求めたりしたら、命はないぞ」と脅して逃げた。

家によっては、隣家とのあいだに庭や塀や垣根、あるいは庭つきの離れがあった。そんな場合、隣同士のよしみで、塀や垣根を越えて、隣家の玄関から出してもらうとか、隣家の奉公人に金をつかませ、夜闇にまぎれて通らせてもらうといった手段が用いられた。

そんなわけで、家屋封鎖は当てにならず、必ずしも所期の目的を達することができなかった。むしろ、家の者をいたずらに絶望に陥れ、どんな危険を冒してでも逃げ出してやるという気持ちに追いやった。

もっと悪いことに、疫病にかかった者がやけになって逃亡し、さまよい歩いて、感染をさらに広めてしまった。こんな状況下で生じる諸事情を察してもらえばわかると思うが、厳重に監禁されて目の前が真っ暗になった人たちは、まずはこの場を逃れなければと必死になる。

しかし、脱出したまではいいものの、疫病にかかっていることが一目瞭然の身では、なすすべもなく、行き場もない。逃亡者の多くは、徘徊のすえに窮地に追い込まれ、道端や野原で飢え死にしたり、高熱にもがき苦しみつつ行き倒れになったりした。そうでない者の一部は、ふらつく足取りでロンドンを出て、どこをめざすわけでもないまま歩みを進めた。疲れ果てても、救いの手を差し伸べてくれる人はいない。

途上の村落の住人は、もはや、感染の有無にかかわらず、よそ者を泊めてくれなかった。

本人がいくら病気ではないと言い張っても、信じてもらえない。結局、路傍に倒れて死ぬか、どうにか見つけた納屋のなかで死ぬかだった。

家人のひとりが外出先でうっかり感染し、疫病が家に侵入してきたとき、当然、調査員より先に家族が気づく。調査員は、誰かが病気になったと聞きつけたら、ただちに病状を調べるのだが、それまでにいくらか時間がかかる。知らせが伝わる前に、家の主人だけ、あるいは家族全員が引っ越してしまうことも不可能ではない。実際、そうやって逃げた人もいる。

ところが、これが大きな災難のもとだった。そうした逃亡者の多くがすでに感染していたため、内緒で迎え入れてくれた相手の家へ疫病を持ち込んでしまったのだ。じつに皮肉で恩知らずな結果といえるだろう。

そんなせいもあり、感染した人が陥りやすい考えかたについて、ある種の固定観念、というより悪い評判が広まった。「どうやら、疫病にかかったが最後、他人にうつすのを何とも思わなくなるらしい」と。

たしかにそういう傾向が無きにしもあらずだったが、わたしの知るかぎり、噂ほどではなかった。「自分はいま、神の裁きの場に立とうとしている」と、本人がいちばんよく知っていたはずだ。なのに、迷惑千万な振る舞いなどできるだろうか。言うまでもなく、身勝手な行動は、高潔さと仁愛の精神にもとるばかりか、信仰や正義にも背く。

要するに、わたしが伝えたいのは、家屋封鎖を恐れるあまり、処分を受けたあと、いや、ときには処分が下る前から、人々は捨て鉢になりがちだったという点だ。しかし、暴力を振るったり策を弄したりして脱走を図っても、惨めさが和らぐどころか、かえって増すばかりだった。

一方、無理やり脱走したなかには、別荘など、避難できる家を持つ者もいた。そういう人々は、たどり着いた安息の地で、外部との交渉を断ち、疫病流行が鎮まるまで隠れた。感染の拡大を見越して、早めに疎開した家族もいる。そんな一家は、全員が生き延びるのにじゅうぶんな食糧を蓄えて閉じこもり、まだ生きているのかどうかわからないくらい完全に消息をくらまして、疫病が収まったあと、ふたたび元気な姿を現わした。

ひたすら閉じこもって事なきを得た人たちの例はいくつとなく覚えているし、やりかたの一部始終をここに記すこともできる。なにしろ、事情があってどうしても転居できない者や、都合のいい避難先がない者にとっては、間違いなくこれがいちばん効果的で安全な対処法だ。準備万端を整えて家に引きこもっていれば、遠い彼方へ避難したも同然だろう。わたしが知る範囲では、この手を使って失敗した家はない。

なかでも、一部のオランダ商人は見事だった。まるで敵に包囲された小さな要塞のように、家のなかに籠城し、誰ひとり出入りすることも近づくことも許さなかった。その最たる例が、スロッグモートン通りにあってドレイパーズ公園に面する家のオランダ商人だった。

だが、当局によって家屋封鎖を命じられた家族のほうに話を戻そう。そのような家族の悲惨さときたら、とうてい言い表わせるものではない。耳をふさぎたくなるような暗い叫び声と怒号が聞こえてくるのは、たいがい、そうした封鎖中の家からだった。目の前には、最愛の家族の変わり果てた姿。それでいて、一歩も逃げられない。恐怖におびえ、生きた心地がしなかっただろう。

いまだわたしの脳裏にこびりついている出来事がある。こうして書いているあいだにも、あの叫びが聞こえるような気がしてならない。

ある身分の高い女性の話だ。とても裕福で、まだ一九歳くらいのひとり娘がいた。母と娘、それに女奉公人だけで邸宅に暮らしていた。

ある日、三人そろって外出した。何の用事かわからないが、家はべつに封鎖されていなかったから、当たり前の行動だ。ところが、帰宅して二時間ほど経ったころ、娘が「気分が悪い」と訴えた。さらに一五分もすると嘔吐し、ひどい頭痛の症状も出てきた。「神様、どうかお願いです」と、母親は青ざめて祈った。「この子が疫病でありませんように！」。頭痛が激しくなるばかりだったので、母親は、女奉公人に寝床を温めるように言い、娘を寝かせる支度をした。

発病が疑われる場合、最初の手当ては、汗をかかせることだった。寝具に熱を当てながら、母親は娘の服を脱がせ、床に横たえた。そうして蝋燭で照らしたとたん、太ももの内側に致命的なしるしが現われているのがわかった。

たまらず母親は蝋燭を投げ捨てて、どんな人間の心臓をも凍りつかせるような、すさまじい金切り声を上げた。悲鳴は一度では終わらなかった。

母親は、恐怖のあまり失神したあと、意識を取り戻し、家じゅうを走りまわった。階段を駆け上がっては駆け下りる。そのさまは、正気を失ったかのようだった。いや、本当に失ったのだ。何時間も、けたたましく叫び続けた。前後不覚に陥り、自分を抑えられなくなっていた。

娘のほうは、横たわった時点でもう死骸も同然だった。壊疽が全身に広がり、斑点が現われていた。それから二時間もしないうちに息を引き取った。それでも母親は相変わらず叫び続け、娘にもう脈がないことに気づいたのさえ数時間後だった。昔の話だから定かではないものの、母親は、その後もとうとう元通りにはならず、二、三週間ほどで世を去ったらしい。

わたしはたまたまこの事件をよく知っているので詳しく描写したが、さすがにこれは極端な例だ。しかし、尋常ではない出来事が、ほかにも数えきれないほど起こった。それが証拠に、毎週の死亡報告書にはたいてい、死因の欄に「恐怖」と書かれたものが二、三件あった。つまり、恐れおののくあまり亡くなってしまった人たちが存在する。死なないまでも、心神や記憶を喪失する者や、頭が惚けてしまう者など、異常を来たす人が多数にのぼった。

話を戻そう。

家を封鎖されたあと、悪知恵を働かせて脱出を試みる以外に、監視人を買収して夜逃げを見逃してもらう人もいた。正直なところ、わたしは当時、「賄賂とはいえ、これはきわめて罪が軽い」と考えた。だから、封鎖された家からの逃亡を三人の監視人が見逃し、そのせいで鞭打たれながら市中を引き回されるのを見たときは、残酷すぎると同情せずにいられなかった。

しかし、いくら厳しく取り締まっても、貧しい監視人には金がものを言う。報酬をちらつかせ、封鎖をくぐって逃げおおせる家族は少なくなかった。

そんな算段をするからには、避難場所のめども立ててある。八月一日以降、どの方角へ逃げるにしろ、道を通り抜けるのは容易ではなくなったが、それでも策は尽きなかった。野原にテントを設置して、寝床の代わりに麦わらを敷き、食べ物を運び込んで、隠者のような暮らしを送る者もいた。誰も近づこうとしないから、実際、隠遁生活と同じだ。

そうした人たちをめぐって、あまたの噂が流れた。冗談交じりの流言もあれば、涙を誘う話もあった。

なかには、砂漠をさまよう巡礼者のように、およそ信じられない流浪の旅を続け、そのわりに意外と自由を享受した人もいたようだ。

そういう例でわたしが知っているのは、ふたりの兄弟とその親戚の男だ。三人とも独身だった。市内でぐずぐずしているうちに時機を失い、どこに身を隠せばいいかもわからず、遠くへ逃げる元手もない。やむをえず、ある方法を選んだ。無謀そうにみえて、じつはいたって自然な選択といえる。なぜほかの人も同じことをしなかったか、不思議な気さえする。

この三人は身分が低かったものの、生きていく最小限の必需品を買えないほど貧しくはなかった。恐ろしい勢いで病魔が広まるのを目にして、どうにかして住まいを移し、悪疫から逃れようと決意した。

うちひとりは、続けざまに起こった戦争のころ海兵として従軍したほか、それ以前にもネーデルラント地方で戦った経験を持つ。ただ、海兵の務めのほかはこれといった職業に就いたことがなく、おまけに戦地で負傷して重労働ができなくなったため、ここしばらくは、波止場近くのウォッピング地区で、船員向けの乾パン屋に雇われていた。

その弟もかつて船乗りだったが、何かのはずみで片足を負傷して、海へ出られなくなり、ウォッピングかどこかの界隈にある帆布の製作所で働いていた。なかなかの倹約家で、小金を貯め込んでおり、三人のなかではいちばん懐具合にゆとりがあった。

残るひとりは、大工だか建具師だかで、手先が器用だった。財産といったら粗末な道具箱しかなかったものの、それ一つあれば、いつでもどこでも生計を立てることができた(疫病流行時は別だが)。この男はシャドウェルの近くに住んでいた。

三人とも、「シティ」より東のステップニー教区に住んでいた。何度も述べたとおり、疫病が襲ってくるのが遅かった地域だ。ロンドンの西側でやや鳴りをひそた悪疫が、ついに自分たちの暮らす東側へ向かっていることが明らかになるまで、三人は避難せずにいた。

ここから先は、当人たちから聞いた話をそのまま書かせていただく。お断わりしておくが、細部まで正確とはかぎらないし、何らかの誤解を招く恐れもあるかもしれない。とはいえ、三人の物語は、同じような災難がまた降りかかった場合、どういう行動をとればいいか、良い参考になると思う。そんな事態にならないよう神の慈悲深さにすがるほかないが、もし悲劇が繰り返されなくても、多方面に応用がきくはずだから、ここに記しておくのは無駄ではないと思う。

物語の前置きはここまでだが、わたし自身が見聞きした出来事でまだ書き残しがあるので、先にそちらを片付けよう。

疫病の流行が始まったころ、わたしはまだ自由に表通りを行き来していた。明らかに危険な場所は避けていたものの、地元であるオールドゲイト教区の教会墓地に巨大な穴が掘られたとき、おぞましいにもかかわらず、見に行きたいという衝動に逆らえなかった。目測によれば、穴は縦一二メートル、横五メートルほどの長方形だった。深さは、最初に見た際にはおよそ三メートル。しかしどうやら、あとで部分的に七メートルくらいまで掘り進め、それ以上は地下水が湧くとみてあきらめたらしい。なぜ地下水の位置がわかっていたかというと、この穴より前に、すでに大きな穴をいくつか掘削ずみだったからだ。

次々に穴を用意したのは、爆発的な感染拡大のせいだった。東部地域はしばらく流行を免れていたが、いざ到来したとたん、悪疫の暴れようはひどかった。結果として、「シティ」やその周辺を見渡しても、オールドゲイトとホワイトチャペルの二教区ほど被害の大きかった地域はほかにない。

死体運搬の荷馬車を頻繁に見かけるようになったころ、最初の穴が掘られた。八月初めくらいまでは、おもに、よその教区からの死体が運び入れられ、一つの穴につき五〇から六〇体が葬られた。

やがて、さらに大きな穴が必要になり、荷馬車が毎週運んでくる死体を片っ端から投げ込んだ。とうとうわたしたちの教区で犠牲者が増えだした八月の半ばから末にかけては、一週間あたり二〇〇から四〇〇体になった。もっと積み重ねたかったものの、地表から二メートル以上の深さに埋葬しなければならないという条例があるので無理だった。

九月の初めともなると、悪疫の猛威は途方もなくなり、わたしたちの教区で埋葬する死者は、ロンドン周辺で同じくらいの広さを持つどんな教区でも前例のない数に達した。そこで、わたしが目撃した巨大な穴を掘ることになったのだ。あまりに大きく、穴というより「深淵」だった。

当初、「これだけ大きければ、一カ月かそこらは間に合うだろう」と、みんな高をくくっていた。それどころか、「教区の住人をひとり残らず埋めるつもりか」などと、掘削を許可した教区委員を非難する声さえあった。

しかし、時が経つにつれ、教区委員のほうが実情をまともに把握していたことが明らかになった。

穴ができあがったのが、たしか九月四日。翌々日から死体を投げ入れ始めて、わずか二週間後の二〇日に合計一一一四体をかぞえ、早くも地表から二メートルのところまでいっぱいになったため、土を盛って穴をふさがなくてはいけなかった。

いまでも教区内には生き証人のお年寄りがいて、すべて実話だと請け合ってくれるはずだ。教会墓地のどのあたりに穴があったかも、わたしよりも正確に記憶しているだろう。おおよその見当でいえば、ハウンズディッチから教会墓地の西壁に沿って進み、スリー・ナンズ亭の近くでホワイトチャペルのほうへ出る道、あの道に並行して長方形に掘られていた。ふさいだあとも長年、土がむき出しの状態のままになっていて、そこに穴があったことを忘れさせてくれなかった。

好奇心に駆り立てられ、わたしが巨大な穴をふたたび見に行ったのは、九月一〇日ごろだった。そのときにはもう、四〇〇人近くが葬られていた。「前と同じ日中に見るのでは物足りない」と、わたしは思った。埋葬人あるいは運搬人と呼ばれる者たちは、死体を投げ込むとすぐ、土を少しかけて覆い隠す。だから、昼間だと、撒かれた土しか見えない。「夜のあいだに行って、何体か投げ込まれる現場を見届けてやろう」。わたしはそう決心した。

じつを言うと、こういう穴には誰も近づかないよう、当局から厳しいお達しが出ていた。

その初めの狙いは、感染拡大を防ぐことだった。

ところがしばらくすると、別の意味合いも帯びてきた。狂気に蝕まれた末期患者たちが、毛布や上掛けにくるまって穴へ飛び込み、「みずからを葬る」事例が相次いだからだ。まだ生きている者が身投げするのを、役人がおおやけに認めるわけがない。

聞いた話によれば、西に位置するクリップルゲイト教区のフィンズベリーにある巨大な穴には、侵入をさえぎる柵がなかった。そこに患者が来ては飛び込み、間もなく息絶えた。ほかの埋葬に来た誰かが気づいたときには、死体はまだ温かかったという。

こうした描写を通じて、身の毛のよだつ当時の状況が多少は伝わるのではないか。しかし、じかに見なかった人には本当の悲惨さは実感できないだろう。せいぜいこう言うしかない。とんでもなくおぞましく、筆舌に尽くしがたい、と。

わたしは教会墓地の墓掘りの男と知り合いだったので、敷地内に入れてもらえた。ただ、「この奥に立ち入るのはやめておけ」と強く説得された。この男は善良で信仰心が厚く、良識も備えていた。「おれたちが危険を顧みないのは、課せられた任務だからだ。穴のそばでは、神様どうかお守りくださいと祈りながら作業している。それにひきかえ、あんたは、たんなる物好きだろう。好奇心だけでこんな危険な場所へ踏み込むことが許されると思っているわけじゃあるまいな」

「入りたい衝動を抑えきれないんだ」と、わたしはこたえた。「何か悟らされることがあるかもしれないし、けっして無駄ではないと思う」

「そうか」。男はうなずいた。「覚悟があるなら、神の名のもとに入るがいい。説教を受けている気分になるはずだ。さぞかし身に染みるだろう。あの光景は、見る者に語りかけてくる。声が聞こえるんだ。それも大きな声が。あれを聞けば、誰でも悔い改めるに違いない」。そこまで言って、男は扉を開けた。「さあ、入れ。覚悟があるなら」

　そう言われると、わたしの決意はぐらついた。躊躇して、しばらく足が動かなかった。ところが、ちょうどそのとき、ミノリーズ通りの奥から二本の松明がこっちへ向かってくるのが見えた。小さな鐘を鳴らしながら、死体運搬の荷馬車が現われた。こうなると、是が非でも見たいという欲望に抗えなくなり、わたしはなかに入った。

　初め、墓地には誰もいないように見えた。荷馬車を引く者と、埋葬人たちが入ってきたが、ほかに人の気配はなさそうだった。ところが、一同が穴のそばに近づいたとき、いつの間にか、男がひとりうろついているのに気づいた。褐色の外套に身を包み、その内側でしきりに両手を動かしている。心の葛藤に苦しんでいるらしい。

　すかさず、埋葬人たちが男のまわりに集まった。正気を失ったか、やけになったか、いずれにしろ「みずからを葬る」目的で来たのだろう、と察したわけだ。しかし、男は何も言わずに歩きまわるばかりだった。二、三度、腹の底から大きなうなり声を発し、胸が張り裂けるかのような深いため息をついた。

よく見ると、男は、前に述べたような自暴自棄になった患者でもなければ、精神に異常を来たした人間でもなかった。いま到着した死体運搬の荷馬車にその男の妻と数人の子供たちが乗せられていて、男は、家族をいちどに奪われた悲しみに打ちひしがれつつ、荷馬車のあとをついてきたのだった。

傍目にも痛ましいほど、悲嘆に暮れている。しかしその悲しみは、あくまで男らしい悲しみで、涙にむせぶのとは違った。穏やかな声で「わたしにかまわないでください」と埋葬人たちに告げた。「妻子の亡骸が葬られるのを見届けたら、帰ります」。それを聞いて、埋葬人たちも、男をそっとしておくことにした。

ところが、荷馬車が引っくり返され、たくさんの亡骸が入り交じって穴のなかへ落ちていくさまを見て、男は愕然とした。少なくとも丁寧に並べて埋葬されるものと想像していたからだ。そんなことは望むべくもないとあとでわかるのだが、そのときは知るよしもない。非情な扱いを見たとたん、我を忘れて、男は大声で叫んだ。何を言ったのか、わたしには聞き取れなかった。そのあと男は、二、三歩あとずさり、気を失って倒れた。

埋葬人たちが駆け寄って抱き起こし、少し経って男の意識が戻ると、ハウンズディッチ通りの端の反対側にあるパイ亭という店まで連れて行った。男はその店の得意客だったらしく、親切に介抱してもらえた。

通りすがりに、男はもういちど穴のなかをのぞき込んだが、死体の山には土がかけられ、もう何も見えなかった。ただ、穴のまわりには、蝋燭のともった角灯が置かれ、盛り上がった土をひと晩じゅう照らしていた。角灯は七つか八つ、いやもっとあったかもしれない。

背筋の凍る光景とは、まさにこれだろう。わたしは心を大きく揺さぶられた。このとき目にしたものはどれも忘れられないが、とくにもう一つ、戦慄すべき場面を覚えている。先ほどの荷馬車には一六か一七体の亡骸がのせられていて、亜麻布や毛布にくるまれたものもあれば、ほとんどむき出しのものもあった。申し訳ていどの覆いが、投げ落とされるはずみに取れて、多くの死体は丸裸で穴のなかへ転がっていったのだ。

もっとも、死んだ当人にしてみればもうどうでもよいことだろうし、まわりの者にとっても、見苦しさは問題ではなかった。みんな死人であり、ひしめき合うこの共同墓地では、金持ちも貧乏人ももはや同等だ。ほかに埋葬の方法はなく、仮にあっても実行は不可能だった。これほどの災厄で犠牲者がこう増えると、棺桶を用意などできない。

あくまで噂だが、埋葬人についてで陰でこんなことがささやかれていた。ときおり、頭の先からつま先まで上等な亜麻布でくるまれた遺体が積み込まれると、埋葬人たちは不謹慎にも荷馬車のなかで屍衣を剥ぎとり、裸にして穴へ投げ込んでいる、というのだ。

いやしくもキリスト教徒とあろうものが、しかも恐怖に満ちた非常時に、そんなけしからぬ振る舞いをするとはにわかには信じがたいので、たんなる風説としてお伝えするにとどめ、真偽の判断は差し控えておく。

患者の世話をする看護師に関しても、冷酷な扱いをしているだの、死期をわざと早めているだの、ひどい噂が流れていた。これについてはあらためて述べることにしよう。

ともあれ、教会墓地で目撃したものは本当に衝撃的で、わたしは打ちのめされる思いだった。胸が張り裂けそうになり、言葉にならない悲しみを抱えながら、わたしは帰途についた。

教会を出て、家のほうへ角を曲がったとき、ふたたび松明が見え、鐘の音が聞こえた。あらたな荷馬車が、ハロウ・アレイを抜けて、反対側のブッチャー・ロウへ渡っていく。一見して、死体を満載しているのがわかった。この馬車もまた、教会墓地に向かっているのだった。わたしは、しばし立ち止まって悩んだものの、墓地に戻ってあの悲惨な光景をまた拝む気にはなれず、まっすぐ帰宅した。

家に着いてから、自分がどんな危険に身をさらしたか、いまさらながら考えた。疫病にかかった兆候がないことに感謝せずにはいられなかった。実際、感染は免れた。あらためて、あの気の毒な男の悲痛な姿が脳裏によみがえった。振り返ると、涙があふれてきた。本人よりたくさん泣いたかもしれない。

なおも男のことが心配でたまらなかったので、とうとう家を飛び出し、パイ亭まで出かけていって、ようすを尋ねることにした。

時刻はかれこれ夜中の一時を回っていたが、あの気の毒な男はまだそこにいた。もとから顔なじみだった店の人たちが、親切に介抱し、男を夜通し引き留めていたのだ。見かけは健康そうとはいえ、男から疫病がうつる恐れもあるのに、おかまいなしだった。

ただ、パイ亭というこの居酒屋をめぐっては、残念なところもある。店の従業員は、礼儀をわきまえた愛想のいい人ばかりだった。こんな時世にもかかわらず、以前ほど大っぴらではないが商売を続けていた。

ところが、この店の常連客たちがとんでもない。非常事態のさなかなのに、毎晩ここに集まっては、浮かれ騒いだり怒鳴り散らしたりと、ふだんと変わらず、やりたい放題だった。店を切り盛りする夫婦までが、ひどい連中だとあきれていたが、あまりの傍若無人ぶりに、やがて恐怖すら覚えるようになった。

その連中はいつも、街路に面した部屋に陣取り、毎晩遅くまで居すわった。ときどき、死体運搬の荷馬車が、角を曲がってこちらのハウンズディッチ通りにやってくる。それを店の窓から見物するのだ。到着を知らせる鐘の音が聞こえると、連中は急いで窓を開け、顔を突き出して眺める。通行人や、別の窓から見かけた人が、通り過ぎる車に向かって嘆きの声を上げると、その連中は遠慮なしに罵詈雑言を浴びせた。「神よ、憐れみたまえ」という決まり文句を聞きつけようものなら、いっそう口汚くののしるのだった。

例の可哀想な男が運ばれてきたとき、店内は少し騒然となった。品の悪い常連客たちは、それが気に入らなかったらしい。「こんな野郎を墓場からおれたちの店に連れてくるとは何事だ」と、初めは店の主人に食ってかかった。

「こちらは近所のかたで、病気ではないのですが、身内の不幸でひどく落ちこんでいるのです」という返事を聞くと、こんどは、妻子のために嘆き悲しむ男をからかいだした。「おまえも墓穴に身投げして、女房や子供といっしょにあの世へ行っちまえばいいものを。その勇気もねえのか」。そのほか、聞くに堪えない、神を侮辱する言葉まで浴びせかけた。

わたしが店に着いたのは、連中がそうやって悪態をついている最中だった。見ると、男は沈痛な面持ちのまま黙っている。明らかに、下品な言葉に傷ついてはいるのだが、とにかく、深い悲しみをどうすることもできないのだった。わたしは、連中の性分を心得ていたし、そのうちのふたりとは知らない仲でもなかったので、常連客たちを穏やかにたしなめた。

するとたちまち、連中はわたしを罵倒し始めた。「おまえなんかより正直者が、次から次へと墓場に運ばれていくっていうのに、何様のつもりだ。おまえは家に引っ込んで、死の荷馬車のお迎えが来ませんようにと祈ってりゃいいんだよ」などと毒づくのだった。

こんな中傷に取り乱すわたしではないが、連中の厚かましさにはあきれ果てた。それでも、落ち着いてこう言い返した。

「正直者ではないという非難は聞き捨てならないけれど、神によるこの恐ろしい裁きのなかで、わたしより立派な人たちがたくさん命を落とし、墓地に運ばれたことは認める。それはそれとして、さっきの質問にこたえたい。わたしが無事に生きながらえているのは、偉大なる神の慈悲のおかげにほかならない。さっききみたちが軽々しく名を口にし、罰当たりな言葉でけがした、その神のおかげなのだ。神がわたしを生かしておられる理由はいろいろあるだろうが、なかでも大切なのは、こんな非常時に他人をあざけるきみたちのような人間の厚顔無恥をいさめさせるためだと思う。しかも、この人は、神のなんらかの思し召しによって家族から引き離され、悲しみに打ちひしがれている隣人ではないか。この人を前から見知っている者もいるだろう。嘲笑するなど、もってのほかだ」

わたしがまったくひるまず、思ったままを堂々と言ってのけたことが、気に食わなかったのだろう。連中はふたたび忌まわしいせりふを返してきた。どんな言葉だったか、いまとなってはいちいち覚えていない。もし思い出せたとしても、おぞましい罵詈雑言の数々をこの記録に留めたくない。どれほど下劣な人間でも、あのころ町なかで口にするのをためらうような言葉だった。というのも、この恥知らずの連中を別にすれば、当時、どんな卑怯な悪党でも、一瞬で人々の命を奪う神の力に畏怖の念を抱いていたからだ。

ただ、連中の無礼さのなかでもいちばんひどかったのは、神を冒瀆し、神などいないといわんばかりの暴言を平気で吐いたことだ。「疫病もまた、神のなせる業（わざ）」と述べたわたしをせせら笑い、荒れ狂う疫病と神の摂理は無関係であるかのように、「裁き」という言葉さえ小馬鹿にした。死体運搬の荷馬車を見て神の名を唱えるなど笑止千万だ、と言うのだった。

わたしはなるべく穏当な言葉で応じたものの、連中の話しぶりが汚らしくなる一方だったので、さすがに空恐ろしさと腹立たしさで胸がいっぱいになった。そこで、「ロンドンじゅうを襲った裁きの手が、きみたちや周囲の人たちに復讐の刃を向けないといいのだが……」と言い残して、店をあとにした。

連中は、わたしの忠告に対してじつに軽蔑的な態度をとった。このうえないほどわたしを笑いものにし、わたしの言葉を「説教」だととらえて、考えつくかぎりの傲慢で下品な表現を並べたてた。

正直なところ、わたしは、怒るよりむしろ悲しくなった。店を去るときには、侮辱され続けたとはいえ、自分の思いを包み隠さず口にできたことを神に感謝した。

そのあとも三、四日、連中は不届きな態度を改めず、多くの人をあざけった。敬虔な人々や真面目な人々、神がわたしたちに下した恐ろしい裁きを多少とも感じ取った人々。そういった人を見つけては、口汚くののしるのだった。街には、感染が広がってもなお教会に通い、断食し、裁きの手を緩めてほしいと神に祈る人々もいた。そういう善良な人までも、連中は、同じように侮辱した。

しかし、連中の不敬な態度はあれから三、四日続いて、そこで止んだ。連中のひとり、わたしに「家に引っ込んでいろ」と言った男が、天から悪疫という鉄槌を下され、むごたらしい死を遂げたからだ。そのひとりだけではない。結局は全員が、例の巨大な穴へ投げ込まれた。穴は使われだして二週間もしないうちに埋まったのだが、その前に墓場行きになったわけだ。

連中の非常識な言動は、大きな罪だった。みんなが恐怖のどん底に沈んでいる時期だっただけに、人の心を持っていれば考えただけで身震いを禁じえない行動だ。とりわけ罪深かったのは、敬虔な行ないをあざけり散らしたことだと思う。嘆かわしい非常時にもめげず、礼拝の場所に集まり、天の恵みを願って祈る人々がいるかたわらで、連中はそういう姿すら笑いの種にした。たまり場だった店から、教会の入り口が見えたことも災いした。連中はなおさら図に乗り、何かにつけて無神論的な毒舌を振るった。

もっとも、その機会は、先ほど記した出来事より前から少しずつ減っていた。ついにロンドン東部でも疫病が猛威を振るい始め、教会での集まりを怖がる人が増えつつあったからだ。少なくとも従来ほどの人数は集まらなくなった。

牧師のなかにも亡くなった人が多く、地方へ逃げた人もいた。無理もない。よほどの勇気と信仰心がないかぎり、こんな時節にロンドンにとどまって、おまけに教会まで出かけていき、会衆の前で牧師の務めを果たすことなど、できるはずがなかった。会衆のなかにはすでに悪疫に冒されている者が多数交じっていてもおかしくないし、教会によっては毎日、いや日に二回も、礼拝が行なわれるのだ。

それでも、敬虔な勤めに精を出す信者がおおぜいいた。教会の扉はつねに開いていたので、牧師が礼拝を行なっていてもいなくても、都合のいい時間にひとりで来て、信徒用の個室に入って鍵をかけ、心からの真剣な祈りを神に捧げた。

国教徒ではない人たちも、宗旨に従って、それぞれの礼拝施設に寄り集まった。もちろん、例の不信心な連中からは、宗派を問わず嘲笑の的にされたわけだが……。

しかし、そんな連中でさえ冒瀆を少し控えつつあったのは、各宗派の優れた人たちによるところが大きかったと思う。そのうえ病勢が強まったため、連中の傍若無人ぶりはいくぶん牽制されていた。なのに、あの気の毒な男が担ぎ込まれてきたとき、店を挙げての騒ぎになったせいで、もとの下劣な精神がよみがえったらしい。

わたしにとがめられたときも、同じ悪魔に扇動されたのだろう。わたしとしては、ものの柔らかな態度で接したつもりだったが、弱々しそうだと見くびったのか、調子に乗ってくってかかってきた。わたしがあえて語気を加減していたことは、連中もあとで気づいたはずだ。

わたしは連中の忌まわしい態度を悲しみ、心を痛めながら帰宅したが、連中がいずれ神の裁きを受け、恐ろしい見せしめとなるだろうという点は疑わなかった。いまの暗澹たる時期は神の復讐には絶好の機会であり、神は、ほかのときとは異なる特別なやりかたで、憎悪すべき人間を選び出すに違いない、とわたしは信じていた。なるほど、この災厄の巻き添えを食って、多くの善良な人々が亡くなるかもしれない(実際、そうなった)。誰もが区別なく命を奪われているのだから、特定の人間に関して、死後まで続く永遠の運命を断じるのは、必ずしも当を得ていないかもしれない。

けれども、公然と神に刃向かい、その名と存在を冒瀆して、天罰をないがしろにし、礼拝者を嘲笑するような人間は、神の慈悲の心をもってしても許されないはずだ。ほかのときなら、情けによって見逃されるとしても、いまの時期は違う。いまは審判の日であり、神の怒りの日なのだ。わたしの心に、旧約聖書のこんな言葉が浮かんだ。「主は言われた。『これらのことのためにあの者たちを罰しないでいられようか。このような民に仇を返さずにいられようか』」

こうしたいろいろな考えが、わたしの心にのしかかった。だから、連中の恐ろしい不遜さを思うと、重苦しく暗い気持ちに閉ざされた。神はいま、いわば剣を鞘から抜いて、悪人ばかりでなく全国民に復讐を加えようとしている。なのにあの連中は、あんなとんでもない態度で、神を、その僕を、その信仰を侮辱した。あれほど腐りきった、救いようのない、傲岸不遜な者が、ほかにいるだろうか。

連中に対して、最初のうち腹が立ったのも事実だ。わたし個人が暴言を浴びせられたせいではなく、神をけがす罵声に背筋が寒くなったから……いちおうはそう納得したものの、個人的な理由で憤った一面もあるのでは、と内心は自分を疑っていた。それくらい、ありとあらゆる痛烈な罵詈雑言を吐かれたからだ。

しかし、夜更けなのにまだ一睡もしていなかったわたしは、帰宅するやいなや、深い悲しみを抱いたまま、床に入った。そして、ひどく危険な振る舞いをしたにもかかわらず無事であることを深く感謝し、神に祈りを捧げた。そのあと、敬虔な気持ちを込めて、あの救いようのない悪党どものために真剣に祈った。「どうかあの者たちを許し、目を開いてやり、謙虚な心を持たせてやってください」と。

これによってわたしは、自分に害をなした者のために祈るという義務を果たしただけでなく、みずからの本心を見極めることができた。

すなわち、個人的に攻撃を受けたものの、それに対する憤りの感情はわたしの心のどこにもなかった。そうわかって、十二分に満ち足りた。神を敬う真の情熱と、私的な感情や怒りとを明確に区別したい人には、僭越ながらこの方法をお勧めしたい。

さて、そろそろ話題をもとに戻すとしよう。

疫病禍を振り返るとたんに思い浮かぶ数々の出来事、とりわけ、流行初期のころの家屋封鎖について、あらためて詳しく記したい。まだ病勢がそう激しくないうちは、物事を観察するゆとりがあったからだ。やがて猛威が頂点に達するころには、互いに情報をやりとりする余裕などなくなった。

家屋の封鎖に伴い、監視人に対する暴力事件が頻発したことは、すでに述べたとおりだ。沈静化のために兵士が乗り出してこなかったのかというと、じつは、ひとりも姿を見かけなかった。当時、国王直属だった近衛兵は、その後の数字にくらべて比較にならないほど人数が少なく、宮廷といっしょにオックスフォードへ移ったか、駐屯軍として地方にいるか、いずれにしろ各地に分散していた。

例外として、ロンドン塔とホワイトホール宮殿を護衛する分遣隊がごくわずか残留していたものの、国王衛兵と同じ制服と帽子を着けて門前に立つ守衛のほかは、近衛兵がどれだけいたのかわからない。砲兵隊が二四人と、弾薬庫を見張る兵器係が若干名いたくらいだろう。

義勇軍の兵士を募るなどということは、とうてい無理だった。市やミドルセックス州の当局者が太鼓を鳴らして義勇軍の召集を図ったところで、おそらくひとりも集まらなかっただろう。たとえ罰せられようと、馳せ参じる者はいなかったに違いない。

そんな事情のせいで、監視人はますます孤立し、ひどい暴力を受けるはめになった。患者の家族を閉じ込めるために監視人を置くという措置について、さらに指摘しておきたいことがある。

第一に、ろくな効果がなかった。暴力や策略を用いた脱走が絶えず、平気で出入りが行なわれた。

第二に、このように逃げた人たちにかぎってすでに感染していて、自暴自棄のあまり方々に顔を出して、誰にうつそうと知るものか、という態度だった。そのせいで、前に述べたとおり、「病魔に冒された人間は、他人も感染させたくなるらしい」という、でたらめな噂まで流れた。

でたらめと断言するのは、当時の事情をじゅうぶん知っているし、善良で信仰の厚い人たちの実例を数多く目にしたからだ。自分の感染が判明したあと、誰かにうつそうとするどころか、迷惑をかけてはいけないと、家族さえ近づくのを許さなかった人たちもいる。万が一にも疫病を広める原因になってはならないと考え、臨終の間際すら、肉親とも会おうとしなかった。だから、患者が不注意で他人にうつした場合があるとすれば、おそらくやむを得ない事情があったのではないか。

たとえば、封鎖されたわが家から逃げ出したものの、食べ物も慰めも得る手段がなく、病気を隠してどうにかしようと懸命になっているあいだに、はからずも、不用意な人にうつしてしまったのかもしれない。少なくとも、そんな例があったことは間違いないだろう。以上のような理由で、わたしは当時もいまも、家屋封鎖の措置には反対だ。権力を振りかざして家屋を封鎖し、牢獄のような状態にしてみたところで、結局ほとんど、いやまったく役に立たなかった。むしろ有害だった。

望みを断たれた人たちが悪疫にかかった身で外を徘徊したのも、もとをただせば家屋を無理やり封鎖したせいだ。精神的に追いつめられさえしなければ、自分の家にとどまり、安らかに息を引き取ったかもしれない。

オールダーズゲイト・ストリートのあたりで、やはり、家を脱走した男がいた。北のイズリントンへ向かう道をたどって、まず天使屋、次に白馬屋という、いまでも同じ看板で知られる宿に泊めてもらおうとしたが、どちらも断わられた。

続いて、これまた今日も同じ看板を掲げている斑牛屋に行って、ひと晩でいいから泊めてほしいと頼んだ。リンカンシャー州に行く途中だと偽り、自分は健康そのもので感染の心配もないと請け合った。まだその時分、付近には疫病が広がっていなかったのだ。

「客室は空いておりませんが、屋根裏部屋でよろしければご用意できます」と宿の者は言った。「ただ、そこもひと晩しか空いておりません。明日には家畜を売り歩く人たちが来る予定ですので」

「ああ、それで結構」と男はこたえた。呼ばれた奉公人が、蝋燭を手に案内した。男は上等な身なりをしていて、屋根裏には不似合いだった。部屋を見て、ため息を漏らした。

「こういう部屋で寝たことはあまりないんだが」

「あいにく、これよりよい部屋はないもので」と、奉公人が言った。

「それなら我慢するとしよう。最近、毎日の生活が恐ろしいけれど、この部屋に耐えるのは今晩だけだし」。男は寝台の端に腰を下ろし、「温めた麦芽酒を半リットルほど持ってきてくれないか」と頼んだ。

その奉公人はたしか女性で、飲み物を取りに下がった。ところが、宿で何か急用が生じ、女奉公人はほかの仕事に追われて、飲み物の注文が頭から抜けてしまい、男のところへ戻らなかった。

翌朝、男の姿が見えないので、宿の者が「あの客はどうした?」と尋ねた。

女奉公人は、はっとした。「いけない、放ったらかしでした。温めた麦芽酒を持ってくるように頼まれたのに、忘れていました」

そこで、別の者が呼ばれて、男のようすを見に上がった。部屋に入ると、男は明らかに事切れていた。冷たくなって、横たわっている。引きちぎられた服、大きく開いた口。見開いた目に底なしの恐怖をたたえ、片手で寝床の敷物を握りしめている。ようすから察するに、女奉公人が部屋をあとにしてからすぐ絶命したのだろう。忘れずに麦芽酒を持って行っていたら、寝台に腰を下ろして数分で亡くなった男を発見したはずだ。

たいへんな恐怖がこの宿を襲ったことは、想像に難くない。感染の心配などしていなかったところへ、とんだ災難が降りかかったのだ。この宿に持ち込まれた疫病は、たちまち周辺の家屋に広がってしまった。宿屋だけで何人死んだかは定かでないが、最初に男を案内した女奉公人は恐怖のあまり倒れたはずだし、ほかに何人も犠牲者が出たと思う。というのも、前の週にはイズリントンで疫病死が二名しかいなかったのに、次の週には計一七人が死亡し、うち一四人の死因が疫病だった。七月一一日から一八日までの週の出来事だ。

なかには、発病の兆候が出たらすぐ、地方にいる親しい人のもとへ逃げる家族もあった。運悪く感染者の出た家は少なからず、そんな手を使った。たいていは、逃げる直前に、家財を盗まれないよう近所の人か親類に留守宅の管理を任せた。

まれに、みずから家を完全に封鎖して出ていく者もいた。扉に南京錠をかけ、窓にも入り口にも松の厚板を釘で打ちつけておく。見回りは、監視人と教区委員の点検にゆだねればいい。

サザークと呼ばれるテムズ川南岸も含め、「シティ」と郊外を合わせて一万軒以上も、住民に見捨てられた空き家があったらしい。ほかに、下宿人や、諸事情で他人の家に間借りしていた人も避難した。合計すると、二〇万もの人々が逃げた計算になる。

二軒の家を所有あるいは管理している人の場合、家族の誰かが発病すると、その事実を調査員その他の担当者に知らせる前に、子供も奉公人も含めて患者以外の全員をもう一軒のほうへ移し、引っ越しが済んでから感染を報告して、ひとりまたは複数の看護師を派遣してもらうのが常套手段だった。

また、患者が死亡したあとで家の管理に支障がないよう、あらかじめ、患者といっしょに閉じ込められる人を雇っておいた（金を払えば、それを引き受ける人はたくさんいた）。

この策により、患者とともに閉じ込められていたら全滅したはずの一家が命拾いすることも多かった。しかし半面、そうでない例もあり、家屋封鎖の欠点がさらに露わになった。すなわち、封鎖を心配し恐れるあまり、家族もろとも逃げ出した場合、まだ世間も本人も気づいていないにせよ、すでに疫病に冒されている恐れがあった。事情をひた隠しにしたまま自由に歩きまわり、自分でも気づかないうちに他人に疫病をうつし、感染を広げかねなかった。

さてここで、体験を通じてわたしが感じた事柄を三つほどまとめておこう。もし将来、同様の恐ろしい疫病が襲ってきたとき、本書を手に取る人々に多少とも役立つかもしれない。

（一）疫病は、おおかた、奉公人を介して各家庭に侵入した。

奉公人たちは、生活必需品、すなわち食糧や薬品などを買うために、パン屋、酒屋、その他の商店に行かなければならず、どうしても表通りを往来するはめになる。街路を抜けていく途中、どこかで感染者と遭遇しかねない。感染者が吐いた息を吸い込み、それを主人の家に持ち帰る結果になってしまう。

（二）ロンドンほどの大都市に疫病療養所を一つしかつくっておかなかったのは大きな失敗だった。しかも、バンヒル・フィールズの先にあった唯一の療養所は、せいぜい二〇〇人か三〇〇人しか収容できなかった。

これでは足りない。ほかにいくつも療養所をつくって、一つの病床に二名を寝かせたり、二台の病床を一つの部屋に押し込んだりせずに、それぞれ一〇〇〇人くらい収容できたら、多くの命が救われたのではないか。

さらに、各家庭の主人には、奉公人が感染したらすぐ、近くの疫病療養所に入院させる義務を課す（本人の希望にもよるが、げんに大半の奉公人が入院を望んでいた）。貧しい人が疫病にかかったときは調査員が同様の対応をする。そんなふうにしていれば、あんなにもおおぜいが犠牲にならなくて済んだだろう。

患者本人が望まない場合はともかく、その気がある患者には以上のような措置をとり、家屋の封鎖などすべきではなかった。当時もいまも、わたしのこの考えは変わらない。

これは実際の見聞にもとづいた意見であり、裏付けとなる例をいくつも挙げられる。すなわち、奉公人が病に冒されても、療養所に入れるか、さっき述べたようなかたちで患者を残して家族で避難する時間があるかすれば、家族はみんな助かった。

これに対し、ひとりかふたりが発症したとたん家屋を封鎖された場合、ほぼ間違いなく一家が全滅してしまった。死体を玄関まで運ぶ家人がいないから、運搬人が家に入って外へ出さなければいけなかった。

（三）わたしが疑問の余地なしと思うのは、今回の疫病が「伝染」というかたちで蔓延したことだ。すなわち、医者が「発散気」と呼ぶ蒸気のようなもの、あるいは、患者の息や汗、ただれた皮膚の発する悪臭、いやひょっとすると医者さえも想像できない何かが媒体になっていて、一定の距離よりもそばまで患者に近づくと、その発散気のたぐいが健康な者を冒す。たちまち、からだの中枢部に侵入し、血液を発酵させ、精神の攪乱を引き起こして、傍目にも異常が明らかになる。こうなると、あらたに感染したこの患者も、もとの患者と同じように他人に向けて発散気をまき散らしている。

このような仕組みについては、あとでいくつか例を挙げるので、まじめに考えれば誰もが納得しないわけにいかないと思う。

感染が収まったいま、「疫病は、天から直接もたらされるものであり、中間的な媒介は存在しない。この人間、あの人間と特定された者に、じかに与えられる」と主張する人がいるのを見ると、いささか驚かずにはいられない。そんな説は、無知と妄信の産物であり、軽蔑に値する。

一方、「ふつうの空気だけで感染が起こる」との説を唱える人たちもいる。空気中には、無数の虫や、目に見えない生き物がいて、人間の呼吸によって口から、あるいは空気に交じって毛穴から体内に入り込み、猛毒を出したり、毒性の卵を産みつけたりして、それが血液に運ばれて全身に回る、というのだ。知ったかぶりもはなはだしい説だと、経験に照らして誰でもわかるだろう。

さて、一つ注意してほしい点がある。市民にとって何よりも命取りだったのは、みずから対策を怠ったことだ。悪疫がやってくるとかねがね注意を、いや警告を受けていたにもかかわらず、食糧などの必需品を蓄えておこうとしなかった。あらかじめ蓄えがあれば、外出を控え、家にこもって生活できただろう。

前に述べたとおり、一部にはそのような生活を実践した慎重な人たちもいた。おおぜいがそれにならっていたら、たくさんの命が助かったのではないか。

大半の市民は、疫病流行に少し慣れてくると、気を緩めてしまい、他人との接触をあまりためらわなくなった。相手のなかには感染者もいただろうし、しまいには、感染者だとわかっていてさえ避けようとせず、初期の警戒心を失っていた。

白状すると、わたしも油断したひとりだった。事前の備えがなかったので、一ペニーか半ペニーほどの安い品物を手に入れるため、いちいち奉公人たちを買い物に行かせていた。疫病が流行する前と同じ調子だった。

徐々に経験を積むうち、これではいけないと気づいたが、手遅れだった。家じゅうの者が一カ月食べていくぶんを貯め込む時間の余裕はもうなかった。

「家じゅうの者」といっても、家事を切り盛りしてくれる婆(ばあ)やがひとり、女奉公人がひとり、弟子がふたり、そしてわたしの計五人だ。

ついに付近一帯で悪疫が流行し始めると、どう行動すればいいのか、どんな手段をとったらいいのか、暗澹たる気持ちになるばかりだった。通りを歩けば、いたるところで悲惨な光景が繰り広げられていて、底知れぬ恐怖に胸がふさがった。

疫病が怖くてたまらない。感染すると思うだけで恐ろしかったが、なかでも嫌なのが腫れものだった。たいがいは首すじか鼠径部(そけいぶ)にできる。しだいに固くなってひどく痛み、周到な拷問を受けているかのような苦しみを味わう。どうにも耐えきれなくなって、窓から身を投げる者や拳銃で自殺する者などが相次いだ。その種の凄惨な現場をわたしは何度も目にしている。

ほかに、七転八倒の苦しみを紛らわそうと、うめき声を上げ続ける者もいて、はらわたからにじみ出るようなその悲痛な叫びが、街ゆく人々の耳朶(じだ)を打った。感染者を思いやるだけでも身がすくんだが、この恐ろしい天罰がいつわが身にも降りかかるかと考えると、心臓をえぐられるようだった。

正直なところ、みずから下した決断に自信が持てなくなった。気力を失い、自分の軽率さを悔いた。外を出歩いていて、いま話したようなむごたらしい光景に出くわすと、なぜあえてロンドンに残ろうと決心したのだろうと、自分の思慮の浅さに愛想が尽きる思いだった。兄といっしょに逃げていたら、と何度考えたことだろう。

あまりに陰惨な場面を目撃したあと、もう外出するまいと心に誓い、三、四日のあいだ自宅に引きこもったこともたびたびあった。家にとどまって、自分と家族の無事を深く感謝し、ひたすら罪を懺悔し、日々、神に身をゆだねて、断食と謙譲と瞑想に精進した。せっかくの機会だからと本を読み、毎日の身辺の出来事を覚書として残した。現在つづっている本書の内容のうち、戸外の見聞に関する記述は、そのときの覚書をもとにしている。当時わたし個人の瞑想を書きとめた部分は、自分の心の糧（かて）として、そっとしまっておきたい。ほかにも、気のおもむくまま宗教的な思索をめぐらせたが、同じく、他人の目に触れるべきものではないだろう。


わたしには非常に親しい友人がひとりいた。ヒースという名前の医者だ。この陰鬱な時期、わたしは足しげくヒースのもとを訪ね、いろいろと有益な助言をもらった。わたしがしょっちゅう外出するのを知っているヒースは、感染予防のため服用すべき薬や、通りに出るとき口に含んでおくべき薬などを詳しく教えてくれた。向こうも、わたしの家にたびたびやってきた。

ヒースは優れた医者であるうえに、善良なキリスト教徒でもある。暗い日々のなか、ふたりで親しく交わした会話は、心の力強い支えになった。

はや八月に入り、わたしの住む界隈でも悪疫がすさまじい勢いを示し始めた。ようすを見に来てくれたヒースは、わたしがあいかわらず頻繁に外出していると知ると、「家の者ともども引きこもって、誰ひとり玄関から出てはいけない」と熱心に勧めてくれた。「窓をすべて閉めて、よろい戸と覆い布を下ろし、けっして開けてはいけない。ただしその前に、ひとまず窓や戸を開けて、樹脂や松脂（まつやに）、硫黄、煙硝などを焚いて、部屋を煙でいぶすといい」

わが家は、できるだけ言われたとおりにした。ただ、食糧の蓄えがなかったから、全員がずっと引きこもるのは無理だった。それでも、遅ればせながら、外出を極力減らそうと知恵を絞った。まず、ビールとパンなら、つくるのに必要な用具があると思い出し、麦粉を二袋買ってきた。それから数週間、自宅の窯（かま）でパンを焼くことができた。麦芽も買い、家にある樽という樽で自家製ビールをつくった。みんなで飲んでも五、六週間は保ちそうだった。

塩バターとチェシャーチーズも大量に買い込んだ。残念ながら、肉類は手に入らなかった。自宅前の道の反対側は、精肉場や肉屋がたくさん並ぶ地区だが、疫病の勢いがひどく、近づくのは危険すぎた。

あらためて強調しておくが、必要に応じて食料品を買い出しに行くという行為が、ロンドン全体に多大な被害をもたらしたのだ。外出時に病気をうつされる例が多かったし、食べ物じたいが汚染されていることもまれではなかった。少なくとも、そう考えるべき根拠がおおいにある。

市場の関係者や「シティ」に運ばれてくる食料品は疫病とは無縁、と自信満々に繰り返し語られていたものの、根拠のない主張と言わざるをえない。事実、食用肉の大半を卸していたホワイトチャペルの精肉業者たちは、疫病の波に呑み込まれた。しまいには、ほとんどが営業できなくなり、かろうじて残った業者も、ホワイトチャペルより東のマイル・エンド付近で家畜を処理してから、馬を使って市場へ運ぶようになった。

そうはいっても、貧しい人々は食糧の買いだめができない。自分で市場へ買いに行くか、奉公人や子供を使いに出すほかなかった。しかも必需品は毎日あらたに生じるわけで、おぜいの感染者が市場に押しかけた。その結果、じつに多くの人々が、行きは健康だったのに、死神を連れて帰るはめになった。

もちろん、人々は考えられるかぎりの用心をした。

たとえば、市場で骨つき肉を一切れ買うときも、肉屋の手から直接受け取ろうとはせず、鉤(かぎ)にかかっているのを自分で外した。売るほうも、硬貨に触れなくて済むように、酢を満たした壺を用意して、そこへ代金を入れさせた。買う側は、釣り銭が必要ないよう、いつも小銭を持ち歩いた。また、香料や香水の入った瓶を携帯するなど、効き目のありそうなものはすべて活かした。しかし、貧しい者はそういった予防手段さえとることができず、運を天に任せるしかなかった。

そうして天に任せた結果、むごい運命をたどった人たちの話が、日々、無数に伝わってきた。

市場のなかで突然倒れ、息絶える者もいた。すでに疫病にかかっていながら気づいていない場合が珍しくなかったからだ。

いつの間にか体内の中枢部が壊死していると、死ぬときはあっけない。そんな理由から、突如、道で行き倒れになる人もいた。近くの店先や、他人の家の戸口までたどり着いても、腰を下ろしたとたんに死んでしまった。

疫病禍がいよいよ深刻化したころには、路上に死体が五つや六つ転がっているのが当たり前だった。通行人は、初めのうちこそ足を止め、近所の人を呼んで対応を頼んでいたが、時が経つにつれ、目もくれなくなった。とはいえ、放置された死体に気づくと、必ずよけて歩き、近寄らないようにした。狭い路地であれば、引き返して別の道を探す。係の者が誰かの通報を受けて片付けに来るまで、死体は野ざらしのままだった。

そうでないときは、死体運搬の荷馬車を引く埋葬人たちが死体を回収した。もっとも、因果な役目を引き受けているだけあって、埋葬人たちは、死者の懐を探り、まれに良い服を着ていると剝ぎ取るなど、奪える物は何でも奪った。

市場に話を戻そう。

肉屋たちは、市場で死人が出ると、すぐさま係の者を呼び、手押し車で最寄りの教会墓地へ運ばせた。そういう場合に備え、係の者にはあらかじめ市場のそばで待機してもらっていたほどだ。

行き倒れはあとを絶たず、現在なら死亡週報には「路上または野原にて死亡を確認」と付記されるところだが、当時は、疫病で亡くなった大量の犠牲者のなかにまとめて入れられた。

感染拡大の勢いがすさまじさを増すなか、市場は従来にくらべて入荷が激減し、買い物客もまばらになった。

そこで市長があらたな命令を出し、地方から食料品を運んでくる商人たちは、「シティ」内に通じる道路脇で荷を下ろし、その場で店を開いて売り払ったら、すぐに立ち去れることになった。この方針のおかげで、地方の人たちが続々と荷を担いできて、「シティ」の縁のいたるところで商売を始めた。

とくに、「シティ」の東側に広がる、ホワイトチャペルの外れにある空き地やスピトルフィールズで、さかんに売買が行なわれた。南側のサザークにあるセント・ジョージ・フィールズや、北側のバンヒル・フィールズ、イズリントンの近くのウッズ・クロウスと呼ばれる広い野原なども同様だった。

こういった場所へは、市長や市参事会員、治安判事らが、部下や奉公人を使いに出して、家の買い物をさせていた。一方、本人たちはなるべく家を出ないように心がけた。多くの人々がこれにならった。

このような販売方式が認められてからというもの、地方の人たちは不安なしにあらゆる食料品を運んできて、ほとんどが感染を免れた。「市場の関係者は病気にかからない」という誤った風評が流れたのは、このあたりに原因があるのかもしれない。

さて、わが家はというと、先ほど話したようにパン、バター、チーズ、ビールをじゅうぶんに確保できたので、友人の医者の助言に従い、全員が家のなかに引きこもった。困るのは肉類だったが、命を危険にさらして買いに行くくらいなら、数カ月のあいだ肉なしで我慢しようと決めた。

ところが、家の者を外出禁止にしてみたものの、肝心のわたしは、飽くなき好奇心を抑えきれず、閉じこもってばかりはいられなかった。恐怖に縮み上がって帰ってくるのがおちなのに、それでも懲りなかった。さすがに当初にくらべると頻度は減ったが、ちょっとした用事がないわけでもない。

それは、コールマン・ストリートにある兄の留守宅を見回ることだった。初めのうちは毎日行っていたが、やがて週に一回か二回になった。

そうして歩いていると、たくさんの不気味な場面を見聞きした。路上に倒れて急死する人が多くいた。苦痛に泣き叫ぶ女たちの声もたびたび耳にした。もだえ苦しんだあげく、窓を開け、慄然とするような不気味な叫びを上げるのだった。こういう気の毒な人々が感情に駆られてどんな身振り手振りをしたかは、とうてい表現できない。

「シティ」の中心部、ロスベリー通りの土地競売市場を通り抜けているときのことだ。いきなり、わたしの頭上の窓が乱暴に開け放たれ、女性の悲鳴が三度ばかり響いた。壮絶な金切り声。続いて「ああ！　死ぬ、死ぬ、死ぬ！」と、言語に絶する口調の叫びが聞こえた。

わたしは恐怖に打たれ、血が凍る思いだった。通りのどこにも人影はなく、ほかに開いた窓もなかった。もはや人々は何が起ころうと関心を持たず、助け合う余裕も失っていた。暗然としつつ、わたしもただそのままベル・アレイへ曲がった。

するとここでもまた、道の右手から、さっき以上にこの世のものと思われない悲鳴が上がった。こんどは窓からの声ではなく、家じゅうが恐怖に震えているようだった。女子供が狂おしく叫びながら、部屋を駆けずりまわっている。不意に、屋根裏の窓が開いた。道の向かいの窓から隣人が声をかけた。「どうしました？」

屋根裏の窓から返事があった。「うちの旦那様が首をくくられたんです」

隣人が「もう息をしていませんか？」と訊く。

「ええ、ええ、もうだめです。すっかり冷たくなっています」。亡くなったのは貿易商で、区の助役も務める大金持ちだった。名前もわかっているが、伏せておく。現在では繁栄を取り戻した一家に、迷惑をかけたくない。

しかし、これはほんの一例にすぎない。各家庭で毎日どれだけおぞましい出来事が起きていたかは、想像の範囲を超えている。人々は病魔に蝕まれ、腫れものに苛まれ、自制の歯車を失ってわめきたてたあげく、窓から身投げしたり、銃でおのれを撃ったりした。錯乱の果てに、わが子を殺める母親もいた。

まったく感染していないのに、湧き出る悲しみのあまり死んでいく者や、驚愕のせいだけで息絶える者まであった。かと思えば、恐ろしさから痴呆状態になる者、絶望に耐えかねて頭のねじが外れる者、憂鬱の闇に沈んでしまう者もいた。

腫れものの痛みはとりわけはなはだしいらしく、人によっては、我慢しようにもできなかった。だが、「内科医や外科医にかかると、拷問まがいの治療をされて、へたをすると殺されてしまうぞ」との噂も飛び交った。体質にもよるが、腫れものがひどく固くなる場合があり、強力な膏薬を貼って膿（うみ）を吸い出す治療法が用いられた。

それが効かないとみると、医者は腫れものを切開して徹底的に切り刻んだ。強引に膿を吸い出しすぎたせいか、疫病の力が強かったせいか、ますます固くなることもあり、どんな器具でも切開が不可能になると、こんどは腐食剤で患部を焼いた。

このような治療の繰り返しがたたって、苦痛にのたうちまわり、わめきながら死ぬ患者も多かった。手術中に絶命する者もいた。人手が足りないせいで、苦しみもがく患者を押さえつけ、いちいち看病してやることはできず、みずから命を絶つ者が相次ぐのも無理はなかった。全裸で戸外へ飛び出すや、監視人その他の制止を振りきって、テムズ川のほとりまで一目散に走り、そのまま身を投げるという例もあった。

治療の激しい痛みにうめき、叫ぶ声を聞いて、わたしは魂をえぐられる気さえした。しかし、この疫病の症状の現われかたは二通りに分かれ、いま述べたのはむしろ快復の見込みがあるほうだった。腫れものが膨れるだけ膨れ、つぶれて膿が出た場合、つまり、外科医の用語を借りるなら「膿つぶし」ができた場合、たいていの患者は快復した。

だが、もう一方の現われかたは、絶望的といっていい。先に挙げた高貴な婦人のひとり娘のように、あっけなく死んでしまう。こちらの患者は、いろいろな症状がからだに出ていながら、死ぬ直前まで平気で歩きまわっていることが多い。てんかんの発作や卒中と同じく、唐突に倒れるのだ。この種の病人はまず、急に気分が悪くなる。まわりにある腰掛けあるいは屋台に駆け寄るか、ときには自宅まで走って戻るかしたあと、腰を下ろしたとたん、意識が遠のいて死ぬ。壊疽によって死亡する人の症状と似ていて、気を失ったまま、いわば夢うつつのなかで世を去るわけだ。

壊疽で亡くなる場合、自分が病気にかかったことにまったく気づかないうちに、全身に壊疽が広がってしまう。医者でさえ、胸などの部位を開くまで、病状を正確に把握することはできない。

このころ、看護師や監視人のような、死に瀕した患者を世話する人たちをめぐって、おぞましい噂話がいくつもささやかれた。

患者を乱暴に扱った、食事を与えず餓死させた、窒息死させた、などなど。ときには、もっと凶悪な方法で死期を早めた、すなわち殺害したらしい、と騒がれることもあった。

さらには、封鎖された家を見張るべく置かれた監視人についても、生存者が一名だけになり、それも病に伏しているとわかると、家に押し入り、生き残りを殺して運搬車へ投げ込んでしまう、との風評が立った。墓場に着いた死体にまだ温もりがあるのはそのせいだとされた。

そういう殺人が何度か犯されたことは、認めないわけにいかない。たしか、殺人容疑で二名が監獄に送られたが、両名とも、裁判を受ける前に死亡した。ほかに、それぞれ時は違うものの、三人が同様の殺人罪に問われたが、結局のところ釈放されたと聞く。

ただし、あとになって一部の人が言い触らしたのとは違い、この手の犯罪がそう常習的に行なわれていたとは信じられない。だいたい、自力では生きていけないほど衰弱し、もう快復の見込みがない患者を、あえて殺す理由があるだろうか。放っておいても遠からず死ぬとわかっているのに、みずからの手を汚してまで息の根を止めたいという誘惑に駆られることなどあり得ないと思う。

しかし、この恐ろしい時期にさえ、盗みなどの悪事がさかんに行なわれていたことは、否定できない。世のなかには強欲非道な人間もいて、どんな危険を冒してでも他人の財産をふんだくろうとする。家の者が死に絶えた、あるいは墓場へ運ばれていったあとともなれば、感染の恐れを顧みずに忍び込み、死体から衣服を剝ぎ取ったり、寝具を奪ったりする連中がいた。

ハウンズディッチのある一家に起きた事件も、このような犯罪の例だったに違いない。ほかの者はもう運搬車で運ばれたあとだったのだろう、父親と娘のふたりが、別々の部屋でそれぞれ一糸まとわぬ姿で息絶え、床に横たわっているのが発見された。強盗によって、寝台から引きずり下ろされたらしい。衣服だけでなく、布団や敷布も跡形なく消えていた。

ここで話しておくべきは、この災厄のあいだじゅう、むしろ女性たちのほうが、分別も恐れもかなぐり捨てていたことだ。病人の面倒をみる者がたくさんいるなか、女性の看護師が雇われた先でこそ泥を働くことなどしょっちゅうだった。本来なら見せしめのために絞首刑になるべきところを、公衆の面前で鞭打たれるだけで済んだ者もいた。

この手の盗難が相次いだせいで、ついには、「教区委員が責任を持って看護師を推薦せよ」との命令が下された。役員は、自分が推薦した者に目を光らせ、万が一盗難の被害が出たときには、その看護師を呼んで問いただすようになった。

盗難とはいっても、患者が死んだあと、衣服、亜麻布、指輪、現金などの目につく物品をくすねるくらいで、女性看護師が家じゅうを荒らすなどということは、まずなかった。ただ、こんな話は聞いた。

看護師だったある女性が、やがて歳月を経て死の床についたとき、恐怖に震えながらこう告白したという。「あのころ盗みを働いて、儲けたお金で裕福な暮らしを送りました」

けれども殺人事件に関しては、先ほど触れた数例を除き、噂に聞くような悪事が現実にあったという証拠は見たことがない。

だが、こういう種類の出来事なら耳にした。とある地域で瀕死の男性患者を介抱していた女性看護師が、息たえだえの患者の顔に濡れた布をかぶせ、楽にしてやったという。別の看護師は、自分が担当する若い女性が発作で気を失ったとき、もう意識が戻らないと決めつけて、窒息死させてしまった。ほかに、毒を飲ませたとか、何も与えず餓死させたとか、噂はさまざまだった。

しかしこういう風説には疑わしい点がいつも二つつきまとっていたから、わたしは本気にしなかった。架空のでっち上げをまことしやかに話して、互いに相手を驚かそうとしているとしか思えなかった。

第一に、事件が起こったとされる場所は、きまって、噂が流れている地点とは遠く離れていた。たとえば、ロンドンの反対側などだ。東のホワイトチャペルで立った噂は、セント・ジャイルズ教区かウエストミンスター、ホルボーンなど、ロンドンの西部が舞台になっていた。そういう西部で耳に入る噂は、必ず、ホワイトチャペルやミノリーズ通り、あるいはクリップルゲイト教区の近辺など、東部地域の出来事だった。「シティ」で流れる噂はといえば、テムズ川を隔てたサザークの出来事であり、そのサザークで出る噂は、

「シティ」で起きたことになっていた。

疑わしい第二の点として、どこで聞く噂も、現場は違えど、内容は似たり寄ったりだった。瀕死の患者の顔の上に、二重に折りたたんだ濡れた布切れをのせる話や、若い貴婦人を扼殺(やくさつ)する話……。どうにも嘘くさい。

もっとも、こういう噂は一般市民に相当な影響を与えた。誰を家のなかに入れるべきか、誰に自分の命をゆだねるべきか、みんな神経をとがらせた。できるかぎり、推薦された看護師だけに頼もうとしたが、信頼できる人の数は限られていたので、見つからない場合は、教区委員に直接、相談を持ちかけた。

ところが、ここでもまた、時代の災いが貧乏人に重くのしかかった。感染しても、食べ物も薬もない。医者にも薬屋にも、世話してくれる看護師にも見捨てられていた。多くの者が、窓から助けを求め、食べ物を乞いつつ、死んでいった。そのありさまは、じつに惨めで痛ましかった。ただし付言しておくと、こういう個人や家族の実情が、何らかの報告によって市長に伝わった場合は、必ずや救済の手が差し伸べられた。

それほど貧しくなくても、妻子を疎開させたり、奉公人に暇(いとま)を出したりした結果、ひとり暮らしを送る男たちがいた。経費がかさむのを嫌がり、家にこもって孤独な生活を送るうち、病気にかかって、誰にも看病されず死亡する者も多かった。

近所に住むわたしの知り合いは、北部のホワイトクロス・ストリートかどこかに住む店主に金を貸したままだったので、返してもらおうと、一八歳くらいの見習いの若者を使いにやった。見習いがその家に行ったところ、鍵がかかっていた。入り口の戸を強く叩いてみたが、なかから返事が聞こえたような気がするものの、はっきりしなかった。しばらく待ってから、ふたたび戸を叩き、さらに叩いているうち、ようやく誰かが二階から降りてくる足音がした。

現われた店主は、膝までの股引のようなものと、黄色い毛織の短い胴衣を身に着け、素足に突っかけを履いていた。頭には、白い縁なし帽。顔に死相が漂っている。戸を開けるなり、「うるさいな。何の用だ?」と訊いてきた。若い見習いは怖じ気づきながらこたえた。「旦那様の使いで参りました。お金をもらってこいと言いつかっています。そう話せばわかるとのことでした」

生ける亡霊が「ああ、そう」と言葉を返した。「クリップルゲイト教会のそばを通ったら、なかの人に、鐘を鳴らしてくれるように頼んでほしい」。それだけ言うと、戸を閉めて二階へ上がり、その日のうちに死んでしまった。いや、一時間も経たないうちだったかもしれない。わたしがその若い見習いからじかに聞いた話だから、本当だろう。

悪疫の流行がまだ頂点に達していないころの出来事だ。たしか、六月の末。例の死体運搬の荷馬車が忙しく走りまわる前だったから、死者が出れば、教会で哀悼の鐘を鳴らした。しかし少なくともこの教区では、弔鐘のならわしは七月前に打ち切られた。七月二五日には一週間の死者が五五〇名を超え、金持ちだろうが貧乏人だろうが、もはや丁重には弔(とむら)っていられなくなったのだ。

すでに述べたように、この未曾有の災厄のなかにあってもなお、獲物を狙う盗人がおおぜいいて、しかもたいがいは女性だった。わたし自身、こんな経験をした。

ある朝の一一時ごろ、わたしはコールマン・ストリートにある兄の家まで出かけた。いつもどおり、異状がないか確認しに行ったのだ。兄の家の前には小さな庭があり、門のついた煉瓦壁で囲まれていた。

門を入ると、倉庫がいくつか並んでいて、内部にはさまざまな商品が積まれている。倉庫の一つに、地方から仕入れた婦人用の山高帽が大量にしまってあった。おそらく国外向けだと思うが、どこへ輸出するのかは知るよしもない。

スワン・アレイという小道に面した兄の家に近づいたとき、不思議なことに、山高帽をかぶった三、四人の女性が向こうからやってきた。あとで思い返すと、少なくともひとりは、似たような帽子を両手にいくつもぶら下げていた。とはいえ、女性たちが兄の家から出てくるのを見たわけではないし、倉庫にそんな帽子が保管されているとはまだ知らなかったので、べつに、とがめだてしなかった。むしろ、この時期の心得に従って、すれ違いざまの感染を避けるため、道の端に寄った。

だが、さらに家の門に近づいたところ、別の女性がもっとたくさんの帽子を抱えて門から出てくるではないか。「あのう、奥で何をしていたんですか？」と尋ねると、女性はこうこたえた。「なかに、おおぜいいますよ。わたしはみなさんと同じことをしただけです」

わたしが慌てて門へ向かう隙に、その女性は立ち去った。ちょうど門にたどり着いたとき、二人の女性が庭を横切ってこちらに来るのが見えた。これまた帽子をかぶり、小脇にも帽子を抱えている。わたしは大急ぎで入って、後ろ手で門を払いのけた。門はばね仕掛けなので、ひとりでに閉まる。

女性たちのほうを向いて、「ちょっと、何をしているんですか」と言い、帽子をつかんで取り上げた。

とうてい泥棒には見えないひとりが「ごめんなさい」と謝った。「いけないとは思ったんですけど、持ち主のない品物だと聞いたので……。これはお返しします。でも、向こうを見てください。わたしたちみたいな女の人がもっといますよ」。そう言いながら、申し訳なさそうに涙を流す。

わたしは帽子を受け取って門を開け、「もういいから帰りなさい」と命じた。かわいそうな気がしてきたからだ。

しかし、言われたとおり倉庫のほうを見ると、さらに六、七人の女性が、帽子を試着している最中だった。あたりを気にせず、かぶり具合を確かめるようすは、まるでふつうに帽子屋に来た客のようだ。

わたしは思わず天を仰いだ。これほどにおおぜいの泥棒に出くわすのも珍しい体験だが、なにより、こんな事態に巻き込まれたことに驚いた。ここ数週間、他人を避けて慎ましく振る舞い、街頭で誰かに出くわそうものなら道の端に寄って距離を保ってきたわたしが、人だかりに割って入るはめになった。

面食らったのは向こうも同じだったが、理由は違う。女性たちは口々に訴えた。「わたしたちは近所の者です。ここの帽子は自由に持ち帰っていいと聞きましたよ。だって、誰の持ち物でもないんでしょう?」

わたしは大声で一喝してから、門のそばに戻って鍵をかけ、「もう逃げられませんよ。ここにいてもらいます。役人を呼んでくるから覚悟しなさい」と脅した。

女性たちは必死に謝り始め、自分が来たときには門も開いていたし、倉庫の扉も開いていたと弁解した。「高価な物がありそうだとにらんだ誰かが、扉をこじ開けたに違いないわ」と言う。そうかもしれない、とわたしは思った。扉の錠前が壊れていたし、外側にぶら下がった南京錠も緩んでいる。盗まれた帽子の数も、半端ではなさそうだ。

わたしは考えた。時期が時期だけに、事をあまり荒立てないほうがいいのではないか。騒ぎたてると、あちこちへ出向かなければいけなくなるし、役人に来てもらうにしても、その人たちが本当に健康とはかぎらない。疫病流行は悪化の一途をたどり、週に四〇〇〇人も死亡している。怒りに任せて行動し、兄の代理として被害を裁判に持ち込んだりしたら、自分の命が危くなる……。

そこでわたしは、女性たちの名前と住所を書き留め、「兄が帰ってきたとき、あらためて釈明してもらう」と脅かすにとどめることにした。女性のうち数人は、たしかに近所の住人だった。

続いて、やや違う角度から教えさとした。「いま、街じゅうが災厄に見舞われ、いわば神の恐るべき天罰にさらされているのに、どうしてこんなことができるんです？　疫病はあなたたちの家の戸口に迫っている、いや、もう家のなかに侵入しているかもしれません。あと数時間したら、死体運搬の荷馬車が玄関先にとまって、あなたたちを墓場へ運んでいく可能性だってあるんですよ」

そんなふうに言い聞かせたものの、女性たちの心が動いたようすはなかった。しかしそこへ、近所の男がふたり、騒動を聞いて駆けつけてきた。ふたりは兄の家で働いていたこともあったから、わたしを助けに来てくれたのだ。女性たちのなかから三人ほど顔見知りを見つけ、どこの誰だかを教えてくれた。先ほど本人が申告した内容と一致していた。

力添えしてくれたふたりの男については、いろいろな思い出がよみがえってくる。ひとりは名前をジョン・ヘイワードといい、当時、コールマン・ストリートのセント・スティーブン教区で教会の下働きをしていた。下働きの仕事といえば、墓掘りと死体の運搬だ。つまりジョンは、あの大きな教区で埋葬される死体を自分で運ぶか、他人が運ぶのを手伝っていた。

時につれて、厳粛に運搬する余裕がなくなり、鈴を鳴らしながら荷馬車を引いて、あちこちの家へ出向くようになった。この教区はロンドンのどこよりも路地が細く長く続いていることで有名で、馬車が入れないため、運搬人は奥まで歩いていくしかなかった。そういう路地は、いまだ残っている。たとえば、ホワイツ・アレイ、クロス・キー・アレイ、スワン・アレイ、ベル・アレイ、ホワイトホース・アレイなど。運搬人は、小さな手押し車に死体をのせて、馬をつないだ荷馬車まで運ぶ。

こんな仕事をしていたにもかかわらず、ジョンは疫病にかからなかった。それどころか、流行の終息後も二〇年以上生きて、死ぬまで教会の下働きを務めた。ジョンの妻も、当時は看護師をやっていて、教区内の患者を数多く世話し、最期をみとった。根が正直なので、教区委員から推薦を受けた看護師のひとりだ。しかし、この妻も疫病に感染しなかった。

本人から聞いた話によると、ジョンの感染予防のやりかたは、草の香と大蒜（にんにく）を口に含み、煙草をふかすだけだった。妻のほうの予防策は、髪を香酢で洗い、湿らせた状態を保つため、頭に巻く布にも香酢を振りかけておくことだった。世話する患者が尋常ならぬ悪臭を放っているときは、香酢を鼻から深く吸い、頭巾にかける香酢の量を増やし、香酢で濡らした手拭き布を口にあてたという。

悪疫はとくに貧民のあいだで流行していたが、それでいて、貧民たちは非常に向こう見ずで、恐れを知らなかった。いわば「蛮勇」ともいえる勇敢さで、仕事に汗を流していた。「蛮勇」と呼んだのは、宗教にも分別にも根ざしていないからだ。命がけの仕事だろうと、雇ってもらえるならかまわないとばかり、ろくに予防策もとらずに働いた。病人の看病もやれば、封鎖家屋の監視もやり、感染者を疫病療養所へ搬送するのも引き受けた。それにも増して危険なのが、ジョンがやっていたような、死骸を墓場へ運ぶ作業だった。

いまだに語り継がれている笛吹き男の話は、ジョンの担当区域で起こった出来事をもとにしている。ジョンによれば、間違いなく本当にあった話だという。ただ、噂ではこの笛吹き男は目が不自由だったことになっているが、その点は事実ではなく、たんに無知でよぼよぼの貧乏人だったそうだ。流しの笛吹きが商売で、夜の一〇時ごろになると、店から店へ訪ねてまわっていた。なじみの居酒屋で、客に飲み物や食べ物をおごってもらったり、たまには小銭を受け取ったりした。男はお返しに、笛を吹いたり歌ったり、与太話をしたりして人々を楽しませた。

しかし、しだいに情勢が逼迫してきて、人々は、笛吹きを相手に笑っていられなくなった。それでも、哀れな笛吹き男は相変わらず流しをやっていたが、飢え死にする寸前だった。誰かに「どうだ、元気かい？」と尋ねられると、「死体運搬の荷馬車がなかなか迎えにきてくれねえけど、来週には呼んでくれるってお役人が約束してくれましたんでねえ」とこたえた。

ある晩のことだ。ジョンが言うには、誰かがこの笛吹き男に酒を飲ませすぎたらしい。おそらくコールマン・ストリートにある居酒屋で、いつもより多く飲み食いさせてもらったのだろう。満腹になるのは、ずいぶん久しぶりだったものだから、笛吹き男は、ある店先に突き出した露台に寝転がり、そのまま眠り込んでしまった。場所はクリップルゲイトに近い、「シティ」の防御壁のわき。

しばらくして、小道の角にある家の人たちが、死体運搬の荷馬車が通りかかった合図として鳴らされる鐘の音を聞きつけ、疫病の犠牲者の亡骸を持ってきて、笛吹き男の隣に並べてしまった。笛吹き男を死体と勘違いし、近所の人が先に置いたのだろうと思ったらしい。

そこへ、ジョンたちが鈴を鳴らしながら荷馬車を引いてやってきた。露台の上に二体あったので、専用の道具を使って持ち上げ、両方とも荷馬車のなかへ放り込んだ。笛吹き男はこんこんと眠りこけていた。

ジョンたちは巡回を続け、死体を積み重ねていった。荷台のなかで笛吹き男はほとんど生き埋めの状態になったが、それでも目を覚まさない。とうとう、荷馬車は教会墓地の穴の前までやってきた。たしか、北部にあるマウント・ミルの穴だ。憂鬱な積み荷を投げ落とす準備が始まった。

荷馬車がとまったとたん、笛吹き男は気がついて、死体の山をかき分け、頭を突き出して叫んだ。「おおい！　ここはどこだ？」

荷を捨てる準備をしていた連中は驚いたのなんの、一瞬置いて、われに返ったジョンが言った。「なんてことだ。まだ息のあるやつがなかにいるぞ！」

別の者が声をかけた。「あんた、何者だい？」「しがない笛吹き男だよ。で、ここはどこなんだ？」

「どこって、わからないのか。あんたは死体運搬の荷馬車に担ぎ込まれて、これから埋められるところさ」とジョン。

「でもさ、おれは死んじゃいねえよ。な、そうだろ?」と笛吹き男は言った。

初めは驚きで震え上がった運搬人たちも、これには笑いだした。助け降ろされた気の毒な笛吹き男は、とぼとぼ歩きながら、ふたたび仕事に向かったという。

世間にはびこっている噂では、突然、荷馬車のなかから笛を吹く音が聞こえてきて、運搬人たちは肝を冷やし、一目散に逃げ出した、ということになっている。ジョンの話はそうではなかった。だいいち、笛についてはひとことも触れなかった。ただ、男が貧しい笛吹きで、いま述べたように運ばれたことは、紛れもない事実らしい。

ここで一つ付け加えておくと、「シティ」の死体運搬車は、それぞれ特定の教区に割り当てられていたわけではない。報告された死亡者の数に応じて、一台の車が複数の教区をまわった。だから、市街地で収容された死体でも、郊外の埋葬地へ運ばれることが多かった。「シティ」内にはもう埋葬するゆとりがなくなっていたからだ。

さて、このたびの神の裁きが、当初、人々をどれだけ驚かせたかはすでにお話ししたが、より精神的かつ宗教的な面について、わたし個人の見解を少し示しておきたい。あらゆる都市のうち、いや少なくとも、これだけの広さと規模を持つ都市のうち、恐ろしい疫病流行への備えがここまで欠けていた例は、ほかに存在しないのではないか。行政面の準備にとどまらず、信仰の、つまり心の準備についても、そう言えるだろう。

災厄が襲ってきたとき、ロンドンの人々は、まるで何の前触れもなく、予期もせず、心配もしていなかったかのようだった。油断ははなはだしい。市民を守るための対策にしろ、まったくお粗末だった。例を挙げよう。

市長や助役は、治安を維持する責任者でありながら、非常時に守るべき規則をいっさい定めていなかった。貧民の救済に関しても、事前には無策だった。市民のほうも、いざというとき貧しい人々を支えるような準備をしておらず、穀物や粗挽き粉を蓄えるための公共の貯蔵所をつくっていなかった。外国を見習ってそうした蓄えを持っていれば、貧民をあんなにまでひどい境遇に追いつめずに済んだだろうし、事後に慌てて打ち出した対策よりまともな成果につながったはずだ。

ロンドン市の財政力の蓄えについては、とりたてて文句はない。非常に潤沢だったと聞く。おそらく間違いないだろう。翌年のロンドン大火のあと、市庁から大量の資金が投じられ、おかげで数多くの公共施設が修復されたり新築されたりしたからだ。

修復された建物としては、ロンドン市庁舎、ブラックウェル・ホール、レドンホールの一部、王立取引所の半分、中央刑事裁判所、債務者監獄、ラドゲイト刑務所やニューゲイト刑務所、テムズ川沿いのいくつもの埠頭、浮き桟橋、荷揚げ場などが挙げられる。すべて、疫禍の翌年にロンドンを襲った大火で、焼け落ちるか利用不可能になった。

一方、あらたに建てられたのは、大火記念塔、フリート運河とそれに架かる橋、精神疾患患者向けのベスレム王立病院などだ。

しかしどうも、疫病流行時には、資金庫の理事たちがかなり慎重だったとみえ、孤児救済基金を貧民の救済に使うことをためらっていた。それに対して、翌年に大火が起きたあとの担当者たちは、この基金を積極的に活かして、市街地の美化や施設の再建に尽くした。疫病流行時にもそうやって転用すれば良かったと思う。貧民を助けるために基金に手をつけたのなら、孤児たちも、妥当な使いかただと賛成しただろう。市当局の対応が不誠実だと、非難を浴びることも避けられたのではないか。

ここで特筆しておきたいのは、身の安全を求めてロンドンから疎開した市民も、あとに残った人々の福祉に重大な関心を寄せ、貧しい民の救済に向けて寄付を惜しまなかった、という事実だ。イングランドの相当な僻地でも、商売の盛んな町では、多額の寄付金が集められた。それに加え、イングランド内のあらゆる地方の貴族や紳士たちが、ロンドンの悲境に同情を寄せ、貧民救済のために多額の寄付を市長や責任当局あてに送ってきたと聞く。

国王も、毎週一〇〇〇ポンドを四等分し、各地域に分配するよう命じたといわれる。地域分けとしては、「シティ」およびウエストミンスターの特別行政区、テムズ川南岸のサザーク地区、防御壁の内側を除くその他の特別行政区、ミドルセックス州の管轄下にある郊外地区およびロンドンの東と北の地区、という四つだった。ただし、いまの話の後半は伝聞なので、事実とはかぎらない。

たしかに言えるのは、疫病流行が始まったあと、もとは肉体労働や小売業で生計を立てていた貧しい人やその家族の大半が、義援金に頼って生活するようになったことだ。思いやり深い善良なキリスト教徒が、貧民を助けるために莫大な金を施していなかったら、ロンドンの存続さえ危なかったかもしれない。

寄付金の金額や、当局による公正な分配に関しては、詳細な報告書があったに違いないのだが、分配に携わった役人の多くが世を去ったうえ、翌年に起きた大火が収入役の事務所や書類のほとんどを焼き尽くしてしまったので、どうにか探し出そうと努力したものの、わたしは具体的な記録を手に入れられなかった。

しかしいずれにしろ、市長や市参事会員の尽力には頭が下がる。毎週、貧民救済のために寄せられた多額の金を苦心惨憺して分配してくれた。そういう並々ならぬ貢献のおかげで、おおぜいが救われ、どうにか生き延びられたのだ。この点はぜひ記しておく価値があるだろう。二度とあって欲しくないが、万が一このような惨禍がふたたび襲ってきた場合の参考になると思う。

疫禍の初期、感染が市全体に広がるのは避けられないとわかると、地方に知り合いや家屋のある者は家族を引き連れて疎開した。すでに話したとおりだ。ロンドンそのものが逃げ出して、あとに誰ひとり残らないのでは、とさえ思えた。当然ながら、それ以降、人間が生きていく最小限に関わるものを除いて、すべての商売が停止してしまった。

この事実はじつに生々しく、市民生活の実態を色濃く反映しているので、詳しくお伝えしようと思う。疫病の発生後たちまち窮地に陥った職業や階級を、いくつかにわけて説明してみる。

（一）各種の製造業を営む親方。とくに装飾品や、実用的でない衣服、家具の製造に携わっていた人たち。

たとえば、リボンその他の織工、金銀のモール編み、金線・銀線の紡ぎ手、裁縫師、靴・帽子・手袋をつくる職人。椅子類の布張り職人、木工、指物師、鏡職人。さらに、こうした製造業に依存する商売に関わる者。

このような製造業の親方たちは、みずから仕事を辞め、配下の職人や奉公人を全員、解雇した。

(二) 商売上の取引が完全に停止したので、テムズ川をさかのぼって入ってくる船がほとんどなくなり、港を出る船は皆無になった。

そのため、臨時雇いの税関職員はもちろん、水夫、荷馬車の御者、荷揚げ作業員など、貿易商のもとで働いていた貧しい人々は、すぐさま解雇され、仕事にあぶれてしまった。

(三) 家の新築や修理に従事していた職人も、まったく仕事がなくなった。おびただしい数の家屋から一夜にして住人が消えていくなか、誰も家を建てようとしなくなったからだ。したがって、関連する下働きの職人もすべて仕事を失った。たとえば煉瓦職人、石工、大工、指物師、左官、塗装業者、ガラス業者、鍛冶屋、鉛管工など、家屋建築に関わるあらゆる働き手が失業し、そのような人に依存する労働者も職を失った。

同様だった。

（四）水上の交通が途絶えたため、当然、船乗りはみんな仕事がなくなり、その多くは究極の生活苦に陥った。ほかにも、船の建造や艤装にまつわる各種の職人や商人も同様だった。

船大工、水漏れを防ぐ職人、縄職人、乾物用の樽の職人、帆を縫う職人、錨その他の鍛冶工。さらには、滑車の製造工、彫り師、鉄砲鍛冶、船具商、船首像の彫刻工など。こういった職種の親方は自分の蓄えで生活できたかもしれないが、貿易船の運航が中止されたため、関連するすべての職人が首を切られるはめになった。

また、テムズ川には小舟さえ通らないありさまだったので、水夫、はしけの船頭、船大工、はしけ大工は、ほとんど全員が仕事を失くし、解雇された。

（五）ロンドンから脱出した家族も、とどまった家族も、できるだけ生活費を切り詰めた。

その結果、数えきれないほどの従僕、下男、小売商人、職人、帳簿係といった人々、多くの女奉公人がお払い箱になった。この人たちは、仕事ばかりか住むところも失って、孤立無援に陥った。悲惨な運命というほかない。

さらに詳しく述べることもできるが、この程度の大づかみな説明だけでじゅうぶんだろう。あらゆる商売が止まり、雇用も取り消された。仕事を絶たれた貧しい人たちは、パンすら買えなくなった。その嘆きの声は、とくに初めのうち、本当に気の毒だった。やがて義援金が分配されるようになり、金銭面での苦境はかなり改善された。

多くの貧民が早々に田舎へ逃れた一方、しばらくロンドンにとどまっている人もかなりいたが、ついには絶望に駆られて、去ることを余儀なくされた。しかし、逃げる途中、死に追いつかれた。いや、本人は気づかなかったかもしれないが、そういう疎開者もまた死の使いにほかならず、疫病にかかったまま移動して、王国の隅々にまで感染を広めてしまった。

こうした人々の姿は、見るからに暗澹たるものだった。疫病から連鎖的に起こった悲劇により、ひとたまりもなく命を奪われてしまった。すなわち、疫病そのものではなく、疫病が引き起こした災いのせいで死んでいったといえる。飢餓と欠乏に襲われ、家もなく、金もなく、友もなく、パンを得るすべも、パンを施す人もなかった。

大多数の者が、教区定住権を持っていなかったため、教区に援助を申請することも叶わなかった。救済を得ようとすれば、治安判事だけが頼みの綱だった。

治安判事の名誉のために明記しておくと、申請後、必要と認められればこころよく応じてもらえた。そのぶん、脱出した者にくらべ、ロンドンに残った者たちのほうが、まだしも貧苦を免れることができた。

熟練工だろうと、しがない職人だろうと、手仕事で日々の糧を得ている人が、ロンドンでは莫大な数にのぼる。それをご存じなら、ぜひ考えていただきたい。現在いるそのような労働者が、もしいっせいに仕事を奪われ、賃金をまったくもらえなくなったら、街はどんな悲惨な状態に陥るだろうか。

あのころ起きたのは、まさにそういう非常事態だった。ロンドンの内外を問わずあらゆる階級の善意の人々から、驚くほど多額の義援金が寄付されたおかげで、どうにか乗り切れたものの、もしそうでなかったら、市長と助役がいくら努力しても公共の治安を維持できなかっただろう。

実際、まったく不安がなかったわけではない。捨て鉢になった人々が暴徒と化し、金持ちの家に強盗に入ったり、市場から食糧を略奪したりするのではないか。市長たちはそんな可能性も本気で視野に入れていた。もしそこまで治安が悪化したら、これまでは危険を恐れず市内へ食糧を運んでくれていた地方在住者も、もはやおびえて来なくなっていただろう。そうなれば、市街地がいやおうなしに飢餓状態に追い込まれたに違いない。

しかし現実には、市長をはじめ、市参事会員、近郊を管轄する治安判事らが賢明な判断を下したうえ、各地から寄せられた多額の義援金も功を奏して、貧しい人たちは、騒ぎを起こさず静かに耐え、できるかぎりの救済を受けることができた。

ほかにも、大衆の暴動を食い止められた原因が二つある。

一つは、金持ちが食糧を溜め込んでいなかったことだ。本来ならばそうするべきだったし、もし抜かりなく備蓄してあれば、完全に家に引きこもることができ、疫病感染をもっと防げたのだが、現実は違った。したがって、貧民が暴れ出す寸前でとどまったのは、金持ちの家を襲ったところで食糧はたいして手に入らないと知っていたからだろう。

仮に、それでも略奪が起こっていたら、弱体化しつつあったロンドンは完全に壊滅してしまったかもしれない。暴徒を鎮める正規軍がいなかったうえ、武器を取れと呼びかけたところで、義勇兵を招集できる見込みはなかったからだ。

しかしさいわい、市長や、まだロンドンに残っていた市参事会員などの当局者が細心の注意を払ったかいあって、貧民の暴徒化を回避できた。具体的にいえば、貧苦のはなはだしい人たちに現金を支給し、それ以外の者には仕事を提供した。

おもな仕事としては、封鎖家屋の監視人が挙げられる。封鎖を命じられた家は、多いときには一万世帯にものぼったし、一世帯につき昼番と遅番の二名の監視人が必要だったから、じつにおおぜいの貧民を雇う機会が生じたわけだ。

暇を出されてしまった女奉公人たちは、市内の各地で病人の世話をする看護師として雇われた。これも、路頭に迷う貧民を救ううえで非常に役立った。

また、悲惨きわまりない現実が、ある意味では天の配剤となった。つまり、八月中旬から一〇月中旬にかけて、悪疫が暴れに暴れまわり、この期間だけで三万から四万もの命を奪ったのだ。

もしそれだけの数の人がさらに生き延び、貧困にあえぎ続けたら、市にとって耐えがたい重荷になったに違いない。全市ぐるみで総力を尽くしても、全員の生計の面倒は見きれなかっただろうし、食べ物を行き渡らせることも不可能だっただろう。結果的に、追いつめられた貧民が市内あるいは近郊で略奪を働くという事態を招いたかもしれない。あげくの果てに、ロンドンはおろか国全体が恐怖と混乱のるつぼに呑み込まれてしまう恐れすらあった。

幾多の命が失われていく惨状を前に、市民が人間の無力を思い知り、明らかにつつましくなっていた。無理もない。死亡週報の数字によると、およそ九週間も連続して、来る日も来る日も一〇〇〇人近くの死者が出ていた。しかも、死亡週報に載る数字は正しかったためしがなく、おそらく何千人も割り引いていたに違いないと、いまでもわたしは考えている。

街の光景は酸鼻を極めた。死体の運搬が夜の暗がりにまぎれて行なわれるのをいいことに、もはや犠牲者の数をかぞえずに処理している地域もあった。教区委員も教会の下働きも立ち会わないまま何週間も埋葬作業が進められ、いったい何人埋めたのか誰もわからないありさまだった。

このころの数字は、死亡週報で確認できるかぎりでは、次のようになる。

期間	病死者数	うち疫病による死者数
八月八日～一五日	五三一九	三八八〇
八月一五日～二二日	五五六八	四二三七
八月二二日～二九日	七四九六	六一〇二
八月二九日～九月五日	八二五二	六九八八
九月五日～一二日	七六九〇	六五四四
九月一二日～一九日	八二九七	七一六五
九月一九日～二六日	六四六〇	五五三三
九月二六日～一〇月三日	五七二〇	四九二九
一〇月三日～一〇日	五〇六八	四三二七

合計　　五万九八七〇　　四万九七〇五

これを見ると、今回の疫病で犠牲になった人の大多数がこの二カ月のあいだに命を落としたことがわかる。つまり、記録に残っている範囲でいえば、この流行時の疫禍死者数は合計六万八五九〇人。ここに挙げた表とくらべると、うち五万人もがこのたった二カ月に集中している。いま、表の数字より二九五人多い五万人と書いたのは、右表が二カ月には二日足りないからだ。

もっとも、教区委員がきちんと人数を報告しなかった、報告しても正確さに欠けていた、とたったいま指摘したが、これは無理からぬ面もある。考えてみてほしい。とんでもない疫病が荒れ狂うなかで、正確な記録など取り続けられるだろうか。

当の教区委員が感染する場合も少なくなかった。記録を書き入れようとした瞬間、倒れて息絶えたかもしれない。報告を行なう教区委員にかぎらず、その下で働いていた者も同じだ。命がけで働くこのような人たちも、万人を巻き込む惨禍から逃れることはできなかった。

とくに被害が大きかったのがステップニー教区。記録が正しければ、教会の下働き、墓掘り人とその補佐（具体的には、死体の運搬人、小さな鐘を鳴らす役、荷馬車の御者）が、一年のあいだに計一一六名も亡くなったという。

だいいち、記録を取るといっても、死体の数を落ち着いてかぞえている暇などなかった。死体は、暗い夜のうちに、折り重なった状態で穴へ投げ込まれたのだ。目をこらそうとして深淵のごとき穴に近づくのは、自殺行為に等しい。

オールドゲイト、クリップルゲイト、ホワイトチャペル、ステップニーの各教区における死者は、週あたり五〇〇、六〇〇、七〇〇、あるいは八〇〇と死亡週報に記載されていたが、わたしと同じようにロンドンにとどまった人々の意見によれば、それぞれの教区で週に二〇〇〇人以上が亡くなることも珍しくなかった。

げんに、こうした地域の死者数をなるべく厳密に調査した人物によると、一年のうちに実際は一〇万人が疫病で死亡したとみられる。しかし、死亡週報に載った疫病死は、ロンドン全体で六万八五九〇名にすぎない。

自分で見たものと、他人から聞いた目撃談とをもとに述べさせてもらうと、わたしも、疫病だけで少なくとも一〇万人が犠牲になったと確信している。この数字は、ほかの病気の死者は含まないし、人けのない原野や奥まった道などの公共の目が届かない場所で亡くなった人も含んでいない。こういう人たちは、ロンドン市民でありながら、もちろん死亡週報にも記載されなかった。

誰もが知ってのとおり、病魔に冒された者が、憔悴しきって戸外をさまよい、野原や森や、ともかく人のいない寂しい場所にたどり着いて、茂みや垣根に身を潜め、わびしく死を迎えた、という例はいくらでもある。そういった人たちまで数に入れれば、一〇万どころではない。

寂しく死を迎えようとする者を見つけると、ロンドン近隣の村人たちはひどく同情し、食べ物を運んできて、少しだけ離れたところに置いてやった。近づく体力があるなら召し上がれ、と。もっとも、動く力が残っていない人もいて、そんな場合、村人が翌日ようすを見に行くと、哀れに冷たくなり、食事には手がつけられていなかった。

わたし自身も、そんなふうに野垂れ死にした人をたくさん見た。その死に場所まではっきりと覚えている。いまでも、そこへ行って地中から骨を掘り出すことさえできると思う。

村人たちは、旅の者が息絶えたのを確かめると、わきに穴を掘り、先端に鉤のついた竿を使って死骸をその穴のなかへ引きずり入れたあと、遠くから土を投げかけてやるのだった。その際、風向きに注意を払い、船乗りが「風上」と呼ぶ側に立って、死臭が自分のほうへ漂ってこないようにした。

こんなふうにして、おびただしい人間がこの世を去った。死亡週報が扱う区域の内であれ外であれ、誰にも顧みられることなく姿を消した。

野原における埋葬のくだりなどは、じつはおもに他人から聞いた話だ。というのも、東部のベドナル・グリーンや北東部のハックニーのあたりを別にすれば、わたしはめったに郊外には行かなかった。にもかかわらず、たまに足をのばすと、必ずや遠方に哀れな放浪者たちの姿が見えた。その人々の身の上までは知らない。市街地だろうと郊外だろうと、人が近づいてくるのを見たら離れるのが、当時の習慣だったからだ。それでも、さすらいの果てに絶命するさまは、偽りのない描写だろうと信じて疑わない。

街や郊外を歩く話をしたついでだから、ペスト禍のロンドンがどれだけ荒涼としていたかに触れないわけにはいかない。

わたしの自宅前の大通りは、数多いロンドンの街路のなかでもきわめて広かった。郊外や特別行政区を含めても、めったに見かけないほどの道幅だ。肉屋が並んでいる付近で、柵がない家のあたりはとくに広く感じられる。舗装された道路というより緑の野原といったおもむきだった。馬にまたがった人たちや馬車が、道の中央をゆうゆうと通り過ぎていったものだ。

突き当たりにあるホワイトチャペル教会の周辺は、完全には舗装されておらず、舗装してある部分も草が伸び放題だったが、これはそう不思議ではない。「シティ」内の主要な道路、たとえばレドンホール・ストリート、ビショップスゲイト・ストリート、コーンヒル・ストリートにしろ、さらには王立取引所にしろ、方々に草が生い茂っていた。

しかし疫病の感染拡大につれ、自宅前の大通りには、朝も晩も、荷馬車や乗合馬車が通りかかることはめったになくなった。たまに地方から荷馬車がやってきて市場へ向かうものの、根菜、いんげん豆、えんどう豆、干草、藁などの積み荷は、平時とくらべてひどく少ない。

乗合馬車を利用する客もほとんどなく、疫病療養所などの医療施設へ患者を運ぶときに使うか、あそこならまず大丈夫という目的地へ往診医を乗せていくくらいだった。なぜこうも乗合馬車が敬遠されるかというと、馬車そのものが非常に危険とみなされていたからだ。なにしろ、前に誰が乗ったかわからない。ついさっき述べたとおり、感染者の運搬にも使われている。療養所へ向かう途中で事切れる者もいた。

疫病がこれだけ勢いを増すと、外に出て患者の家まで行こうと考える医者はほとんどいなくなる。内科医のなかでとくに名高い人たちが次々と他界し、外科医にも犠牲者が多かった。

まさに最悪の時期だ。死亡週報の数字はともあれ、わたしの推測では毎日一五〇〇から一七〇〇人が亡くなっていて、それが一カ月あまり続いた。

全期間を通じて最も被害が大きかったのは、九月初めだと思う。敬虔な人たちですら、神はロンドンの全市民を抹殺すべしと決意なさったのではないか、と真剣に思い始めた。

ちょうど、悪疫が西部から東部の教区へ猛烈な速度で襲いかかった時期にあたる。オールドゲイト教区では、おそらく二週間続けて一〇〇〇人以上と、週報の数字をはるかに上回る死骸が葬られたはずだ。わたしの自宅の近隣でも死亡率が激増した。感染者がいない家は二〇軒のうちわずか一軒ほどだった。ミノリーズ通り、ハウンズディッチ通り、さらにオールドゲイト教区のうちブッチャー・ロウ、わが家が面する数本の道あたりが、死神に支配されていた。

それにくらべればましにせよ、ホワイトチャペル教区の状況も深刻で、週報によると死者は週六〇〇人。実際のところはその倍くらいではないか。

どこもここも、家族ぐるみ、地域ぐるみでごっそりとやられた。家族が一気に死んだせいで、代わりに近所の人が埋葬人を呼びとめて、あそこの家から死体をすべて運び出してほしい、と頼む姿もしばしば見受けられた。

荷馬車で遺体を運搬する作業があまりにも危険になってきたため、住人が全滅した家は運搬人たちから見捨てられ始めた。「死体が何日も放置されたまま、誰も片づけに来てくれない」という苦情が当局に寄せられた。隣人たちはひどい腐臭に悩まされたあげく、ついには疫病に感染するはめになった。

運搬人たちの怠慢ぶりは目に余るものがあり、教区委員や警吏が監督にあたるよう命じられた。しまいには村落の治安判事まで乗り出して、命を危険にさらしつつ、運搬人を叱咤激励しなければいけなかった。

それほどまでに運搬人が作業を渋るのは、どうしても死体に近づかなければいけないからだ。そのせいで、数知れぬ運搬人が感染し、命を落としていた。前に触れたとおり、貧しい人々が働き口とパンを必死で求め、どんな危険な仕事でも引き受けるという状況だったから、まだましだった。そうでなければ、たくさんの野ざらしの死骸が、おぞましく腐敗していっただろう。

山積する課題を前に、市当局は素晴らしい対応をした。いくら褒めても足りないほどだ。膨大な数の死者を埋葬しなければならないのに、秩序を失わなかった。

死体の運搬や埋葬のために雇った者が病気にかかったり、死んだりすることも頻繁に起きたが、当局者はただちに代理を見つけて補充した。仕事にあぶれた貧民たちが待機しているだけに、補充はそう難しくない。だから、人員が次から次へ死亡しても、罹患しても、毎晩、しかるべき場所へ運ばれていった。ロンドンに関するかぎり、「死者を葬ろうにも生者なし」という窮地は訪れなかった。

この戦慄の日々、壊滅的な被害が広がるにつれて、市民の心の混乱に拍車がかかった。恐怖に駆られ、常軌を逸した行動に走る人たちが現われた。すでに病魔に冒された者も、苦しみに耐えかねて意味不明な挙動をとった。痛ましさでは後者がまさる。

ある患者は、大声でうなり、わめき、両手をしきりにもみ合わせながら、町なかを歩きまわった。またある患者は、天に向かって両手を広げ、神に慈悲を求め続けた。もはや錯乱状態なのか、わたしにはわからない。しかし、追いつめられて神に祈るからには、正常な分別を持っていたときにはさぞ真摯な心の持ち主だったのだろう。

それにひきかえ、毎日、とくに夕方になると聞こえてくる、おぞましい怒鳴り声には背筋が凍った。声の主は、異端教徒のソロモン・エクルズ。名前に聞き覚えがある人も多いのではないか。病気に冒されてもいないのに頭が変になったとみえ、「ロンドンに天罰が下りけり」と、見るも恐ろしい形相で叫び続ける。ときには全裸で、真っ赤に燃える炭を盛った鍋を頭にのせていることもあった。その言葉も意図も、わたしにはまったく理解しかねた。

毎晩、ホワイトチャペル周辺に出没する、奇妙な牧師もいた。

両手を天に向けて伸ばし、国教会の祈禱書の同じ一節をいつまでも繰り返す。「慈悲深き主よ、われらを許したまえ。尊き血をもって贖われた僕たちを許したまえ」

正気を失っていたのか、はたまた、哀れな民を心底から思いやっていたのか。わたしにはどちらとも言えない。というのも、当時わたしは疫病の猛威を避けて家に閉じこもり、このような不可思議な言動を窓越しに眺めたにすぎないからだ（窓を開けることはめったになかった）。

このころには、もはや天罰を逃れるすべはないと多くの人があきらめ、そう口にするのも憚らないありさまだった。わたし自身、諦観していた。そんなせいもあって、およそ二週間、家から一歩も外へ出なかった。

しかし、こうして危険きわまりない時期にありながら、礼拝に欠かさず参加する人たちもいた。牧師にしても、態度が二分していた。教会の門を固く閉ざし、ほかの人々と同じく命を守ろうとロンドンをあとにした牧師が多い一方、身の危険を冒してでも礼拝をつかさどり、信者との集いを続ける牧師もいた。

ロンドンに踏みとどまった牧師たちは、ときには説教したり、悔悟と改心を勧める短い訓戒を垂れたりと、信者が集まるかぎり務めを果たした。非国教会派の牧師も同じような集会を開いていて、国教会派の教区牧師が亡くなったり逃げ出したりした場合は、代わりに国教会派の教会を使うこともあった。こんな非常時には、宗派の区別にこだわっていられなかったのだ。

　死を目前にした哀れな患者が悲嘆の声を上げるのを聞くと、胸ふたがる思いがした。牧師を呼んで、「慰めを与えてください。ともに祈ってください。箴言(しんげん)で導いてください」と頼み、神に向かっては、許しと恵みを求め、過去に犯した罪をあたりかまわず懺悔する。その声色には、ほかの信者への警告がにじんでいた。苦難の日まで悔悟を先送りにしてはいけない、いまのような災厄の時期に入ってしまってはもう悔悟にふさわしくない、神を呼び求めるにはそぐわない、と。

　苦痛と絶望に苛まれた瀕死の患者たちが、耐えかねてうめき、ついには咆哮する声を、できることなら本書の読者にお聞かせしたいものだ。わたしの耳奥には、いまもあの声が残っている。この瞬間もまだ響いている気がしてならない。

　ああ、読者の魂を揺さぶるような切実な物言いで、あの人たちについて語り聞かせることができたなら。それさえできたら、たとえ言葉が足りず不完全なものであっても、わたしは、こうして記録を書き残せたことを大きな喜びと感じられるだろうに。

　神のご加護か、わたしはまだ感染を免れていて、健康そのものだった。しかし、外の空気を吸えずに家に引きこもったまま一四日が経過し、神経がささくれ立ってきた。

どうにも我慢できなくなり、兄に宛てた手紙を持って郵便局まで出かけることにした。外に出ると、通りはどこもまさしく深い沈黙に包まれていた。

郵便局に着いて手紙を出そうとすると、前庭の隅にひとりの男が立ち、窓のそばにいる別の男に話しかけていた。そこへもうひとり、郵便局の事務室から出てきた男が加わった。前庭のなかほどに、小さな革の財布が落ちている。二本の鍵が結びつけられ、現金も入っているようだが、誰も拾おうとしない。

「いつからそこにあるんですか」と、わたしは尋ねた。「一時間くらい、あのままだ」。窓際の男がこたえた。落とした人が探しに戻ってくるかもしれないから、放ってあるのだという。わたしはそれほど金に困っていなかったし、財布の中身もたいしたことはなさそうだ。あえてさわって感染の危険を冒してまで、硬貨をくすねる気はさらさらなかった。

立ち去ろうとしたとき、さっき事務室から出てきた男が、財布を拾おうと言いだした。持ち主が帰ってきたらきちんと返してやれるようにしておいたほうがいい、と。その男はいったん事務室に戻り、水をいっぱいに張った手桶を運んできて、財布のそばに置いた。それからまた戻ったかと思うと、こんどは火薬を持ってきて、財布に振りかけ、二メートルくらいの長さの導火線を引いた。

三往復めで持ってきたのは、真っ赤に焼けた火箸だった。わざわざ用意したらしい。それを使って導火線に火をつけた。火が財布に燃え移って、もうもうたる煙を上げた。これで財布は、熱と煙でじゅうぶん消毒されたわけだ。しかし男はまだ気を緩めず、火箸で財布をつまみ上げてしばらく待ち、財布の内側まで熱が通ったと見るや、水の入った手桶に財布のなかの硬貨を振り落とし、手桶ごと持って事務所に入っていった。財布の中身は、シリング銀貨が一三枚に、古びた四ペンス銀貨とファージング銅貨が数枚程度だった。

賃金がもらえるなら何でもやる、という向こう見ずな貧乏人がかなりいたことは、前に話した。しかし、いまの話から明らかなように、さいわいまだ感染していない人たちの多くは、身の安全に細心の注意を払って、最悪の時期を乗り切ろうとしていた。

同じころだったと思う。わたしは、郊外を東に歩いてボウという地域のほうに向かった。テムズ川や船の上ではどう過ごしているのか、見たくてたまらなくなったからだ。

貿易の仕事上、海運業にいくらか関係のあるわたしは、じつは、船に閉じこもるのが感染から身を守る最善の策ではないかと、前から考えていた。その点を確かめてやろうと思い、ボウを通り過ぎてブロムリー、そこから南下してブラックウォールの桟橋にたどり着いた。この桟橋に船をつないで、荷揚げや積み込みを行なうのだ。

ふと気づくと、みすぼらしい男がひとり、川岸の「海壁」と呼ばれる堤防を歩いていた。

わたしはしばらく付近をうろついてみたが、家はどこも門を閉ざしている。

やがて、ある程度の距離を置きながら、男と言葉を交わし始めた。「このあたりの人たち、どうしてますか」と、わたしは訊いた。

「どうしてるも何も、廃墟みたいになってますよ。みんな死んだか、病気にかかったか。このへんや、あのへんは……」。西側のポプラーという地区を指さす。「家族の半分が死んで、残りも病気です」

続いて、ある家をさした。「あそこは一家全滅。鍵が開いてるけど、なかに入ろうとは思わないですね。このあいだ、まぬけな泥棒が盗みに入って、高いつけを払わされました。きのうの晩、そいつも墓地に運ばれたってわけです」

男は、さらにあちこちを指さした。「あそこも全滅です。夫婦のほかに子供が五人いたんですが……。それから、あっちの家は封鎖中。門のところに監視人が見えるでしょう」。こんな調子でその他の家のことも教えてくれた。

「なぜひとりでここにいるんです？　何をやってるんですか？」と、わたしは尋ねてみた。

「なぜって、仕方ないでしょう。神様のおかげで、おれはまだ病気じゃないけど、家族はやられました。子供をひとり亡くしてしまって」

「どうして自分は感染していないと言い切れるんです？」

「あそこが、おれの家です」。指の先に、板囲いの小さな家があった。「女房と、ふたりの子供が暮らしています。ただ、あれで生きてると言えるかどうか……。なにしろ、妻と子供の片方はもう病気なんです。なのにおれは、そばに行ってやれません」

そうつぶやくと、せきを切ったように涙を流し始めた。わたしも涙を抑えられなかった。

「どうして家族といっしょにいないんです？　血肉を分けた関係なのに。肉親を見捨てるなんて」

「とんでもない！」と、男は声を荒らげた。「見捨てるもんですか。家族を養うために、毎日あくせく働いてますよ。神様のおかげで、生活の不自由だけはさせていません」

男は顔を上げて天を仰いだ。そこに現われた表情を見て、わたしは理解した。いま目の前にいるこの男は、嘘を言わない、まじめで信心深い善人だ。声を荒らげたのは、神に感謝しているからこそ。だから、こんな状況のもとでも、家族に不自由をさせていないと断言できるのだ。

「なるほど、たしかに。貧しい人たちの近ごろの境遇を考えると、あなたは恵まれていますね」と、わたしは言った。「でも、どうやって生計を立ててるんですか？　それに、街全体に襲いかかってきた災厄から、どうやって身を守っているんです？」

「じつはおれ、船頭でして。あそこにあるのがおれの小舟です。いまは家としても使ってますが。昼間は舟で働き、夜は舟で寝る。稼いだ金はあの石の上に置くんです」。そう言って、道の反対側の、平べったい石を示した。男の家からだいぶ離れた場所にある。「金を置いたら、おおい、おおい、と何度か呼ぶ。そのうち妻が気づいて出てきて、金を持っていくわけです」

「うまく考えましたね」と、わたし。「でも、いまのご時世、船頭をやって稼げるんですか？　こんなときに小舟を使いたい人なんていますか？」

「いますとも。知恵を絞れば、客は見つかります。あそこを見てください」と、かなり離れた下流を指さす。「船が五隻もとまってる。それから、こっちには」と、こんどは逆方向の上流。「八隻から一〇隻くらいある。あっちの船は鎖で岸とつながってるし、こっちは錨を下ろしてるでしょう。どの船にも、貿易商人や船主や、その家族が乗ってるんです。病気が怖いもんだから、船に閉じこもったきり、陸との関わりを断って生活してる。そこでおれは、連中のために物を買ってきたり、手紙を取り次いだり、どうしても必要なことを代わりにやってるわけです。連中が陸に上がらなくて済むようにね。日が暮れたら、あういう大きな母船の補助艇におれの小舟をつながせてもらって、ひとりで寝る。ありがたや、こうして病気にならずに済んでいます」

「しかし、上陸して戻ってきたあなたを、よくまあ、母船に乗せてくれますねえ。この一帯はずいぶんひどくて、疫病が蔓延しているのに」

「その点は大丈夫。めったなことじゃ、おれは母船にのぼりません。持ってきた物は、連中の補助艇に届けるか、小舟のへりに並べて向こうの甲板へ吊り上げてもらうか。でも、たとえおれが母船にのぼっても、病気がうつる心配はありません。だって、おれは陸に上がったとき、誰の家にも入らないし、誰のからだにも指一本触れない。自分の家族にだってさわらない。食糧なんかを調達して届けるだけです」

「だけど、それはかえって具合悪いんじゃないですか。結局あなたは食べ物を誰か他人から仕入れるわけでしょう。この付近には病人がうようよいて、会話するだけだって危険です。ロンドン市から外れているといっても、ここは市の入り口みたいなものですから」

「それはそうだけど」と、男は言った。「どうも、おれのやりかたがわかってないらしい。食べ物を買うとき、ここで買うわけじゃないんです。川を上って、南岸のグリニッジで生肉を買う。下流のウリッジで買い物をすることもあれば、もっと下流のケント州まで行って、顔見知りの農家を一軒ずつまわり、鶏肉や卵、バターなんかを買うこともある。客の注文によって臨機応変。このへんで陸に上がるってことは、まあ、まずありません。いまたまたま上がっているのは、ちょっと女房を呼んで、子供たちが元気かどうか訊こうと思っただけです。あと、ゆうべ少し金が入ったから、渡そうと思って」

「それは、それは。で、いくら稼いだんです?」

「四シリング。近ごろの貧乏人の暮らしを思えば、大金ですよ。そのうえ、パン一袋に、塩漬けの魚、あと肉まで少しもらいました。これだけありゃ助かる」

「たしかに。で、もう渡したんですか?」

「いいや。でも、さっき声をかけました。そうしたら女房が、いまは手が離せないけど、三〇分くらい待ってくれれば、と言うから、こうして待ってるんです。可哀想なやつでね。すっかり体力が落ちてしまって。からだに腫れ物ができたけど、それが潰れたんで、ひょっとすると治るかもしれません。でも、子供は駄目かな。神様の決めることだから仕方ないとはいえ――」。男はここで声を詰まらせ、涙をこぼした。

「まあ、暗い考えはよしましょう」と、わたしは慰めた。「あなたみたいに、何もかも神様にゆだねていれば、神様だって、きっと悪いようにはしません。みんなを分け隔てなく裁いてくださるかたですから」

「まあね。こうしておれだけでも健康でいられるんだから、本当にありがたい。愚痴をこぼすなんて、罰当たりだ」

「立派な心の持ちようですね。あなたにくらべたら、わたしの信仰心なんかまだまだです」

ここに来て、わたしは自分が恥ずかしくなった。こんな危険な時期にもかかわらず、厚い信仰がこの男の足もとを支えているのだ。この男には逃げる先がない。養わなければならない家族がいる。一方、わたしは違う。わたしの信心は浮ついているが、この男は神にいっさいを任せ、信じる勇気にあふれている。それでいて、みずからの健康のために精いっぱいの注意を払ってもいる。

そんなふうに考えながら、少しのあいだ、わたしは男に背を向けていた。むしろわたしのほうが、あふれる涙をこらえきれなかったからだ。

そのあともう少し話をしているうち、男の妻が戸口に現われ、「ロバート！　ロバート！」と呼んだ。男は返事をしたあと、「ちょっと待っててくれ、いま行くから」と言い残し、桟橋を駆け下りて、自分の小舟に近寄り、もらった食べ物が入っている麻袋を取ってきた。戻るなり、「おおい」とふたたび呼びかけた。

それからさっきの平べったい石のところに行って、袋の中身を一つずつ丁寧に並べていく。それが終わると、石から離れてまたこちらに来た。妻のほうは、小さな男の子の手を引きながら、品物を受け取りに来た。男は声を張り上げて、それはあの船長がくださった、そっちは誰それにいただいた、といちいち説明し、最後に「みんな神様がくださったんだ。感謝するんだぞ」と付け加えた。

妻は全部まとめて持とうとしたが、衰弱がひどく、たいした重さでもないのに、いちどに運ぶことができなかった。仕方なく、小さな袋に入った乾パンだけ残し、戻ってくるまで男の子に見張りをさせた。

「そういえば」と、わたしは男に言った。「稼いだという四シリングも、忘れずに渡しましたか？」

「そりゃ、もちろん。なんなら、訊いてみましょう」。そう言って、ふたたび大声を出した。「レイチェル！　レイチェル！」。妻の名前らしい。「金も受け取ったか？」。

「はい」と、妻がこたえた。

「いくらあった？」

「四シリングと一グロート」

「よし、よし。じゃあ元気でいるんだぞ」と、男は向きを変え、立ち去ろうとした。

男の身の上を聞いて涙を禁じえなかったわたしは、若干の金を与えて生計の足しにしてもらいたいという気持ちを抑えきれなくなった。そこで、男を呼び止めた。「ちょっと、こっちに来てくれませんか。あなたは病気持ちじゃないようだから、大丈夫だと思うので」

わたしは、服の隠しに突っ込んでいた手を出した。「さあ、もういちどレイチェルを呼んでください。わたしからのささやかなねぎらいの気持ちを渡してもらえますか。あなたがたのように神様を信じる一家を、神様はけっして見捨てないはずです」。さっきと同額の四シリングを男に渡し、これを石の上に置いて妻を呼ぶといい、と促した。

この哀れな男がどれほど感謝したか、言葉では表わせない。男も、どう感謝すればいいのかわからないらしく、ただ涙を流すだけだった。男は妻を呼び、こう言った。「神様が、おれたちの境遇を聞いた見知らぬかたの心を動かしてくださった。おかげでこんなにお金を恵んでいただいた」

その妻もまた、わたしに向かってだけでなく、天に向かっても感謝の意を表わす身ぶりをしてから、うれしそうに金を受け取った。その一年間を通じて、わたしはこんなに有意義に金を使えたことはない。

それからわたしは、疫病はグリニッジまで広がっているのかどうか訊いてみた。「二週間前までは平気だったけれど、いまはどうかな。ただ、広がっているとしても、街外れの南部、デットフォード橋のあたりだけだと思いますよ」との返事だった。そのへんで立ち寄るとすれば、肉屋と食料雑貨店の二軒くらいで、客に頼まれた物をじゅうぶん用心しながら買うのだという。

ついでに、船に引きこもっている人たちはなぜ事前に生活必需品を買い込んでおかなかったのか、という疑問をぶつけた。

「なかには備蓄のある人もいるけれど、せっぱ詰まって船へ逃げ込んだ人たちの場合、その時点ではもう、どこで買い物をするのも危険で、しかるべき店でしかるべき量を手に入れるのは無理だったんです。おれが用を足してやっている船は、あっちに見える二隻。どちらも、蓄えといったら、乾パンとビールに浸した保存用のパンのほかは、あってないようなもんでした。ほかの必需品はほとんどおれが買ってやったんです」

ほかにも、ああやって他の船と交渉を絶っている船はあるのか、と男に尋ねた。

ある、という返事だった。ちょうどグリニッジに面したあたりから、ロンドンの東の外れにあたるライムハウスとレッドリフに挟まれた川岸まで、運よく場所を見つけた船が、川の中央に二隻ずつ停泊している。なかには、数家族が共同生活を営んでいる船もあるらしい。

停泊中の船に、疫病が侵入する心配はないのだろうか。

「いままで患者が出たのは、二、三隻だけです」と、男はこたえた。「やられたのは、ほかの船と違って、注意を行き渡らせていなかったからですよ。臨時に雇った船乗りたちが、勝手に陸に上ってしまったんです」

続けて男は、プール水域にずらりと船が停泊しているさまは壮観だ、と言い出した。

「潮が満ち始めたら、グリニッジまで見物に行くつもりです」

そこでわたしは、ぜひ同行させてほしいと頼んだ。話を聞くうち、たくさんの船体が織りなす圧巻の光景をぜひ見たくなったのだ。

「あなたがキリスト教徒として、また正直な人間として、病気にかかってないと誓うなら、連れて行ってもいいですよ」と、返事がかえってきた。

わたしは、心配いらないと請け合った。さらに、神様に守ってもらっているおかげで健康そのものであること、ホワイトチャペルに住んでいて、長らく外出を我慢していたが、我慢できなくなり、新鮮な空気でも吸おうとここまで遠出して来たこと、家の者も誰ひとり疫病の兆候がないことを伝えた。

「わかりました。おれの家族を憐れんでくださるような慈悲深いかただ。病気なのに偽って舟に乗り込もうなんて、思いやりのない真似はしないでしょう。もしそうだったらおれは死ぬし、おれの家族も生きていられなくなるわけですが」

哀れな男が自分の家族についてこんなに深く心配し、こんなに愛情を込めて話すのを聞いてしまうと、わたしは気がとがめて、自分勝手な頼み事をしてしまったと、いったん思い直した。「あなたを不安な気持ちにしちゃいけませんね。好奇心のおもむくがまま行動するのはやめておきましょう。ただ、わたしが疫病とは無関係で、世界でいちばん健康な人とくらべても負けないくらいだってことは、自信があるし、本当にありがたいと思っているんですが」

するとこんどは、男が引き止めにかかった。わたしが嘘をついていないのを心から信じているとばかり、どうかいっしょに来てください、と逆にせがんできた。そんなわけで、水位が上がってから、わたしは小舟に乗り込み、グリニッジまで連れて行ってもらった。男が客から頼まれた品物を買いそろえるあいだ、わたしは川の風景を眺めることにした。町の東側に、周囲を一望できる丘があり、そこにのぼってみた。

眼下に広がっていたのは、まさしく驚異的な数の船だった。大量の船が二隻ずつ列をなし、川幅の広いところでは列が二重、三重になっている。しかもこの船の列は、ロンドンの市街地のほうまで延び、ラトクリフとレッドリフという二地域の家並みに挟まれた、プール水域までつながっている。それればかりか、反対の下流方向にも、切れめなく連なっていた。ロングリーチの曲がり角まで続いていて、その先はもう見えない。

いったい何隻浮かんでいるのやら、帆船が五、六〇〇くらいあったのではないかと思う。賢明な判断を下したものだと、わたしは感心した。海運業に携わる一万人、いやそれ以上の人たちが、ここで疫病の魔の手を確実に逃れ、安全かつ気ままに暮らしている。

わたしはこの日の遠出に満足し、とりわけあの船頭との出会いを心から喜んで帰宅した。

こんな殺伐とした時期でも、あれほどたくさんの家族がささやかな聖域を確保していることを知ったのも、うれしい収穫だった。

ちなみに、病勢が増すにつれ、家族を乗せて避難していた多くの船はロンドンからますます離れていったらしい。ついにはテムズ川を下り終えて海に達し、北方の海岸沿いにある手ごろな港や、安全な停泊地にたどり着いた船もあった。

ただし一方、そんなふうに陸地を去って船上生活を送った人たちが、ひとり残らず感染を免れたわけではない。実際には少なからぬ死者が出て、甲板から川へ投げられた。死体が棺に納められることもあったが、そうでないこともあり、むき出しの死体が川の満ち引きにつれて下流へ上流へと漂い、ときには人の目に触れた。

しかし、疫病の侵入を許してしまった船については、次のような二つの状況のいずれかがあてはまるのではないかと思う。

一つめは、船に逃げ込むのが遅すぎた場合。おそらく自覚はなかったのだろうが、陸上で逡巡しているうちに感染し、もはや手遅れなのに乗船して、みずから病気を船内に持ち込んでしまった。

二つめは、例の船頭が言っていたとおり、事前にじゅうぶんな生活必需品を買いだめする余裕がなかったため、乗船したあとで何度も誰かを陸へ買い出しにやったか、陸からの物売りが乗った小舟を近づけてしまった場合。知らない間に、病気が船内へ忍び込んだ。

ここでひとこと触れないわけにいかないのが、当時のロンドンの人々の奇妙な気質だ。そのせいで、自業自得のかたちで身を滅ぼすことが多かった。

すでにご存じのとおり、疫病が最初に発生したのはロンドン西部の一角、すなわちロング・エイカーやドルリー・レーンのあたりで、そこから「シティ」のほうへゆっくり東進した。流行の気配が感じられたのは、まず一二月、次が翌年二月、そして四月。しかし、いずれもごく短期間で収まった。

そのあと五月までは平穏に過ぎ、五月の最後の週でさえ、疫病による死者は一七人しかいない。しかも、被害は西部の狭い範囲に限られていた。そのため、週に三〇〇〇人以上の死亡者が出るようになってからも、レッドリフ、ウォッピング、ラトクリフなどのテムズ川両岸にわたる人々、および、南岸のサザークにいるほとんどの人々が、感染はこっちには来ないだろう、少なくともそれほど多くの犠牲者は出ないはず、と油断していた。

また、ピッチやタールの臭いや、石油、樹脂、硫黄などの海運業に関係する物の臭いが、疫病の予防に役立つ、との俗説も流れた。

なかには、疫病はウエストミンスターやセント・ジャイルズ教区、セント・アンドルー教区などで激しさを極め、こちらへ押し寄せてくる前に衰え始めたから、もう心配することはない、と訴える人もいた。最後の主張には、根拠がないわけでもない。

八月八〜一五日	
セント・ジャイルズ	二四二
クリップルゲイト	八八六
ステップニー	一九七
セント・マーガレット（バーモンジー区）	二四
ロザーハイズ	三
合計	四〇三〇

八月一五〜二二日	
セント・ジャイルズ	一七五
クリップルゲイト	八四七
ステップニー	二七三
セント・マーガレット（バーモンジー区）	三六

ロザーハイズ　　　　　　　二

合計　五三一九

備考　この表で「ステップニー」として集計されている数字は、ステップニー教区のうちでもショアディッチ教区と接するあたり、つまり今日では「スピトルフィールズ」と呼ばれている地域（現在のステップニー教区の北端から、ショアディッチの教会墓地の塀際にいたる一帯）をさす。

この時期、セント・ジャイルズ教区では病勢が下火になり、クリップルゲイト教区、ビショップスゲイト教区、ショアディッチ教区で熾烈を極めていた。

これに対し、ライムハウスやラトクリフ・ハイウェイを含む、現在のシャドウェル教区やウォッピング教区から、ロンドン塔近くのセント・キャサリンにいたるステップニー教区の一帯では、八月いっぱいは週に一〇人の疫病死が出ているにすぎなかった（やがて、ひどい目に遭うことになるのだが）。

このような事情から、レッドリフ、ウォッピング、ラトクリフ、ライムハウスというテムズ川沿いに住んでいた人々は、悪疫が自分たちのほうまで来ないうちに終息しつつあるとみて、安心しきっていた。地方へ疎開する、家に閉じこもるといった対策をまったくとらなかった。いや、手を打たないどころか、「シティ」の友人や親類を招き入れる者もいた。実際、「このあたりは安全だ。神様が見逃してくださる聖域に違いない」と信じ込んで、よそから避難してくる人たちさえあった。

まさにそれが仇となって、いよいよ悪疫が襲来してきたとき、この地域の住民は慌てふためき、他地域と比較にならないほど混乱した。九月から一〇月にかけて強襲に次ぐ強襲を受け、かといって、もはや地方へ脱出することも叶わなかった。すでに地方部の人々は、見知らぬ他人が自分に近づくのはもちろん、町のそばに来るのすら許さなくなっていたからだ。ロンドンを脱出して南のサリー州のほうへ流れていったあげく、森や共有地で餓死しているのを発見された人も少なくなかったと聞く。ロンドンの近隣では、サリー州が最も広々としていて森も多いので、その方面をめざしたらしい。そのような悲劇がとくに多かったのは、ノーウッドの近辺と、カンバーウェル、ダリッジ、ルイシャムの三教区だ。感染を恐れる地元民は、餓死に瀕した旅人を助けようとしなかった。

地方へ逃げても無駄だという思いが、ステップニー教区一帯に広まった。そのせいもあって、船に逃げ込む人々が相次いだわけだ。食糧を早めにじゅうぶん蓄えておいた者は、あとで陸へ買い出しに行ったり、物売りの小舟を近づけたりしないで済んだ。わたしが思うに、このように手回しのよかった人たちこそ、誰よりも安全な避難場所を確保できたと思う。逆に、そうでなかった人たちは、ろくな目に遭わなかった。事態が切迫してから、パンも持たず船に駆け込んだ者。船に乗ったはいいが、まともな乗組員がいないせいで遠方へ移動できなかった者。小舟を操る人手がなく、わりあい安全な下流地点まで買い出しに行けなかった者。そういった手合いは、船に乗っていても、陸上にいるのと変わりなく、やがて疫病に冒された。

裕福な人々が大型船に乗り込んだのに対し、下層の人々は、小型の帆船や漁船、艀(はしけ)、釣り舟を利用し、おもに船頭らは船で寝泊まりした。もっとも、とりわけ下層民の場合、食糧を求め、収入のあてを求めて、さかんに移動や接触を繰り返すはめになり、いつの間にか疫病の流行に巻き込まれて、無残な結果になった。ロンドン橋の上手や下手では、いたるところの停泊地にある小舟のなかで、誰にも看取られずに死亡した船頭が数多く見つかった。発見時には、触れたり近づいたりできないほどひどく腐乱していた。最終的に小舟が死に場所となった人々は、じつに悲惨な運命だった。同情に堪えない。

だが、残念なことに、この時期は誰もが自分の身を守るのに精いっぱいで、他人の不幸を思いやる余裕などなかった。いわば、死神が一軒一軒の戸を叩いてまわっている、いや、多くの家のなかにはすでに死神が入り込んでいる状況だった。どうすればいいのか、どこへ逃げたらいいのか、皆目わからなかった。

こうなると、同情心など吹き飛んでしまう。命あっての物種だ。息もたえだえの親を見捨てて逃げる子供もいた。それよりは多くないにせよ、逆に、子供を捨てる親もいた。恐ろしい出来事も起きた。ひどいときには、心神を喪失した母親が、激情に駆られ、わが子を殺害するという事件が、同じ週に立てつづけて二件あった。うち一件は、わたしの家から遠くない場所で起こった。その母親は、自分が犯した罪を認識することなく、まして処罰を受けることもなく、みずから命を絶った。

驚くには当たらない。自分に死が差し迫っている状況では、ともすれば、あらゆる愛情が枯れ、互いを気遣う配慮も尽き果ててしまう。ただしこれは一般論であり、危機的な場面でも、揺るぎない愛情や共感、責任感を発揮した人たちがいくらでもいる。細かい点までは保証できないが、わたしが聞き及んだ例を紹介しよう。

先に断っておきたいのは、この災厄のあいだじゅう、妊娠中の女性がきわめてつらい思いをしたということだ。出産のときを迎え、陣痛が始まっても、手伝ってくれる人はいなかった。助産師も、近所の女性も、駆けつけてはくれない。貧しい人でも呼べそうな助産師は、ほとんどが死んでいた。また、全員とはいわないまでも、評判のいい助産師の大半が、田舎へ疎開してしまっていた。ろくに報酬を払えない貧しい女性は、まともな助産師を雇えない。もし来てくれるとしたら、まずたいていは知識のない未熟者に限られてしまう。とどのつまり、信じられないほど多くの妊婦が、このうえない苦しみを味わった。

知ったかぶりの軽率な助産師のせいで、出産に失敗する例が相次いだ。無数の赤ん坊が、無知な助産師に死なされた。そんな助産師はきまって、「お母さんの命を助けるには、赤ちゃんを犠牲にするしかなかったもので」などと言い訳するのだった。

疫病にかかっている妊婦となれば、誰も近づこうとしないから、母子ともに死亡しかねなかった。ときには、母親が疫病で息絶え、その死体から赤ん坊が半分産まれかけていたり、死体と臍(へそ)の緒がつながったままだったりした。出産直前の苦しみのさなかに事切れて、赤ん坊が胎内に取り残されたこともあった。あまりに事例が多く、一つずつ詳しくはわからない。

週報に記された死亡者数を見れば、異常なまでの多さがわかるだろう。詳細を把握することは不可能だが、着眼すべき項目が三つある。

出産時に死亡
流産または死産
乳児の死亡

疫病流行が熾烈を極めた数週間と、同じ年でも、流行がまだ始まっていないころの数週間を比較してみると、次のようになる。

期間	出産時に死亡	流産	死産
一月三日～一〇日	七	一	一三
一〇日～一七日	八	六	一一
一七日～二四日	九	五	一五
二四日～三一日	三	二	九
三一日～二月七日	三	三	八
二月七日～一四日	六	二	一一
一四日～二一日	五	二	一三
二一日～二八日	二	二	一〇
二八日～三月七日	五	一	一〇
合計	四八	合計 二四	合計 一〇〇

期間	出産時に死亡	流産	死産
八月一日〜八日	二五	五	一一
八日〜一五日	二三	六	八
一五日〜二二日	二八	四	四
二二日〜二九日	四〇	六	一〇
二九日〜九月五日	三八	二	一一
九月五日〜一二日	三九	二三	〇
一二日〜一九日	四二	五	一七
一九日〜二六日	四二	六	一〇
二六日〜一〇月三日	一四	四	九
	合計　二九一	合計　六一	合計　八〇

二つの表における数字の差だけでなく、さらに考慮に入れなければいけないことがある。当時ロンドンに居合わせたわたしたちの平均的な推定によれば、八月と九月のロンドンの人口は、一月と二月の人口にくらべて三分の一にも満たなかった。つまり、割合が同じであれば、後者の表は数字が三分の一以下になっているべきなのだ。

また、前年の死亡者数と比較すると、次のようになる。

	一六六四年	一六六五年
出産時に死亡	一八九	六二五
流産または死産	四五八	六一七
合計	六四七	一二四二

繰り返すが、人口の減少を加味すると、両年の差はもっとはるかに大きくなる。もちろん、当時のロンドン残留者が何人だったか、正確なところはわからない。いずれにしろ、わたしがここで示したかったのは、妊婦たちが置かれた悲惨な環境だ。新約聖書『マタイ伝』のこんな一節がまさに当てはまる。「その日に身重である女、乳飲み子を持つ女は、不幸なり」。まさにそのような災いだった。

わたし自身は、そういった悲劇に見舞われた家をさほど多く知っているわけではない。しかし、妊婦たちの悲鳴は間接的ながらも耳に入った。先ほど挙げたとおり、九週間で二九一人が出産中に死亡したのだ。これにくらべ、全市の人口が三倍もあったころ、同じ期間に同じ原因で亡くなった女性は四八人にすぎない。これがどれほど不均衡か、読者めいめいに計算していただきたい。

「乳飲み子を持つ女」が嘗めた苦しみも、平常時とはまったく違っただろう。この点に関しては、死亡週報からはほとんどうかがい知ることができない。かろうじて把握できる事実は、乳児の段階で死んだ子供がやや多いことだ。しかし数字だけでは実態がわかるまい。本当に嘆かわしかったのは、

（一）母親に死なれた赤ん坊が、誰からも乳をもらえず餓死

という場合だ。たいていは母子のみならず、貧窮のあまり家族全員が並んで死亡しているのが見つかった。私見だが、このようなかたちで死亡した乳児は数かぎりなかったと思う。次に、

（二）母乳の毒で死亡

という例もある。つまり、実の母親あるいは乳母が疫病にかかっていながら、そうとは気づかずに乳を飲ませて病気をうつしてしまったのだ。事実上、乳児を毒殺したことになる。母乳を介した感染の場合、母親よりも先に赤ん坊が死亡するのがつねだった。

万が一ふたたびおぞましい疫病が流行するときに備えて、わたしはこんな忠告を書き忘れるわけにいかない。すなわち、身重の女性と、乳飲み子を持つ女性は、感染地域からなんらかの手段で疎開できるなら、ひとり残らず疎開すべきだ。疫病にかかった場合の悲惨

さが、ほかの人たちとはくらべものにならない。

背筋が凍るような話ならいくつでもある。すでに冷たくなった母親や乳母の胸を、赤ん坊が吸い続けていることもあった。

わたしの住んでいた教区のある母親は、赤ん坊のようすがおかしいことに気づき、往診を頼んだ。医者が到着したとき、母親は授乳中だった。一見、母親のほうは健康そのもの。だが、そばに近づくと、赤ん坊に含ませている乳房に不吉な兆候が現われていた。医者は慄然としたに違いない。しかし、気の毒な母親をあまり怖がらせないように、「赤ちゃんをこちらにお預かりしますね」と言い、部屋にあった揺りかごに赤ん坊を寝かせた。服を脱がせたところ、明らかに感染の症状が出ている。医者は、赤ん坊の父親に母子の状態を伝えてから、父親のための予防薬を取りに帰った。ところが、医師が戻ってくると、母子ともにもう死亡していた。赤ん坊が母親に病毒をうつしたのか、母親が赤ん坊にうつしたのかは定かでないが、後者の可能性が高いだろう。

別のある母親は、赤ん坊を乳母の家に預けていた。乳母が疫病で死亡し、赤ん坊は両親のもとに戻された。危険とわかっていても、わが子の引き取りを拒むわけにはいかない。愛情深い母親は、その子を抱きしめた。結果、病気をうつされ、やがて、死んだ赤ん坊を胸に抱いたまま、自分も息絶えた。

愛あふれる母親たちの行動は、どんな冷徹な心も揺さぶらずにはおかない。最愛の赤ん坊を徹夜で看病しながら、先に亡くなる母親もいた。看病が実を結び、赤ん坊が命を取り留めたにもかかわらず、そのかたわらで、逆に病気をうつされた母親が死んでいく例もあった。

ロンドン塔の東、イースト・スミスフィールドに住む小売り商人の場合も同じだった。その商人の妻は初めての子を身ごもっていたが、陣痛が始まろうというとき、疫病にかかった。出産を手伝ってくれる助産師も、妻を介抱してくれる看護師も見つからず、雇っていたふたりの使用人は逃げてしまった。妻を心配する商人は、髪を振り乱して家から家へと駆けまわったが、救いの手は得られなかった。唯一の成果は、よその封鎖家屋の監視人から「朝までに看護師を連れてきてやる」との約束を取りつけたことだった。

胸の張り裂ける思いで家に引き返し、商人は自分なりに精いっぱい助産師の代わりを務めた。けれども死産だった。さらに、およそ一時間後、妻も商人の腕のなかで息絶えた。商人はそのまま朝まで妻の亡骸を抱きしめていた。

夜が明けて、監視人が約束どおり看護師を連れてきた。玄関の鍵がかかっていなかったのか、ふたりは家に入って階段を上がった。そこには、死んだ妻を抱えてうずくまる商人の姿があった。悲痛に打ちのめされたこの男もまた、数時間後に亡くなった。感染の症状はなく、ひたすら悲しみの重さに押しつぶされたのだった。

　身内に死なれて、嘆きに沈み、ついには頭が変になった人の話も何度か耳にした。ある男にいたっては、強烈な衝撃を受けたあまり、しだいに頭が両肩のあいだにめり込み、とうとう頭のてっぺんが肩の骨から出るか出ないかくらいになってしまった。日一日と声も正気も失っていき、顔はうつむいたまま鎖骨に寄りかかるような格好で、他人の手で支えてもらわないと前を向くことさえできなくなった。気の毒にも、男は二度と正気を取り戻せず、そのまま一年近く衰弱を続けたあげく亡くなった。目線を上げることも、特定の物を見つめることもなかったという。

　わたしがお話しできるのは、こういった事件のあらましだけだ。この種の悲劇が起こった家では全員死亡にいたることが珍しくなく、細かい点をあとから知る手立てがない。ただ、前に少し触れたように、頻繁にある出来事だから、街を歩いているだけで、いやおうなしに噂が耳に入ってきた。また、どんな家にしろ、類似の出来事とまったく無縁というわけにはいかなかった。

さて、疫病がロンドン東部で猛威を振るっていたころの話の途中だった。この地区の住人が、悪疫はこっちまで来ないだろうと気楽に構えていたことや、やがて押し寄せてきたとき慌てふためいたこと……。疫病は、刃物をかざす凶悪な人間のように、容赦なく襲いかかってきた。

そういう時期を振り返ると、わたしの脳裏には、どこに向かえばいいのかも、何をすればいいのかもわからず、ウォッピングから放浪の旅に出た三人が、しきりに思い浮かんでくる。かなり前に、途中まで話したきりだった。三人の男はそれぞれ、乾パン職人、製帆工、大工で、ともにウォッピングかその付近に住んでいた。

もともとその一帯はのんびりした雰囲気で治安も良かったから、人々は油断しきっていた。ほかの地域の人々と違って、相変わらず、疫病に対する警戒を強めていなかった。それどころか、こっちは安全だからみんな来い、と言い触らす始末だった。そのせいで、郊外の感染地域や「シティ」内から、このウォッピング、ラトクリフ、ライムハウス、ポプラーの近辺めざして、安全地帯へ逃れるかのように多くの人が流れ込んだ。おおぜいが転入してきたせいで、疫病が行きわたるのが早まった可能性も否定できない。

しかし、現在のわたしの考えを言えば、「疫病流行の気配を察したら、ひとり残らずただちに逃げ出すべし」。避難先に心当たりがあるのなら、それを頼りに、一刻も早く逃げるべきだ。誰だろうと手遅れになる前にどうにかして立ち去ったほうがいい。また、逃げられる者がすべて逃げたあと、残って耐えなければいけない人もいるだろうが、その場合、いまいる場所から一歩たりとも動いてはならない。街の反対端までふらふらと移動するなど、もってのほかだ。そんなふうに出歩いたら、疫病を身にまとって一軒ずつ配り歩いているも同然で、いずれ街全体が滅んでしまう。

犬や猫はすべて殺処分せよ、との条例が出た背景も、ここにある。犬や猫は、家から家へ、道から道へと駆けまわる生き物だからだ。全身を覆う毛の隙間に、感染患者が放つ発散気のたぐいを潜ませて、広い範囲に運んでしまう恐れがある。したがって、疫病流行の初めごろ、医師たちの助言を受けた市長や関係当局が「犬や猫はすぐに殺しなさい」と指導したのは、やむをえないことだった。殺処分を行なう担当者も任命された。

当局が公表した数字を信じるなら、そのころ殺された生き物の数は、目を疑うほどだ。たしか、犬だけで四万匹、猫はその五倍。実際、猫を飼っていない家はほとんどなく、なかには一軒で数匹、いや五、六匹もいた。大小の鼠を撲滅する努力も進められた。とくに、大きな鼠を狙って殺鼠剤を撒き、膨大な数を退治した。

災厄が襲来した当初、全市民が虚を突かれ、感染拡大に向けての用意を怠ってしまったことは、すでに繰り返し述べたとおりだ。各家庭も市当局も対策をとるのが遅れたばかりに、必要以上の混乱を招き、膨大な数の市民が病に倒れた。迅速な措置をとっていたら、加えて神の御心にもかなっていたなら、あれほどの悲劇は避けられたと思う。後世の人々は、その気があれば、ここから戒めや警告を読み取れるだろう。

さていよいよ、三人の男たちの物語をお伝えしよう。物語のどこを取っても、教訓が含まれている。不幸にも同じような災厄が訪れた時期には、この三人の行動や、合流した少数の者たちの行動が、男女を問わず、貧富も問わず、格好の手本になるだろう。いま記録を残すのは、ひたすらそうした目的のためだから、事実に正確にもとづくか否かはさて置くとしたい。

三人のうちふたりは兄弟。兄のほうは海兵あがりで、いまは乾パンを焼く仕事に就いている。弟は船乗りだったが、片足が不自由になり、いまは製帆工房にいる。三人めは、大工だ。

ある日、乾パン職人のジョンが、製帆工で弟のトーマスに言った。「おい、これからどうなると思う？　市街地じゃ、ペストにかかる連中がやたら増えてるし、そろそろこっちも危ないらしいじゃねえか」

「だよなあ」と、トーマス。「おれも、どうしたらいいか困ってるんだよ。ペストがこのウォッピングまで来ちまった日にゃ、下宿を追い出されちまう。家主のやつ、いまからそんな話をしてやがるのさ」
ジョン「下宿を追い出されるって、おい。そんなことになったら、おまえ宿無しだぞ。泊めてくれるやつなんか、いやしない。いまじゃみんな、お互いびくびくしてるからな。どこ行ったたって、宿なんて見つからねえよ」
トーマス「そんなわけないだろ？　うちの下宿の人たちは、いい人ばかりで、おれにずいぶん親切にしてくれるんだよ。でもさあ、おれが毎日仕事で外に出かけるもんだから、危ないってさ。うちの下宿の連中ときたら、これからしばらく家に閉じこもって、誰もそばに近づけないつもりらしい」
ジョン「なるほどな。そりゃあ、いい手だ。この街に残る気なら、そうでもするしかない」
トーマス「おれだって、ずっと家に居たいくらいなんだぜ。親方が注文を受けた帆を一組、いま仕上げてる最中だけど、それさえ終われば、もう当分、仕事がなさそうなんだ。このごろどこも、商売あがったり。あっちでもこっちでも、職人や奉公人はくびになっちゃっててさ。だから、おれとしちゃあ、喜んで家に鍵かけてじっとしてたいところなんだ。でも、下宿からなるべく人を追っ払おうってときに、おれにそんなこと許してくれるわけないし」

ジョン「じゃあおまえ、どうする？　おれだって参ってるぜ。じつをいうと、おまえと同じで、やばい予感がしてるんだ。おれの下宿の連中も、みんな田舎に逃げちまってさ。手伝いの女がひとり残ってるだけ。その女も、来週には引っ越すってさ。そうなったらもう、下宿はおしまいだろうな。おれはおまえより先に、広い娑婆（しゃば）へおっぽり出されちまう。まったく、行くところさえありゃ、さっさととんずらするんだが」
トーマス「もっと早く逃げ出しときゃ良かった。しくじったなあ。もっと前なら、どこだって行けたのに。いまじゃ身動き一つとれやしない。へたに街を出たって、野垂れ死にするのがおちだろ。おれらに食べ物を分けてくれる人なんて、いるわけないし。だっておれら、たいして金持ってないから。大金を払わなきゃ、町にだって入れてもらえない。泊まる家を探すどころじゃないよ」
ジョン「どうにもこうにも、金がないんじゃ話にならねえ」
トーマス「ほんのちょっとしのぐ程度で良けりゃ、おれ、少しはあるけどさあ。でもどうせ、まともな往来は歩けないよ。こないだ、近所のお人好しがふたり、田舎に逃げようとしたら、バーネットだったかウェットストンだったか、そのへんで銃を突きつけられてさ。この先に一歩でも入ったら撃つぞ、って脅されたらしいんだ。それで、すっかりしょげて帰ってきたよ」

ジョン「おれだったら、銃くらい突きつけられたって屁でもねえ。こっちが金を出してんのに食いもんを寄越さないやつがいたら、ふんだくってやるまでだ。金さえ渡しちまえば、どこに訴えられようが、文句を言われる筋合いはないからな」
トーマス「さすが、兄貴。兵隊やってただけあるなあ。まだオランダの戦場にいるみたい。でもまじめな話、このご時世だからねえ。間違いなく健康だって証拠でも見せなきゃ、追っ払われて当たり前。食べ物をかっぱらうなんて、もってのほかだよ」
ジョン「おまえなあ、それじゃ筋が通らねえだろ。だいいち、おれを見くびんなよ。おれが、人様から物をかっぱらうなんて、はしたない真似をするか？　それに、天下の往来を歩いて、何が悪いんだ。途中の町のやつらが、通り抜けは許さねえとか、金を出してんのに食いもんを寄越さねえとか、そんなのおかしいじゃねえか。おれを飢え死にさせる権利でもあるのかよ、あほらしい」
トーマス「だけどよう、兄貴が引き返すぶんには、向こうだって文句ないんだから。飢え死にさせるってのとは、わけが違うんじゃないかなあ」
ジョン「そんな理屈が通ったら、後戻りしたって、隣の町で同じ理屈をこねられて、後にも先にも行けなくなって飢え死にじゃねえか。あのなあ、天下の往来は、通り抜けなら犬でも勝手だぜ」

トーマス「そんなこと言ったって、話の通じる相手じゃないし、新しい町に行き当たるたびにその調子じゃ、もたないよ。こんなご時世には、貧乏人らしく、おとなしくしなきゃ」

ジョン「そうか？　だったら、おれたちはもう、にっちもさっちもいかねえぞ。出て行くことも居すわることも許されねえってことになる。いまのおれは、聖書に出てくるサマリアの業病患者とおんなじ気分なんだ。『ここにとどまるならば、必ずや死ぬであろう』ってな。考えてもみろ、おまえもおれも持ち家がねえし、他人の家の厄介になることだって、もうできねえんだぞ。いまみたいな危なっかしいときは、道に寝っ転がって暮らすわけにもいかねえし。そんなことしたら、死体を運ぶ荷馬車に自分から飛び込むようなもんだからな。要するに、このままロンドンにいたら死ぬだけなんだ。だけど逃げりゃあ、命拾いもありうるぜ。死ぬより悪いことは起こりゃしねえ。だったらおれは、逃げるほうに賭ける」

トーマス「だとしたって、兄貴、どこへ逃げる気だよ？　行くとこさえあれば、おれだって逃げたいけどよう。おれら、知り合いも友達もいないだろ。ここで生まれて、ここで死ぬ運命なんじゃないかなぁ」

ジョン「ばか言うな。この町で生まれたってことは、この国で生まれたってこと。国全体がおれたちの生まれ故郷なんだ。ペストがはびこってても生まれた町を出るなっていうおまえの理屈だと、火事になっても自宅から出ちゃいけねえって話になっちまう。イングランド生まれのおれは、命があるうちゃ、イングランドに住む権利がある」
トーマス「でも、兄貴だって知ってるだろ。この国の法律じゃ、放浪の旅をしてる連中はみんな捕まって、もとの住所のところへ送り返されるって決まりになってるよ」
ジョン「どこが放浪の旅なんだ？　まっとうな理由があって、よその土地へ行きたいだけだろうが」
トーマス「どんなまっとうな理由さ？　おれらが何をこじつけたって通用しないよ、きっと」
ジョン「命が惜しくて逃げ出すのが、まっとうな理由じゃないって言うのか？　向こうだって事の成り行きは承知だろ。嘘つき呼ばわりされてたまるか」
トーマス「だけど、もしも通してもらえたとして、どこへ向かえばいいんだよ？」
ジョン「どこだっていいじゃねえか。命さえ助かるなら。そんなことは出発してからゆっくり考えりゃいい。生きた心地もしないこんな場所から逃げられりゃ、行き先はどこだっていいんだ」
トーマス「すごく辛い目に遭いそうだけど、大丈夫かなあ」

ジョン「じゃあ、少し考える時間をやるよ」

こんなやりとりがあったのは、七月初めごろ。西部と北部では疫病が勢力を拡大していたものの、南東部にあるウォッピング、レッドリフ、ラトクリフ、ライムハウス、ポプラーといった地域、要するにデットフォードとグリニッジはまだ安全だった。ロンドン塔付近のハーミテッジと、その対岸あたりから下流は、ブラックウェルにいたるまで、テムズ川の両岸とも被害が及んでいなかった。それどころか、東部に広がるステップニー教区や、ホワイトチャペル通りの南方面の各教区では、疫病死がいまだひとりも出ていなかった。その一方で、死亡週報が伝えるロンドン全体の犠牲者数は一〇〇六人にまで増えていた。

二週間後、先ほどの兄弟が再会するころには、形勢が大きく変化しつつあり、疫病は驚異的な勢いで力を強め、死者の数も膨れ上がっていた。死亡週報によると二七八五人。さらに急増しそうだった。テムズ川の両岸はまだあまり心配なかったものの、レッドリフで死者が出始め、ロンドン塔付近のラトクリフ・ハイウェイでも五、六名が亡くなっていた。

製帆工のトーマスが、深刻そうな顔つきで、兄のもとへやってきた。というのは、下宿から出て行ってくれとはっきり言い渡されてしまい、猶予があと一週間しかなかったからだ。じつは、兄のジョンも、おおいに窮していた。こっちはすでに下宿を追い出され、ひとまず、乾パン屋の親方に頼み込んで工場の納屋で寝起きさせてもらっていた。納屋の藁の上に、乾パンを保存するための麻袋を何枚か敷き、上からも同じ袋をかけて寝ていた。

ふたりは決断した。仕事がなくなるのはもう目に見えている。そうなれば、金が入ってくるあてはない。恐ろしい疫病の手が届かないところへ逃げる以外ないのだった。さいわい兄弟そろって倹約じょうずだったから、「手持ちの金でなるべく長く食いつなぎ、いよいよ底をつくとなれば、どんな仕事でも引き受けて、また稼げばいい」という方向でまとまった。

どう実行に移そうかと相談していたところ、トーマスと日ごろ親しい第三の男がこの計画を聞きつけ、仲間入りすることになった。こうして三人で出発の準備に取りかかった。

とはいえ、三人の有り金は同額ではなかった。いちばんたくさん貯めていたのは製帆工のトーマス。だが、片足が不自由なのに加え、できそうな仕事の幅も限られていて、田舎で稼げる見込みはほかのふたりより小さい。そこで、三人の手持ちを合わせて共同の資金にするという案に賛成し、「ただし将来、誰かが多く稼いでも、全額を共同資金に差し入れて、文句を言わないこと」という条件をつけた。

荷物は極力、少なくすることにした。当分のあいだ、歩いて旅をするつもりだったからだ。「ここなら、もう安全」と思える遠いところまで、できれば徒歩で済ませたい。

さて、どの方角へ行くか。相談に相談を重ねたが、なかなか決まらなかった。出発当日の朝になっても、まだ迷っていた。結局、かつて船乗りだったトーマスが次のような提案をして、けりがついた。

第一に、いまはとても暑い季節だから、おおまかに北をめざそう。そうすれば、顔や胸に正面から日差しを浴びなくて済む。もし太陽のあるほうに向かって歩いたら、暑さで息切れしてしまうはず。それに、病気の毒が空気中にうようよしているこの時期、「からだの血が熱を持ちすぎると良くない」と聞いたことがある。第二に、出発時のようすをみて、風が吹いてくる方向へ進もう。「シティ」からの汚れた風を背中に受けるのはごめんだ。

用心深いこの二つの提案を聞いて、ほかのふたりも納得した。あとはただ、北へ向かって出発しようというとき、南から風が吹かないことを祈るだけだ。

兵隊上がりで乾パン職人のジョンも、提案を出した。

自分たちには、道すがら宿屋に泊まれる見込みがない。かといって、露天で野宿するのはどうかと思う。寒さの心配はないけれど、じめじめと湿っぽいからだ。健康にはなにしろ気をつけなくてはいけない。そこで、製帆工のトーマスに、小さなテントを一つつくってもらおう。毎晩テントを張って、翌朝たたむ程度の作業なら、自分がやる。まともなテントさえあれば、どこの宿屋にも負けないほど快適に眠れるだろう。

するとと、大工が別の案を申し出た。

その件なら、自分に任せてほしい。持っていける道具は斧と木槌くらいだが、毎晩、家を建てるとしよう。テントよりも心地いい、みんなが満足のいく家をつくれる。

しばらく議論したすえ、テントを推すジョンが勝った。ただ、一つだけ難点がある。暑いさなか、テントを道中ずっと持ち運ぶとなると、荷物がかさばりすぎるのではないか。

しかし、帆をつくる役目のトーマスが思いがけない幸運に恵まれ、この問題も解決した。製帆工房の親方が、縄づくりの作業所も営んでいて、その関係上、一頭の小さな馬を所有していたのだ。貧弱な馬ではあったが、「もはや用がないから、三人の正直者の役に立つならば」と、親方が提供してくれたのだ。また、出発の前、トーマスが簡単な仕事を三日ほど手伝ったところ、そのお礼に、大型船に使う帆を一枚くれた。使い古しではあったが、じゅうぶんすぎるくらい立派な代物で、かなりいいテントをつくれそうだった。

兵役経験のあるジョンが、テントの仕組みを説明し、指示を出した。それに従ってテント布を仕上げ、組み立て時に必要な支柱や杭も用意した。

こうして旅の準備が整った。すなわち、男三人、テント一張り、馬一頭、銃一挺。どうしても武器を持っていくとジョンがきかないので、銃が追加された。もう自分は乾パン屋ではなく軍人なんだ、と息巻いていた。

大工は小さな道具袋を携えた。旅先で仕事にありつけた場合、みんなの暮らしに役立つだろう。持ち金をめいめい出し合い、共同の財布一つにまとめて、ついに出発の朝がやってきた。船乗りだったトーマスが携帯用の方位磁針で調べたところ、風は西北西から吹いていた。その風に導かれて、三人は北西に進路を取った。

ところが、さっそく行く手に障害が生じた。出発地はハーミテッジ近くのウォッピングの手前側。まっすぐ進もうとすると、ショアディッチやクリップルゲイトのような、疫病が荒れ狂っている教区にぶつかってしまう。そのあたりには近づかないにかぎるとみて、ラトクリフ・ハイウェイを東へたどり、交差点に着いた。ここで北に曲がってマイル・エンドへ向かうとすると、ステップニー教会墓地のそばを通らなければならず、折しも西風が吹いているから、感染がいちばんひどい方面の空気を浴びるはめになる。そこで、教会を左に見ながらステップニー教区を大きく迂回し、ポプラーとブロムリーを経て、ボウまで来たところで大通りに出た。

しかし、ボウ橋の上には見張りがいる。見つかったら尋問されるに違いない。一行は大通りを横切り、ボウの町の手前で、北のオールド・フォードに通じる狭い道へ折れて、どうにか検問を免れた。

いたるところで警吏が目を光らせている。だが、通行を禁じるためというより、よそ者がこの町にとどまるのを防ぐ狙いらしい。これほど警戒が厳しくなったのは、ある噂のせいだ。もしかしたら本当かもと思わせるような風評が、急速に広まっている。すなわち、「貧乏人が仕事にあぶれて首がまわらなくなり、餓死寸前に追い込まれたため、パンを求めて蜂起した。じきに、ロンドンの周囲にあるどの町にも、武器を持った暴徒が押し寄せるだろう」というのだ。断っておくが、これは結局、たんなる噂にとどまった。とはいえ、荒唐無稽とみなすのは間違っている。

それから数週間後、貧民たちの絶望は極限に達し、一つ間違えれば、暴徒が郊外の町に殺到して手当たり次第に何もかも破壊し尽くすという事態になりかねなかった。そのような暴動が起こらなかったのは、疫病のすさまじい勢いが加速し、貧しい人々を一網打尽にしたからだ。結果として、貧民たちは、群れをなして暴徒となり近郊を襲う代わりに、大量の死体となって墓穴のなかへ転げ落ちた。

暴動がとくに懸念されたのは、セント・セパルカー、クラーケンウェル、クリップルゲイト、ビショップスゲイト、ショアディッチといった、北部に位置する各教区だったが、この地域では感染が急激に拡大。八月前半の三週間、最悪の時期はまだ先だったにもかかわらず、これらの教区だけで五三六一名もの人々が亡くなった。同じころ、ウォッピング、ラトクリフ、ロザーハイズの周辺では、ほとんど被害がないか、あったとしてもごく小規模だった。そう考えると、市当局の対策が功を奏した面もあったにせよ、自暴自棄になった人々が暴動に走ったり、貧民が金持ちを略奪したりといった事態が避けられたのは、おもに死体運搬の荷馬車のおかげだったと言わざるをえない。

五つの教区だけで二〇日間に五〇〇〇人以上も死亡したとなれば、同じ期間に感染した人はおそらくその三倍いて、うち多数が後日亡くなったと考えられる。おまけに、死亡週報に五〇〇〇とあるなら、現実にはその二倍近かったとみるのが自然だろう。当局の混乱ぶりから考えても、正確な統計を取って正確に公表できるような状況ではなかった。

旅する三人に話を戻そう。オールド・フォードでは簡単な取り調べを受けたものの、田舎から来たように見えたらしく、その地域の人たちには寛大に扱われた。気さくに話しかけられ、警吏や見張り人が詰め所として使っている店へ案内してもらい、酒や食べ物にありつくことができた。おかげで疲れも癒え、気力がよみがえった。三人はこれに味をしめて、今後また訊問を受けたら、正直には言わず、エセックス州から来たことにしよう、と思いついた。

そう決めたからにはと、警吏の好意につけ込んで、証明書までもらった。「この者たちはエセックス州から来て村を通り抜けるところであり、ロンドンから来たのではない」との内容だった。一般人の「ロンドン」という通念に照らせば嘘になるが、厳密にいえば真実だった。三人の住んでいたウォッピングやラトクリフは「シティ」にも特別行政区にも相当しないからだ。

この証明書は、ハックニー教区にあるホマートンという隣村の警吏に宛てられたもので、じつに効き目あらたかだった。おかげで、その村を自由に通行できたばかりか、治安判事から正式の健康証明書まで発行してもらえた。警吏がそう言うならと、治安判事は何も疑いをはさまなかった。こうして三人は、いくつもの細長い区画に分かれたハックニーを通過して、スタンフォード丘陵の上で、北へ向かう大きな街道に出た。

このへんまで来ると、さすがに疲れてきた。そこで、いま言った街道の少し手前にある、ハックニーから続く裏道のあたりで、一日目の野営の支度を始めた。ただ、納屋らしき建物を見つけたので、なかに誰もいないことを念入りに確かめたあと、テントを納屋の外壁にくっつけて設置した。というのも、その晩はかなり風が強かったうえ、野宿のやりかたにもテントの固定にもまだ慣れていなかったからだ。

めいめい横になったが、大工だけは寝つけなかった。まじめで慎重な性格だけに、初日はまだ不安で、くつろぐどころではない。眠ろうとしても眠れず、ならばいっそのことと思って起き上がり、仲間のために歩哨に立つことにした。銃をたずさえ、納屋の前をうろついた。納屋は道沿いの畑のなかにあり、生け垣に囲まれていた。

ほどなくして、おおぜいとおぼしき人声が近づいてくるのに気づいた。まっすぐこちらに来る。しかし大工は、仲間をすぐには起こさずに、少しのあいだ、ようすをうかがった。二、三分後、騒がしい声がさらに大きくなってきたとき、乾パン職人のジョンが、何事だと尋ねながら、テントを飛び出してきた。もうひとりの、片足の悪い製帆工は、いちばん疲れていて、まだテントのなかで寝ていた。

思ったとおり、声の主たちが納屋のところまで来た。ジョンだか大工だかが、本物の歩哨そっくりに問いただした。「何者だ?」。相手はすぐにはこたえない。ひとりが、背後の者に向かってつぶやいている。「なあんだ、がっかりだな。先に誰かいるぞ。納屋はもうふさがってる」

これを聞いて驚いたのか、一行の足が、はたと止まった。全部で一三人くらいいて、女性も少し交じっている。寄り集まって何やら相談を始めた。そのようすから、ジョンと大工はすぐに相手の事情を察した。自分たちと同じように、安全な避難場所を求めている貧乏人らしい。しかも、恐れる必要はなさそうだ。その証拠に、「何者だ?」と訊(き)いたとたん、女性がおびえた声でこうささやくのが聞こえた。「近づいちゃだめよ。疫病持ちかもしれないじゃないの」。男の誰かが「ちょっと話すだけならいいだろう」と言うと、女性のひとりがこたえた。「だめだってば。神様のご加護で、やっとこんなに遠くまで逃げてこられたっていうのに。いまさら危ない橋を渡らないでおくれよ。お願いだからさ」

この一行は善良でまじめな人たちで、自分たち同様、命からがら逃げているのだ、とジョンたちはさとった。勇気が出てきたジョンは、大工に言った。「この連中をできるだけ安心させてやろう」。そこで、大工が話しかけた。「おい、そっちの話しぶりからすると、おまえさんたちも、同じ敵から逃げ出してきたみたいだな。怖がることはない。こっちは哀れな三人組だ。あんたたちが病気にかかってないのなら、手荒な真似をするつもりはない。おれたちは納屋じゃなくて、外に張った小さなテントに泊まってるんだ。どこかに移動してやってもいい。張り直すのは簡単だから」

大工のリチャードと、一行のひとり、フォードと名乗る男とのあいだで、話し合いが始まった。

フォード「そちらさんは全員健康だと請け合ってくれるのかい」

リチャード「まあ、ぴりぴりするなって。おまえさんたちが心配するといけないと思って、念のために声をかけたんだ。危険に身をさらすのもなんだし、おれたちは納屋に用はないから、引っ越すことにするよ。そのほうがお互い安心できるだろう」
フォード「それは親切にどうも。でも、あんたたちが健康で、病気にかかっていないとわかれば、引っ越してもらわなくてかまわない。もうテントもできあがって、休んでいたんだろうし。そちらさんさえ良ければ、われわれは納屋に入ってしばらく休ませてもらう。迷惑はかけない」
リチャード「ただ、おまえさんたちのほうが数が多い。ひとり残らず健康だと請け合ってもらえないか。おまえさんたちとしては、こっちから病気をうつされるのが心配だろうが、こっちだって逆の心配がある」
フォード「全体からみれば数はわずかでも、神様のおかげで、ありがたいことに病気にかかっていない者もいる。われわれもその仲間でね。ご加護がいつまで続くかわからないが、いまのところ無事だ」
リチャード「ロンドンのどこから来た？　住んでいたあたりは、ペストに襲われてたのか？」
フォード「それはもう、ひどいありさまだった。でなければ、こんなふうに逃げて来やしない。あとに残った連中は、いずれ、ほとんどやられてしまうだろう」
リチャード「で、どこから来たんだ？」

フォード「ほとんどはクリップルゲイトから。数人だけ、クラーケンウェル教区の者も交じっているが、教区のこちら側だよ」
リチャード「どうしてもっと早く逃げなかった?」
フォード「だいぶ前に逃げ出して、イズリントンのこっち寄りの外れで肩寄せ合って暮らしていたんだ。許可をもらって、古い空き家に寝泊まりしてた。寝具や身のまわりの品は、自分たちのを持ってきていたからね。だけど、イズリントンにもペストが押し寄せてきた。隣の家がやられて、封鎖されたんだ。われわれは肝を潰して、さらに逃げてきた、というわけだ」
リチャード「それで、どこへ行くつもりだ?」
フォード「運に任せるよ。あてはないけれど、神様を頼る者には神様のお導きがあるだろう」
その場の話し合いはここで終わった。一行がみんな納屋に近づき、少し手間取ったが、なかに収まった。内部にあるのは干し草だけだったが、ほとんど一面に敷き詰められていたおかげで、全員分の寝床を確保でき、横になることができた。リチャードたちがようすを見守っていると、眠りに就く前に、女性のひとりの父親とおぼしき年長の男が、仲間を集めて祈りを捧げ、神の祝福と導きを求めていた。

一年のなかでも夜明けが早い時期だった。初めは大工のリチャードが歩哨を務め、夜が更けてから、ジョンに交代した。

双方の集団は、そのあと、もっと詳しく互いの話をした。どうやら向こうの一行は、イズリントンを出発した当初、さらに北のハイゲイトへ行くつもりだったが、手前のホロウェイで足止めを食らい、通行させてもらえなかった。そこで、東に向きを変えて、野や丘を越え、ボーデッド川に突き当たった。町を避けて、左手にホーンジーを、右手にニューイントンを見ながら進み、スタンフォード・ヒルのあたりで、北へ続く街道に出た。ということは、三人組とは反対側から同じ場所に出たらしい。一行はこのあと、沼地を越えて川を渡り、エッピングの森まで行くつもりだという。そこまでたどり着ければ、しばらく暮らす許可をもらえるかもしれない。

一行は、困窮しているというほどではなく、少なくとも、食うに困ってはいなかった。少なくとも二、三カ月はつつましく暮らせるだけの蓄えがあるらしい。そのころまで我慢すれば、涼しくなって感染が抑えられるのではないか、あるいは、疫病が勢いを使い果たして弱まるのではないか、と期待しているのだった。生存者がいなくなって、感染しようがなくなるだけかもしれないが……。

三人組のほうも、考えは大差ない。ただ、納屋の一行よりも旅の計画が整っていて、もっと遠くまで行くつもりだった。無理せず毎日一定の距離を進み、二、三日おきにロンドンの情勢を確かめることにしていた。

ところがここで、三人組は、想定外の障害に気づいた。それは馬だ。馬で荷物を運ぶためには、どうしても街道沿いを歩くしかない。それにくらべ、納屋の一行は、野原も街道も、大きな道も小さな道も、望むがままだ。いや、道が無かろうとかまわない。また、生活の必需品をよほど買いたい場合を除いて、町を通るどころか町に近づく必要さえない(買い出しは、あとで悩ましい問題になるのだが、それについてはあとで話そう)。

三人組は街道に沿って進むしかない。さもないと、馬が通れるように囲いや門を壊すことになり、地元の人たちに大きな迷惑をかけてしまう。できれば、そんな乱暴な振る舞いは避けたいところだ。

しかし、三人組は、納屋の一行と合流して運命をともにしたくてたまらなくなった。しばらく相談したあと、北へ向かう当初の計画を捨てて、納屋の一行といっしょにエッピングの森のあるエセックス州に向かおうと決心した。そんなわけで、朝になるとテントをたたみ、馬に荷物を載せて、納屋の一行といっしょに出発した。

やがて川に到着した。ところが、船頭が旅人を警戒して、渡し舟に乗せるのを渋った。

距離を保ちながら交渉したところ、こんなふうに話がまとまった。船頭が舟をいつもの渡し場から離れた場所に置き、旅人たちは自力で漕いで向こう岸に渡る。そのままにしておけば、船頭があとから別の舟で取りに行くという（もっとも、結局は一週間以上待ってから取りに行ったようだ）。

ついでに、船頭に前もって金を渡し、食べ物と飲み物を買ってきて舟に置いてもらうことにした。そこまでは良かったが、三人組は、馬をどうやって渡すかでおおいに悩んだ。舟が小さすぎて、馬は乗せられない。やむなく荷物を降ろし、馬を泳がせるしかなかった。どうにか川を越え、いよいよエッピングの森をめざしたが、ウォルサムストウまで到着したとき厄介なことになった。どこの町でも同じだろうが、警吏と見張り人が、立ち入りを拒否したのだ。少し離れたところに立って、話し合いをした。旅人たちは、ロンドンではなくエセックス州から来たという例の説明を繰り返したが、まったく信用してもらえなかった。

なんでも、すでに二、三の集団が、同じ方角から来て似たような主張をしたらしい。ところがその連中は、通過する町という町で、何人もの住民に病気をうつした。あとになって、住民からひどい目に遭わされたそうだが、当然の報いというしかない。やがて、だいぶ東に行ったブレントウッドあたりで、そのうち何人かが野垂れ死にした。疫病のせいか、飢えと衰弱のせいかは、わからない。

これだけの理由があれば、ウォルサムストウの人々が慎重になるのも無理はない。ぜったいに安全と納得できないかぎり、よそ者をもてなしたい気にはならないだろう。

だが、大工のリチャードと、初めに三人組と話し合ったフォードという男が、反論に出た。たとえそんな事情があろうと、町が道路を封鎖して通行を許さないのは理不尽だ、と。どこかに立ち寄りたいとかではなく、通り抜けたいだけではないか。もし町の住民が危険を感じるのなら、家に引っ込んで戸を閉めておけばいい。歓迎するもしないもなく、ただ無視してくれれば結構だ。

それでも、警吏やその部下は耳を貸さず、頑なに拒んだままだった。交渉に当たっていたふたりは、どうしたものかと困り果て、仲間のもとへ戻った。みんな気落ちして、しばらくは策が思いつかなかった。

やがて、兵隊上がりの乾パン屋のジョンが、「なあ、あとはおれに任せてくれないか」と言い出した。ジョンはまだ相手方に姿を見られていない。大工のリチャードに命じて、切った木を細工させ、できるだけ銃に似せた棒をつくらせた。あっという間に、遠目には偽物とわからない長い銃が五、六挺できあがった。ジョンは、発火装置に当たる部分を布やぼろきれで包んだ。これは兵士たちが銃を雨で錆びさせないためにやっていることだった。ほかの部分はそのあたりの粘土や泥をなすりつけて、地の色をごまかした。この作業が進むかたわらで、残りの者たちはジョンの指示に従って二、三の集団に分かれ、互いにじゅうぶんな距離をとって木の下にすわり、焚き火をおこした。

準備が着々と進むあいだに、ジョン自身は二、三人を引き連れて、町の人たちがつくった柵からよく見える路地にテントを張った。さらに、ただ一挺ある本物の銃をひとりに持たせ、歩哨のふりをさせた。「銃を肩に担いで、これ見よがしに行ったり来たりしろ」と命じたのだ。仕上げとして、テント脇の生け垣の門に馬をつなぎ、枯れ枝を集めてテントの裏で焚き火をした。町の人たちに火と煙だけ見せて、何か企んでいるように装う作戦だった。

町の住民は、じっくり時間をかけて、旅人の集団の動きを熱心に観察した。見えるかぎりでは、かなりの人数の大部隊だと判断せざるをえない。みんな不安を感じ始めた。なぜ立ち去ろうとせず、いつまでも動かないのか。なによりも、この集団は馬と武器を持っている。テントのそばに馬が一頭、銃が一挺見えるし、ほかの連中も、銃身の長い武器らしきものを肩にかけて、生け垣に囲まれた空き地を歩きまわっている……。

こんな光景を見せられたら、身の危険を感じておびえるのが当然だろう。町の人々は治安判事のもとを訪ねて、どうすべきか相談したらしい。判事に何を言われたかわからないが、日暮れが近づいたころ、町の人々は、自分たちの柵のところからテントに向かって声をかけた。

「何の用だ?」とジョン。テントのなかにいたが、声を聞きつけて外へ出てきた。銃をかたに担ぎ、まるで将校から見張りを命じられている歩哨のような口ぶりだった。

「あなたがた、何をするつもりですか?」と、警吏が尋ねた。「何をって」。ジョンがこたえた。「あんたらはおれたちに何をさせたいんだ?」

警吏「なぜ立ち去らないんです? 何のためにここにとどまっているんですか?」

ジョン「そっちこそどうして、国王陛下の公道を行くおれたちを足止めするんだ? おれたちの進軍を邪魔する権利でもあるっていうのか?」

警吏「理由を述べる義務などありませんが、すでに伝えたとおり、ペストのせいです」

ジョン「だから、おれたちは全員健康で、ペストにかかってるやつなんかいねえと言っただろうが。こっちだって、あんたらに信じてもらう義務はねえんだよ。なのに、公道を進むのを邪魔しやがって」

警吏「わたしたちには、感染の拡大を防ぐ権利があるのです。わが身の安全のためにもやむをえない。さらに言えば、ここは国王陛下の公道ではありません。暗黙の承認をもらっているだけの村道です。ほら、門があるでしょう。通るときには通行税を支払う決まりになっています」
ジョン「身の安全を図る権利を持ってるのは、こっちだって同じだ。見てのとおり、どうにか生き延びようと必死で逃げてきたんだ。それを足止めするなんて、キリスト教徒にふさわしい正しさってものを知らないのか」
警吏「もと来たほうへ引き返したらどうですか。それなら、わたしたちは邪魔しません」
ジョン「ごめんこうむるね。あんたたちより手強い敵が待ってるから、引き返せねえんだよ。でなきゃ、誰がわざわざこんなところまで来るか」
警吏「それなら、ほかの道を進めばいいでしょう」
ジョン「断わる。見たらわかるだろうが、こっちがその気になりゃいつでも、あんたたちはもちろん、この教区の住人を片っ端から蹴散らして、堂々と通り抜けることだってできるんだぜ。だけど、あんたたちがここにいてくれって頼むもんだから、言うとおりにしてやってるんだよ。ごらんのとおり、おれたちはここに宿営を張って、しばらく駐屯させてもらう。ついては、食糧を支給してもらいたい」
警吏「食糧を支給？　何様のつもりですか？」
ジョン「おいおい、おれたちを飢え死にさせたくねえだろう？　足止めを食わせるんなら、代償を払ってくれないとな」
警吏「ろくな食べ物は出ませんよ」
ジョン「けちるんなら、こっちで勝手にうまいもんを調達させてもらう」
警吏「まさか、力ずくでも居すわるつもりじゃないでしょうね？」
ジョン「おれたちは乱暴なことはまだ何一つしてねえよ。どうしてけしかけようとするんだ？　おれだって根っからの軍人だぜ。飢え死になんかしてたまるか。食べ物を渡さなけりゃ退却するだろうと思ってるんなら、とんだ見当違いだ」
警吏「よし、そんなふうに脅すなら、引っ込むわけにはいきません。州内に非常招集をかけてあなたたちに立ち向かうことだってできるんです」
ジョン「脅してるのはそっちじゃねえか。そういう了見なら、おれたちが先手を打っても文句はねえな。さっそく進軍を開始させてもらうぜ」
　これを聞いて、警吏も町の人たちも仰天し、態度を変えた。
警吏「わたしたちにどうしろと言うんです？」
ジョン「初めは、何も要求なんかなかったんだ。町を通り抜けるのさえ認めてくれたらよかった。誰にも危害を加えるつもりはなかったし、そっちだって、おれたちが暴れたり、物を奪ったりするのを望んでたわけじゃねえだろ。おれたちは泥棒じゃねえ。困りきってる貧乏人だ。毎週、何千という人間を餌食にしてるロンドンの恐ろしい疫病が怖くて、逃げてるだけなんだ。なのにあんたたちは、どこまで情け知らずなんだ！」
警吏「自衛のためには仕方がないのです」
ジョン「自衛のため？　この町じゃ、こんな災難のときに同情の心に蓋をするのを、自衛って呼ぶのか？」
警吏「では、あなたがたの左手にある野原を横切って、町の裏手を迂回してくれるのなら、門を開けてもらうことにします」
ジョン「そっちに行ったら、騎兵隊が馬に荷物を載せたまま通れないだろ（じつは一頭しかいないが）。それに、そっちじゃ、通りたい道に出られないんだ。なんだって、おれたちがまともな道を通れないようにするんだよ。ただでさえ、持ってきた食糧しかないのに、ここに一日引き止められてる。食いもんを少し分けてくれたってよさそうなもんだ」
警吏「別の方向に行ってくれるなら、食べ物を持ってこさせます」
ジョン「すぐそれだ。この州の町はどこもそんなことを言って、おれたちの行く手をふさぎやがる」
警吏「そうやってどこでも食べ物をもらえるなら、困ることもないでしょう。テントを持っているのだから、寝る場所の心配もなさそうですし」

ジョン「で、食いもんをどれぐらいの量くれるんだ？」
警吏「総勢何名ですか？」
ジョン「なにも、部隊の全員に行き渡る量なんて求めちゃいねえ。三部隊もあるんだからな。男二〇人と女六、七人の食いもんを三日ぶん用意して、さっき言ってた野原を横切る道とやらを教えてくれりゃ、それでじゅうぶんだ。もともとこっちは、町の人たちを怖がらせようなんてはらは、これっぽっちもねえんだから。あんたたちの願いどおり、進路を変えてやるよ。もっとも、そっちと同じく、おれたちは病気になんかかかってねえんだが」
　ここでジョンは仲間のひとりを呼んで、リチャード隊長ひきいる一隊に、沼地のわきにある低いほうの道をただちに進んで、森のところで本隊と合流するよう伝えてくれ、と命令した。もちろんすべて演技であり、リチャード隊長もその一隊もどこにも存在しない。
警吏「では、あなたがたはこれ以上こちらに迷惑をかけないと保証してくれますね？」
ジョン「わかった、任しとけ」
警吏「それから、あなたがたの誰ひとり、こちらが食べ物を置く場所から一歩も入ってこないよう、責任を持って対応してください」
ジョン「心配するなって」

この話し合いのすえ、町の人々は、二〇斤のパンと上等な牛肉の大きな塊を三、四片、指定の場所に届けてくれた。町の門も開かれた。旅の一行はそこを通り抜けたが地元民はひとりとして、進軍を見届ける勇気などなかった。もっとも、すでに夕暮れだったから、一行の姿は薄闇に溶け込み、じつはどれほど少人数だったかを知ることはできなかっただろう。

何もかも、軍隊経験を持つジョンの作戦勝ちだった。だが、この出来事が州全体に与えた衝撃はたいへんなものだった。もし一行の人数が本当に二、三〇〇人だったら、鎮圧のために州を挙げて兵士が招集され、一行は投獄されていただろう。いや、もしかすると頭を打ち砕かれて死んでいたかもしれない。

とんでもない騒ぎになっていることに、一行も間もなく気づいた。それから二日後、数個の部隊の騎兵や歩兵が、銃で武装した三隊からなる暴徒の群れを探しまわっているのを見かけたからだ。その群れはロンドンから逃げ出してきた連中で、疫病にかかっており、行く先々の町に病気をばらまいているばかりか、略奪まで働いている、との噂が立っていた。

自分たちが招いた騒ぎを目の当たりにして、これはまずいとすぐわかった。ジョンの提言もあって、一斉行動を控えることにした。ジョンたち三人組は、馬を連れ、ウォルサムへ向かっているように装った。ほかの者たちは二組に分かれた。それぞれ距離を置いて、エッピングをめざした。

最初の夜、森のなかでみんなで露営の準備をした。互いにあまり離れないようにしつつも、見つかるといけないと思い、テントは張らなかった。すると、リチャードが大小の斧を持ち出し、木の枝を切って、テントとも小屋ともつかないものを三つ建てた。おかげで全員、このうえなく快適な寝床を得られた。

ウォルサムストウで肉やパンをもらったから、夜食も申し分なし。明日の食事の心配は神に任せることにした。兵隊上がりのジョンの指示でここまで難局を切り抜けられたので、ジョンに付き従うことに誰も異論はなかった。

ジョンが続いて出した諸注意も、きわめて的を射ていた。「おれたちはもう、ロンドンからだいぶ離れたところにいる。慌ててこの土地に避難場所を見つけて住む必要もねえし、自分がここに病気を広げないように気をつけるのはもちろんだけど、ここで病気をもらわないように用心しろよ。手持ちの金はたかが知れてるから、なるべく節約しようぜ。あと、この土地で乱暴を働くのは、このおれが許さねえ。地元の人に迷惑をかけないように、よく考えて行動しような」。全員がこれを受け入れた。

三つの小屋もどきはそのまま残すことにして、翌日、エッピングへ向けて出発した。いまや隊長と呼ばれるようになったジョンたち三人組も、ウォルサムへ向かうふりをする作戦はやめて、全員いっしょに旅立った。

エッピングの近くまで来ると、歩みを止め、開けた森の一角に手ごろな居場所を見つけた。公道に近すぎず、かといって北に行きすぎてもいない。刈り込まれた低木が群生している。ここにささやかな生活の拠点を設けることにして、木材を用い、三つの大きな小屋もどきをつくった。大工のリチャードが先頭に立って、切った枝を地面に円形に立て、細い枝先を上でしばってまとめた。小枝や葉で隙間を埋めて、外気をさえぎった。保温も完璧だ。ほかに、女性たち専用の小屋、馬をつなぐための小屋も建てた。

翌日だったか翌々日だったか、幸運なことにエッピングで市場が開かれた。ジョン隊長ともうひとりの男が市場に行き、多少の食糧を仕入れた。パンのほか、羊肉と牛肉もいくらか買った。これとは別に、女性もふたり行き、同じ集団の者と気づかれないようにして、さらに買い込んだ。けっこうな量の食べ物を持ち帰るため、ジョンは馬を連れて行った。買った物を詰める袋は、大工が道具を入れていた袋で代用した。

その大工もまた、作業に精を出した。手に入る木材を活かして、腰掛けや長椅子をつくり、食事用の台までこしらえた。

二、三日のあいだ、誰にも気づかれなかった。しかしそのあと、かなりおおぜいの町の人たちがようすをうかがいに来るようになった。初めは近づくのを警戒しているようだった。一行も、そのまま離れていてほしかった。疫病流行がウォルサムに達したとか、二、三日前にはエッピングまで来たとかいう噂があったからだ。

ジョンは町の人々に向かって、「こっちに来るな！」と叫んだ。「おれたちはみんな健康でぴんぴんしてるんだ。ペストをばらまかれるのはごめんだし、こっちがあんたたちにばらまいたと因縁をつけられるのもごめんだぜ」

しばらくすると、教区の役人たちがやってきて、遠くから呼びかけてきた。「おまえたちは何者だ？ 誰の許可を得て、そんな場所に陣取っている？」

ジョンはいたって正直にこたえた。「ロンドンから来た哀れな避難民だよ。ペストがあの勢いで蔓延したらとんでもなく悲惨なことになると思って、命があるうちに逃げ出した。だけどよ、おれたちには当てになる知り合いがいねえ。最初はイズリントンに居場所を見つけたけど、そこにもペストが押し寄せてきたから、もっと遠くまで逃げてきたんだ。でも、エッピングの住民は、おれたちが町に入るのを嫌がるだろ？ だからこうやって広い野外に野営してるってわけだ。何かと不便な暮らしだけどよ。おれたちから危害を加えられるんじゃねえかって、町の人を心配させるくらいなら、まあ我慢するぜ」

そう聞いたエッピングの住民は、恐ろしい剣幕で、すぐに出て行けと声を荒らげた。

「ここはおまえたちが来るところではない。それにおまえたちは健康そのものだと言い張るが、はたして本当かどうか。ひょっとすると、この付近一帯に病気をまき散らすかもしれない。ここに居すわられるのは迷惑千万だ」

ジョンは時間をかけて穏やかな口調で訴えた。「エッピングとかそのへんに住むあんたたちは、ロンドンって都があってこそ、生活できるんじゃねえのか。土地で獲れた作物をロンドンで売ってよう。その土地だって、ロンドンの連中から借りて耕してるんだろうが。さんざんっぱら世話になったロンドン市民に対して、そんな態度をとるってのは、冷たすぎるじゃねえか。あんたたちだって、ここで恨みを買うのは嫌だろう。ロンドン市民が世にも恐ろしい敵ににらまれて逃げ出してきたってときに、邪険にしやがって、ちっとも助けてくれなかった、なんてこれからずっと覚えられて、噂にされることになるんだぜ。そうなりゃ、エッピングの悪名はロンドンじゅうに広まって、市場に作物を売りに行こうもんなら、取り囲まれて石をぶつけられるに違いねえ。だいたい、この町だって、まだこれからペストに襲われるかもしれねえんだぜ。聞いた話じゃ、疫病はもうウォルサムまで来たらしいじゃねえか。そっちの誰かが、病気に巻き込まれる前に心配で逃げ出したと考えてみなよ。そんとき、だだっ広い野原に寝泊まりするのもけちつけられるとなりゃ、むごい仕打ちだと思うだろうぜ」

エッピングの人々は、こう反論した。「おまえたちは健康で病気に感染していないと言うが、何の証拠もないではないか。噂によると、先日、ウォルサムストウに暴徒が押しかけたらしい。その暴徒は、おまえたちと同じく健康だと主張して、町を略奪してやるとか、なんと言われようが強引に通ってやるとか、脅しをかけたそうだ。およそ二〇〇人の集団で、ネーデルラントで戦う兵士みたいな武器とテントを所持していたらしい。武器をちらつかせ、軍隊の言葉をちりばめながら、つべこべ言うとこの地に駐屯するぞ、食べ物を出せ、と無理やり迫って、町から食糧をゆすり取ったそうだ。その何人かはラムフォードとブレントウッドに向かい、おかげで二つの町にペストが蔓延し、住人はおびえて、ふだんのように市場に行けなくなったという。きっとおまえたちは、その集団の仲間だろう。もしそうなら、州の刑務所へ放りこまれて当然だ。この地にもたらした損害や、人々に与えた大きな恐怖を償うまで、刑務所でおとなしくしてもらわなければいけない」

ジョンは答えた。「そんな他人のしわざは、おれたちにゃ関係ねえよ。おれたちはずっとこの一つの集団だ。いまあんたたちの目の前にいる以上に数が増えたことなんかねえ」。これは嘘ではない。「おれたちは別々に出発した二つの集団だったが、同じ境遇とわかって、いっしょになったんだ。お望みなら、名前や住所だって教えてやる。おれたちが騒ぎを起こしたっていうなら、どこへでも出て釈明するぜ。この町の人にわかってもらいたいのは、おれたちは不便な暮らしをしのんで、病気に汚染されてないこの森の片隅で、命をつなぎてえってことだ。それさえできりゃ満足なんだ。もしここも危ねえってことになりゃ、さっさと引き払わせてもらうぜ」

「しかし」と、町の人々は言った。「わたしたちはすでに多くの貧民を抱えて、手を焼いている。これ以上、増えては困るのだ。それに、おまえたちがこの教区と住民に迷惑をかけないという保証はないだろう。疫病についても、おまえたちが危険でないという保証はあるまい」

すると、ジョンは長々と弁舌を振るった。

「そりゃあ、迷惑をかけないってことについちゃ、そうなりたいと思ってる。とにかく、食いもんを恵んでもらって、当座の飢えをしのぐことができりゃ、えらくありがたいんだがな。ロンドンにいた時分は施しを受けて生活してたわけじゃねえから、神様の思し召しで無事にわが家に戻れて、ロンドン市民も元気を取り戻すことができたら、その暁にゃ、たっぷり礼をさせてもらいたい。

ひょっとしての話だけどな、もしおれたちの誰かがここでくたばるようなときは、あとに残った者が埋葬して、あんたたちには迷惑かけねえよ。まあ、全員がおっちんじまったら、最後のひとりは自分で自分を埋葬するってわけにもいかねえから、世話になるけどな。それだって、費用はきっちり残してから死んでやるよ。

かといって、あんたたちに同情心ってやつがまるでなくて、助けてくれる気が全然なかって場合も、暴力を振るってまで物をゆすったり、盗みを働いたりするつもりはねえ。いま持ってるわずかばかりの金を使い果たして、追いつめられて野垂れ死にってことになっても、神様の思し召しなら仕方ねえよなあ」

ジョンがこのようによどみなく道理立てて語りかけたところ、心を動かされたのか、町の人々は去っていった。一行がそこに居を構えることを承認したわけではなかったが、もう邪魔をするつもりはないようだった。

何事もなく三、四日が過ぎた。そのころには、町はずれにある食料品店で、距離を置きながらも馴染みの客になっていた。細々した物が必要な場合、やや遠くから呼びかけて注文し、決まった場所に置いてもらって、取りに行く。もちろん代金も欠かさず払った。

一方、町の若者たちがかなり近くまで来て、一行を見つめることも多くなった。少し離れたところから話しかけてくることもあった。第一安息日になると、旅の一行は小屋に閉じこもり、神に礼拝を捧げ、賛美歌をうたう。若者たちはそれを眺めにやってきた。

こういった言動をはじめ、一行のおとなしく穏やかな生活ぶりが明らかになるにつれ、町の人々から好意を寄せられ始めた。気の毒な人たちだと憐れまれ、評判も良くなった。おかげで、どしゃ降りのある夜のこと。近所に住む男性が、小さな荷車に藁を十二束も積んで寄越してくれた。その藁で屋根を葺いて雨漏りを防ぐように、必要なら寝床の下にも敷くように、との心遣いだった。

あまり遠くないところにいるこの教区の牧師も、ほかにも施しをしている住人がいるとは知らず、小麦をおよそ二ブッシェルと白えんどう豆を半ブッシェルくれた。

言うまでもなく、このような差し入れは非常にありがたかった。とりわけ藁は大助かりだった。それもそのはず、器用な大工がつくった寝台は、かいば桶のような箱に木の葉などを手当たりしだいに詰め込み、テント布を切って掛け布団にした程度の代物だった。湿気っているし固いし、からだに毒だと困っていたところだった。そこへ藁が送られてきたわけだ。まるで羽根布団のように感じられた。いや、ジョンに言わせると、羽根布団の比ではなかったらしい。

男性と牧師がこうして情けをかけたものだから、ほかの人たちもたちまち、それにならった。おかげで毎日のように、一行のもとへ何かしらの施しが届くようになった。とくに、近隣に住む紳士階級の人々からの差し入れが多かった。椅子、床几（しょうぎ）、食卓のほか、必要と思われるような家財道具。毛布、ひざ掛け、掛け布団。陶器、調理用の台所道具……。

こうした好意に励まされ、大工は、家と呼べそうなくらい大きな小屋を数日で建てた。立派な屋根があり、屋根板は垂木で支えられている。もう九月の初めで、湿気の多い寒空の日が増えていたが、床が地面より高く、屋根もしっかり葺いてあり、側板も天井も厚かったので、寒さをじゅうぶん防ぐことができた。そのうえ、大工は、家の一方に土壁をもうけ、煙突をつけた。ほかのひとりが、かなり苦労したものの、煙をとおす通風孔までつくった。

粗末とはいえ快適な生活を送りながら、九月を迎えた。そこへ、悪い噂が入ってきた。真偽のほどはともかく、不吉だった。ウォルサム・アビーからラムフォードやブレントウッドにかけての地域で熾烈を極めていた疫病が、ついにここエッピングやウッドフォード、いや、森に接している大半の町まで広がりつつある、病気はおもに、食料品を売るためロンドンとのあいだを往復していた行商人によってもたらされたとの話だった。

これが本当なら、のちに国じゅうに広まった噂と明らかに矛盾する。前にも触れたとおり、「市場の関係者は病気にかからないし、病気を田舎へ持ち込まない」と、まことしやかにささやかれたのだ。そんなわけがないとわたしは確信している。

ただし、市場へ向かった行商人たちは、奇跡的とはいかないまでも、思いのほか無事だったのかもしれない。おびただしい数の人々が出入りしたわりに、感染者は少なかったのかもしれない。その点は、ロンドンで惨めな生活を送る人々にとって、ずいぶん大きな励みになっただろう。もしも、市場へ食糧を運ぶ人たちが、度重なる危険を乗り越えてこなければ、少なくとも、ふつうでは考えられないくらい病魔を免れていなければ、ロンドンにとどまった人々は絶望の淵に沈んでいたはずだ。

さて、森で暮らす一行は、はっきりと不安を覚え始めた。まわりの町が片っ端から疫病に冒されていることが、紛れもない事実として浮かび上がってきた。いつ誰から病気をうつされるかわからない。疑心暗鬼のあまり、欲しい物も買いに行けなくなった。一同は困り果てた。もはや、付近の慈悲深い紳士たちが恵んでくれるもの以外、ほとんど食糧が尽きてしまった。

そんななか、わずかな光明もあった。いままで施しをくれたことのない紳士たちまでが、窮状を聞きつけて、物資をくれるようになったのだ。ある人は、丸々と肥えた食用豚を送ってくれた。別の人からは二頭の羊、また別の人からは一頭の子牛が届いた。おかげで肉類は潤った。チーズや牛乳などの食品も、ときどき送ってもらった。

しかしどうにも困ったのは、パンだった。小麦をくれる人もあったが、パンを焼く窯もなければ、粉を挽く臼さえない。最初にもらった二ブッシェルの小麦も、やむなく煎って食べる始末だった。その昔のイスラエルの民が、小麦を粉にせず焼きもせず食した、という故事にそっくりだ。

しかしやがて、穀物をウッドフォードのそばにある風車へ持っていけば、粉に挽いてもらえることになった。また、乾パン屋だったジョンが、うまい具合に中空の炉をつくり、まずまずの堅焼きビスケットが焼けるようになった。こうなればひと安心で、一行は、町の人からの差し入れをあてにしなくても生きていけるようになった。まったく運がいい。というのも、このあと間もなく一帯がすべて疫病に汚染されて、すぐそばの村でも約一二〇人もの死者が出たのだ。知らせを聞いて、みんな震え上がった。

ただちに寄り集まって、相談を始めた。いまや、一行が近所の森に住んでいるのをとやかく言う住民はいない。それどころか、町の貧しい家族が自宅を捨て、一行と同じように、森のなかに小屋を建てて暮らしだした。ただ、そうやって避難した人のなかには、小屋にこもったかいもなく、発病する者もいた。理由は明らかだ。自宅を逃げ出したせいで疫病にかかったのではなく、逃げ出すのが遅すぎたのだ。つまり、隣人たちと不用意に付き合いを続けていたため、家族の誰かが病気をうつされ、そのあとになって小屋暮らしを始めた。これでは、病気を道連れにしたのと変わらない。ほかに、せっかく無事に町から逃れてきたのに、うっかり感染者と接触してしまった例もある。

原因がどれであるにしろ、疫病は町のなかだけでなく、同じ森の仮小屋にまで忍び込んできたとあって、一行は慄然とした。すぐにここを引き払おう、ぐずぐずしていたら命が危ない、と考え始めた。

けれども、悩みがあった。これほど人々から親切にしてもらったのに、むげに立ち去っていいのか。豊かな温情と慈愛を受けた土地を捨てるのは忍びない。しかし、状況が切迫しているからには、やむをえないことだった。はるばるこんな遠くに来たのは、命を大切にしたかったからだ。もはや立ち退くほかないだろう。

しかしここでジョンが、とりあえずの打開策を思いついた。最初に施しをくれた紳士に、自分たちの窮状を訴えて、援助と助言を頼んでみよう、と。

ジョンから事情を聞いたその善良な紳士は、一行に移住を勧めた。疫病は猛烈な勢いで広がっており、身動きできなくなる前に逃げたほうがいい、との意見だった。もっとも、どちらの方向へ逃げるべきかとなると、判断がつきかねるという。

ジョンは、その紳士が治安判事を務めていることを思い出し、将来よその治安判事の前に突き出されたときの用心に、健康証明書を発行してもらえないか、と頼み込んだ。ロンドンを出てからずいぶん日数が経っているだけに、あとはお墨付きの書類でもあれば、箇単に追い払われる心配はないだろう。この願いを紳士はすぐさま聞き入れ、正式な健康証明書を出してくれた。こうなれば、どこへでも自由に移動できそうだった。

こうして入手した健康証明書には、こんな内容が記されていた。すなわち、「この者たちはエセックス州のとある村に長いあいだ滞在し、四〇日あまりにわたって外部との交流を控えており、詳細な検査と観察を行なった結果、病気の兆候がいっさい見られなかったため、しごく健康であると認められる。いかなる地域で受け入れようと、いささかの不安もない。この者たちがかく移住するのは、わが町に波及しつつある悪疫を恐れてのことであり、この者たちもしくは同行者に感染の兆候がわずかなりとも現われたゆえではない」。

一行は、この証明書を手に、後ろ髪を引かれる思いで出発した。故郷のロンドンからあまり遠く離れたくないというジョンの意向を受けて、ウォルサムのかたわらに広がる湿地帯をめざした。

そこまでたどり着いたとき、ひとりの男に出会った。どうやら水門の番人で、川を行き交う荷船のために水位を加減しているらしい。その男から陰鬱な話を聞かされ、一行は色を失った。なんでも、ミドルセックスとハートフォードシャー側にある川沿いやその近辺の町、すなわち、ウォルサム、ウォルサム・クロス、エンフィールド、ウェアすべてに疫病の魔の手が広がっているというのだ。だとしたら、街道沿いは軒並みやられていることになる。一行はそちらへ進むのをためらった（結局のところ、男の話は事実ではなかった。どうやら一行をからかったらしい）。

おじけづいた一行は、川を渡らずに東へ進み、森を横切ってラムフォードやブレントウッドのほうへ向かうことにした。ところがまた、そちらの方面についても不穏な噂が入ってきた。ロンドンからおおぜいの避難民が逃げ込んでおり、ラムフォードのそばのへノールトという森などには、その連中が大量にたむろしているという。その連中は、援助も受けられないまま人家から離れた野や森で生活していたのだが、食べるに事欠いて耐えられなくなり、ついに、住民から物資を盗んだり、強奪したり、家畜を殺害したりと、さまざまな暴力行為に及ぶようになったらしい。これとは別に、街道沿いに掘っ立て小屋を建てて物乞いをする者もいて、そのしつこさときたら、施しを強要しているも同然。州全体に大きな不安が広がり、逮捕者も数名出ている模様だ。

ひとまず一行が覚悟したのは、前に住んでいた森とは違って、今後は住民の慈悲にすがれそうにない、ということだった。加えて、このぶんでは、どこにたどり着いても尋問を受けるだろうし、自分たちと似たような境遇の者から暴力を受けかねない。

あれこれ考え合わせたすえ、隊長のジョンは、一同を代表して、恩人であるあの治安判事のもとをふたたび訪れた。事情をありのままに打ち明け、つつしんで助言を求めた。相変わらず親切な治安判事が、それならまた前のところに住むか、あるいは、街道から少し奥まったところに移ってはどうか、と忠告をくれたうえ、適当な場所まで教えてくれた。

秋が深まり、九月末のミカエル祭も近い時期なので、かりそめの小屋よりもまともな家に避難したい。運よく、壊れかかった廃屋が見つかった。以前は田舎家か何かだったらしいが、ずいぶん荒れ果てている。所有者である農場主から許可をもらって、自由に住めることになった。

器用な大工の指示のもと、みんなで協力し合って、あばら家の修繕に取りかかった。ほんの数日すると、悪天候のときも全員が風雨をしのげるような建物になった。家のなかには古い煙突と竈(かまど)があって、いずれも錆びついていたが、ふたたび使えるようにした。さらに、建て増ししたり、物置や塔屋をつくったりしたところ、あっという間に、全員が暮らせる立派な家ができた。

窓の雨戸、入り口の戸、床などを整えるには、なにしろ多くの板が必要だった。ここでもまた、例の治安判事が便宜を図ってくれた。しかしそれ以上に、全員が疫病とは無縁で健康そのものだと知れわたっていたのが大きく、いろいろな人が不要な木材を提供してくれた。

一行はここを最後の居住地と定め、もう移動しないことに決めた。ロンドンから来たというだけで、どこへ行ってもひどく警戒されることを、身をもって体験したからだ。よほどの苦労をしないかぎり、もうどこにも受け入れてもらえないだろうし、ここで受けられるような温かい態度や援助など、よそでは望むべくもない。

こうして地元の紳士階級や一般住民から助けと励ましを受けられたとはいえ、そのあとなおも困難は続いた。一〇月、一一月には寒くなって雨の日が増え、慣れない暮らしをする身にこたえたのだ。からだが冷えきって、体調を崩すこともあった。しかし、けっして疫病にはかからなかった。そのまま一二月ごろまでしのぎ、やがてふたたび懐かしいロンドンに戻ることができた。

ずいぶん長い話になってしまった。しかし、ロンドンで疫病が鎮まって間もなく、いっせいに現われた人たちが、それまでどう過ごしていたのか、おわかりいただけたと思う。財力があって、田舎に避難先を持つ者は、早い段階で群れをなしてロンドンを逃げ出した。恐るべき病勢が激しくなると、地方に頼るあてがない中流市民たちまでが、避難できる場所なら国じゅうどこへでも逃げていった。疎開先で何とかやっていくだけの金がある者もない者もいたが、とにかくまずは逃げ出した。金の余裕のある市民は、できるだけ遠くまで逃げた。

けれども、貧しい連中は困窮し、いよいようしようもなくなると、その地方に迷惑をかけて救ってもらうしかなかった。そのため地方部の警戒が強まり、避難民が逮捕された例もある。しかし当局としても、逮捕したところでどうなるものでもなく、処罰には消極的だった。結局のところ追放処分とし、無理やりロンドンへ追い返すのがせいぜいだった。

ジョンたち三人組の物語を聞いたあと、わたしは、さらに調べを進め、似たような例が多数あることを知った。つまり、行き先のあてがないおおぜいの貧民が、地方のいたるところへ逃げていき、小屋や納屋、離れ家などを見つけて住まわせてもらい、地元の人々から親切を受けて暮らした。自分の健康を少しでも証明できる場合、とりわけロンドンに病気が蔓延する前に脱出していた場合には、とくにそのような地方暮らしが可能だった。

また、これまた多数の避難民が、野原や森のなかに粗末な小屋を建てたり、住めそうな穴や洞窟などを見つけたりして、隠者のように暮らした。そのような生活がどんなに過酷だったかは、想像に難くない。さすがに我慢できず、自暴自棄になって、危険なロンドンへ舞い戻った者も少なくなかった。そのせいで田舎の避難小屋が空っぽになることもよくあったが、「疫病で死んだのではないか」と疑って地元民が近づこうとしなかったため、じつに長いあいだ放置された。

不幸な放浪者のなかには、人知れず息を引き取った者もいただろうし、援助を受けられずに無念の死を遂げた者もいただろう。たとえば、あるテントだか小屋だかのなかで、ひとりの男が死んでいるのが見つかった。隣に広がる牧草地の入り口の柱に、不揃いな文字が刃物で次のように刻まれていた。もうひとりは逃げ出したのか、あるいは、先に亡くなって、残されたほうが苦しみながら埋葬したのか。

あゝムネん!
二人トモしヌ
あワレ、あワレ

テムズ川の下流で船乗りたちがどんな暮らしを送っていたかは、すでに述べたとおりだ。無数の船が、いわゆる「沖どまり」と呼ばれる状態で、川の両岸から離れたところに留まり、プール水域から先に見渡すかぎりの列をなしていた。聞いたところでは、はるか下って河口の町グレーヴゼンドでも、同じ光景が見られたらしい。なかにはさらに下流に留まる船もあり、波風の心配さえなければどこにでも停泊していたようだ。

プール水域や、すぐ下流のデットフォード・リーチでは、疫病の被害が少し出たものの、それ以外に停泊していて感染者が出たという話は、聞いたことがない。たびたび上陸して、田舎の町や村や農家を訪れ、食糧、鳥肉、豚肉、牛肉などを買い込んでいたにもかかわらず、病魔を逃れたわけだ。

同じように、ロンドン橋より川上にいた船頭たちは、できるかぎりさらに上流へ逃れた。多くは小舟で、家族を全員乗せて、甲板を天幕で覆い、寝床には藁を敷きつめてあった。川岸に沿った沼地の奥のほうまで、このような小舟が並んでいた。なかには、帆を活かして陸上に小さなテントを張り、日中はその下に寝転んでいて、夜になると小舟に帰る者もいた。こんな具合に、川の両岸には小舟や人が列をなし、食糧が底を突かないかぎり、あるいは周辺から食糧を手に入れられるかぎり、気ままに過ごしていたと聞く。

地方部では、紳士階級も庶民も、こうしたときやその他さまざまな場合に、困っている人たちへ惜しみなく救いの手を差し伸べていた。自分たちの町や家のなかまでこころよく受け入れてくれるわけではなかったが、それはいたしかたないだろう。

続いて、ある不幸な男の話。この男の家はおぞましい疫病に取りつかれ、妻も子供も死に絶えて、残ったのは男とふたりの奉公人、それと生前の患者たちを献身的に看護した親戚の老婦だけになった。悲しみに打ちひしがれた男は、ロンドン近郊にありながら死亡週報で犠牲者が報告されていない村へ行って、空き家を見つけ、持ち主を探し出してそこを借りることにした。

数日後、男は荷馬車を手配して、引っ越し先へ家財を運んだ。荷馬車に気づいた村の人々は、通行を阻もうとしたが、御者たちが怒鳴り散らして、やや強引に突破し、村道を通って男の家の玄関口に着いた。こんどは警吏が立ちふさがって、荷物の運び込みを許さなかった。男は、御者に命じてその場に家財を降ろさせ、荷馬車を返してしまった。一部始終を眺めていた村人たちが、男を治安判事のもとへ突き出した。というより、判事のところに行けと言われたので、男はみずから出かけていった。

判事が、家財を持ち去るよう命令したが、男は拒否した。すると判事が、警吏に向かってこう命じた。「御者どもを連れ戻し、家財を荷馬車に積んで運ばせなさい。従わない場合は、その者どもを晒し台に縛りつけて、次の指示を待つこと。万が一、御者の行方がわからず、かつ、この男が荷物をどけようとしない場合は、鉤を用いて荷物を引きずり出し、路上で焼却せよ」

意気消沈していたその男は、荷物をまとめて運び去ることにし、あまりにむごい仕打ちをしきりに嘆き悲しんだ。しかし、町としても仕方がなかったのだ。自己防衛のためには、冷酷な対処もやむをえない。平常時だったら違っただろう。男が生き延びたか死んだかは不明だが、その時点でもう感染していたとの噂もある。ひょっとすると、男に対する仕打ちを正当化するために町の人々がそう言い触らしたのかもしれないが、男やその家財に危険が潜んでいたとしても不思議ではない。ほんの少し前、家族のほかの者はみんな疫病で死んだのだから。

「命からがら逃げてきた気の毒な人たちに、なんて無慈悲な態度をとったのか」と、ロンドンに隣接する町の住民が厳しく非難されたことは、わたしも知っている。これまで話した出来事からもわかるとおり、本当に冷酷な行為も数多くあった。忘れないでほしいが、そうした住民も、ひたすら保身に励んだわけではない。これといって身の危険がなく、他人に施しをする余裕があるときには、進んで救いの手を差し伸べた。しかし、基本的には自分を守るのが先だから、追いつめられて市外へ逃れた人たちを手荒にあしらい、ロンドンへ追い返すことも少なくなかった。そのせいで、地方部の住民に怒りの矛先が向けられ、ロンドンじゅうに怨念が染み込んだわけだ。

用心に用心を重ねたにもかかわらず、「シティ」からおよそ一五キロ（ないし三〇キロ）以内にある名の知れた町や村はすべて、多かれ少なかれ感染者を出した。報告によれば、おもな町の死者数は次のとおり。

エンフィールド	三二
ホーンジー	五八

ニューイントン　一七
トッテナム　四二
エドモントン　一九
バーネットおよびハドリー　一九
セント・オールバンズ　一二一
ワトフォード　四五
アックスブリッジ　一一七
ハートフォード　九〇
ウェア　一六〇
ホズドン　三〇
ウォルサム・アビー　二三
エッピング　二六
デットフォード　六二三
グリニッジ　二三一
エルサムおよびルイシャム　八五
クロイドン　六一

ブレントウッド　七〇
ラムフォード　一〇九
バーキング・アボット　二〇〇
ブレントフォード　四三二
キングストン　一二二
ステインズ　八二
チャーツィー　一八
ウィンザー　一〇三

地方部の人たちがロンドン市民を警戒した理由は、もう一つある。前にも少し触れたが、疫病に感染した者には、「いっそのこと、ほかの人間にも病気をうつしてしまえ」という、ねじれた発想を持つ傾向があるらしい。

その原因に関して、医者たちのあいだでずいぶん議論が戦わされた。医者によっては、この疫病そのものがそうした発想をもたらす、と主張した。つまり、「ペストには、自分の仲間に対する怒りや憎悪を引き起こす性質がある。ペスト自体も、ほかの者に伝染しようとする力を持っているが、と同時に、患者の性格のなかにも邪悪な一面が現われてきて、狂犬と同じように、他者を悪意のこもった目で見るようになる」というのだ。狂犬病にかかった犬は、もとはおとなしい犬であっても、たちまち凶暴になり、まわりのものなら何にでも飛びかかって食いつく。しかも、いままで見慣れていた相手に真っ先に飛びかかる。それに似ているという。

別の医者たちは、人間の本性が堕落していることにこそ原因がある、とした。「同じ人間でありながら、自分が他人より惨めだという現実に耐えられず、すべての人間が自分と同じくらい不幸になり、哀れな境遇に陥ればいいのに、との願望をおのずと持っている」のだという。

要はたんなる自暴自棄だろう、と指摘する医者もいた。「もはや感染者は、自分が何をやっているのか、わかっていないし気にとめていない。そばにいる他人ばかりか自分自身についてさえ、危険か安全かなど問題にしていない。ひとたび自棄(やけ)になって、自分の身の安全にも危険にも無頓着になってしまったら、他人の安全などどうでもよくなるのは、きわめて当たり前の話だ」

しかしわたしは、まったく異なる視点から、この重大な論争に終止符を打とうと思う。すなわち、「わたしは、そんな事実が存在するとは思わない」。じつのところは、世間から「薄情で残酷」と批判された地方部の住人たちが、自分たちの行為を正当化、あるいは言い訳するため、ロンドン市民に向かって不満をぶちまけたのではないか。ペスト禍をめぐって、双方がなじり合っていたのだ。つまり、ロンドン市民は、疫病が迫り来る不安のなか、「地方部のやつら、町や村に入ることさえ断わるとは！　家財道具を抱えたまま追い返されちまった」と文句を言い、一方、地方部の住人は、何度もだまされたせいもあり、「ロンドン市民め、無理やり押しかけてくるな」と腹を立て、しまいには「うちの村に疫病をばら撒こうとしやがった」と言いだした。このどちらも都合よく誇張していて、真実を正しく表わすとはいえない。

ロンドン市民について良からぬ噂がさかんに流れたせいで、地方部の人々は警戒心を強めたのだろう。「市民が徒党を組んで押し寄せてくる。援助を求めるどころか略奪が目的らしい」「連中は疫病まみれのからだで好き勝手に走りまわっている」「市内では感染拡大の対策をまったくとっていないそうだ。家屋の封鎖や患者の隔離もやっていない」などなど。

しかし、ロンドン市民の名誉のために言っておくと、特殊な事例を除けば、そういった噂で流れた内容は事実ではない。それどころか、万事がじつに綿密な計算のもとに処理されていた。「シティ」もその郊外も、市長や市参事会員の慎重な配慮によって秩序が保たれていたし、周辺地域では、治安判事や教区委員などが、みごとに責任を果たした。この点で、ロンドンは世界の全都市の模範たりうるのではないか。疫病の勢いが頂点に達して市民が狼狽していたときでさえ、隅々まで行政の目が届き、統制と秩序が保たれていた。

その一例として、ぜひここで指摘しておきたい点がある。それは、家屋の封鎖という大がかりで困難な作業に、市の当局者たちが節度をもって取り組んだということだ。前述したように、家屋の封鎖は、人々の大きな不満の種だった。当時の人々が当局に対して抱いた唯一の不満だったといえるかもしれない。感染患者と同じ家に健康な人を閉じ込めるのはひどすぎると思われていたし、実際に閉じ込められた人たちが嘆く声には、極度の悲痛がにじんでいた。その声は路上にまで聞こえてきた。それを聞くと、乱暴すぎる行政措置に腹が立つこともあったが、たいていはその人たちへの同情の念が湧いてきた。

封鎖された家の人たちは、友人がようすを見に来てくれても、窓越しに会話するしかなかった。哀切きわまりない窮状を語るので、話し相手はもちろん、通りがかりの者までが心を打たれた。戸口で見張っている監視人の冷酷さ、ときには無礼さを非難する内容も多く、そんなときは当の監視人が横柄に言い返した。路上から家族に話しかけている人に向かって、監視人が食ってかかることさえあった。そうした傲慢な態度をとったり、家人を虐待したりしたせいで、たしか、いくつかの現場で合わせて七、八名の監視人が殺されたはずだ。

これを殺人と呼ぶのが適切かどうか、わたしにはわからない。たしかに、監視人は、法にもとづいて与えられた任務を遂行していた。勤務中の公務員を死に至らしめることは、裁判用語では「殺人」に違いない。しかし、封鎖家屋の家族やそれを気遣う人たちを侮辱し、罵倒する権限など、監視人には認められていないはずだ。したがって、監視人がそのような所業に及ぶのは、自主的な行動であって、職務ではないとみるべきだろう。公務員ではなく私人として行動したのだ。不遜な振る舞いによってみずから災いを招いたのだとすれば、災いの責任は監視人自身にある。妥当かどうかはともかく、市民が監視人を恨む気持ちはきわめて強く、監視人がどんな目に遭っても、可哀想に思う者はなく、自業自得だと言われるのがおちだった。また、わたしが記憶するかぎり、封鎖家屋を見張る監視人が何をされようと、誰かが処罰されたことはなかったと思う。少なくとも、厳重な処罰はなかった。

封鎖された家から逃げ出すため、あの手この手の計略をめぐらせて、監視人を出し抜いた、というあたりはすでに触れたから、ここで書くのは控えるとしよう。しかし家屋の封鎖をめぐっては、行政当局としても、家族の苦痛や負担を和らげるためにさまざまな措置をとった。とくに、患者自身が疫病療養所その他の施設に入るのを希望した場合には、斟酌が加えられた。残りの家人は、現時点での健康が証明されていることと、当面の一定期間は避難先の家に引きこもることを条件に、封鎖を解除されることもあった。

また、行政当局は、感染した貧しい家にじゅうぶん目を配り、食べ物やその他の必要な物資を支給した。しかるべき命令を担当者にただ出すだけでは満足せず、区長みずから馬に乗って患者宅まで届けに行くこともしばしばだった。窓のところからその家の者に呼びかけて、当局の世話が行き届いているかを尋ねた。必要で困っている物はないか、係の者はあなたがたが頼んだ用事をきちんと代行してくれているか、物資を間違いなく届けているか、などと確認した。家族から前向きな返事があればよし、もしも、物資の支給が足りない、担当者が職務を果たしてくれない、横暴に振る舞ったなどの苦情を訴えてきた場合は、担当者はたいがい異動となり、代わりの者が任命された。

　家族側の申し立てが正しいとはかぎらないから、監視人が反論することもできた。不当な言いがかりであると判事が納得した場合は、監視人は引き続き任務にあたり、むしろ家族側が叱責を受けた。ただし、どちらの主張に分があるか、詳しく調査するのは難しい。当事者同士で顔を突き合わせて話し合ってもらうわけにもいかず、窓越しの水掛け論では埒（らち）が明かなかった。したがって、当局者は、おおかた家族側に有利に裁定を下し、監視人を更迭した。そのほうが無難だし、最悪の事態を避けられる。もし監視人が無実だとしても、別の場所で同じような仕事に就いてもらえばいいのに対し、家族側の言い分が正しいとしたら、取り返しがつかない。生死に関わってくる。

　監視人と封鎖家屋の哀れな人々のあいだには、脱走事件のほかにも、さまざまな問題が頻繁に持ち上がった。患者が用事を頼みたいのに、監視人が、酔っ払っていたり眠っていたりするときもあった。当然ながら、そういう監視人は必ず厳しく罰せられた。

もっとも、こうした揉め事は当局が適切に対処すれば済む。家屋封鎖の根本的な問題は、健康な者を感染患者といっしょに強制隔離してしまうことだ。重大な不都合を含んでおり、ときに悲劇的な結果を招きかねない。考慮の余地があるときには手を打つようになったものの、やはり、法律によって定められ、公共の利益をおもな目的に掲げた制度だから、緩めるには限界がある。制度を運用するにあたって市民に個人的な不利益が生じたとしても、公益のためには仕方がない、とされた。

家屋封鎖という措置が、全般的にみて、はたして感染拡大を食い止めるのに役立ったかどうかについては、今日でも疑問の声がある。「効果があったとは言いがたい」と、わたしは思う。感染者の出た家を可能なかぎり厳重かつ効果的に封鎖したはずなのに、悪疫の勢いのすさまじさは抑えきれなかったからだ。もし感染者をすべて完全に封じ込めることができたのなら、健康な者に病気がうつるはずがない。しかし、現実は違った。見たところ疫病にかかっている気配がない人たちを介して、感染は知らず知らず広がっていった。誰からうつされ、誰にうつしたのか、患者本人にもわからなかった。

ホワイトチャペル通りのとある家は、女性の奉公人が疫病に感染したため封鎖された。感染とはいえ、肌に斑点が現われただけでほかに症状はなく、斑点もやがて治癒した。しかし、この家の人たちは外出の自由をまったくあたえられず、四〇日のあいだ、外の空気を吸うことも、戸外でからだを動かすこともできなかった。この不当な扱いのせいで、息苦しさ、不安、怒り、苛立ち、その他あらゆる心の痛みに悩まされた結果、戸主の妻が発熱した。すると見回り役がやってきて、「これはペストだ」と言った。医者の診断によれば、そうではなかった。にもかかわらず、見回った調査員の報告にもとづき、この家族は隔離期間を最初からやり直すように命じられた。

最初の四〇日の隔離期間があとほんの数日で終わるところだったのにと、家族は怒りと悲しみに押し潰されながら、ふたたび幽閉生活を送るはめになった。狭苦しい空間に閉じ込められ、新鮮な空気も吸えないせいで、家族のほとんどが何らかの体調不良に陥った。おもに壊血病で、ひとりだけ激しい腹痛だった。

封鎖期間が何度も延期されるうち、見回り役に付き添って看護に来た誰かが疫病を持ち込んで、家族全員が感染し、ほとんどみんな死んでしまった。家族が最初から疫病にかかっていたのではなく、感染を防ぐよう気をつけるべき人が死の病をもたらしたのだ。こういう例は珍しくなく、家屋の封鎖がもたらす最悪の弊害だったといえる。

このころ、わたしの身にもちょっとした厄介事が降りかかって、最初のうちは深刻に思い悩み、弱り果てた。じつは、住んでいたポートソーケン区の区長から、居住地区の調査員に任命されてしまったのだ。わたしたちの教区は規模が大きく、調査員が一八人以上いた。正式には「調査員」だが、住民からは「見回り」と呼ばれた。

どうにかこの役目を逃れられないものかと、わたしは手を尽くし、区の助役に何度も掛け合った。そもそもわたしは家屋の封鎖に反対なのだ、と訴えた。納得できない措置の片棒を担がされるのはごめんだし、このやりかたは所期の目的を達するはずがない、と。

しかし、わずかな譲歩をかろうじて勝ち取っただけだった。「調査員は、市長から指名により、任期二カ月」と定められているのだが、わたしの場合、三週間だけでいいという。ただし、残りの期間を代わりに担当する者を自分で見つけるように、との条件がついていた。格別の配慮に少しは感謝しなければいけないが、現実には、こんな仕事を引き受けてくれる人を探すことは容易ではない。

家屋の封鎖にも一つの重大な効果があった点は、わたしも認める。患者が疫病をまき散らしながら町なかを歩きまわるのを防ぐことができた。患者本人は家に閉じ込めておかないと、手に負えない危険な事態になっていただろう。気が動転した病人は、何をしでかすかわからない。その証拠に、あのような監禁の始まる前の流行初期には、迷惑な行動をとる者が続出していた。ほかの家を訪ねてまわり、戸口で物乞いをする者もいて、自分たちは疫病にかかっていると言い放ったうえで、だから金をくれ、ただれた皮膚に巻く布をくれ、と言いたい放題だった。

真偽のほどは定かではないが、オールダーズゲイト・ストリートかどこかで、ある裕福な市民の妻がひとり、気の毒にも、そういう身勝手な輩のせいで命を落としたらしい。その男は、ただの酔っ払いらしいのだが、まるで気が触れたかのように歌ったりわめいたりしながら徘徊していた。疫病患者だとみずから言い、それはどうやら本当らしかった。男は、前記の貴婦人を道で見かけて、急に接吻したくなった。暴漢に襲われそうになったその貴婦人は、慌てて逃げたものの、人通りがなく、助けてくれる人は見つかりそうにない。追いつかれかけたとき、貴婦人は、振り返りざま力まかせに体当たりした。衰弱しかけていた男がひっくり返ったまではよかったが、手をつかまれて貴婦人もいっしょに倒れてしまった。男が先に起き上がり、貴婦人を抱きすくめて強引に口づけした。許しがたいことに、男は思いを遂げたあと、こう言ってのけた。「おれはペストなんだ。あんたも仲良くかかるといいや」。貴婦人は、恐怖の極に達していたうえ、お腹に子供を宿したばかりだった。悲鳴を上げて、気絶した。そのあと少し快復したものの、数日後に死んでしまったという。実際に疫病に感染したのかどうかはわからない。

こんな例もあった。病気に冒されたある男が、顔なじみの市民の家にやってきて、戸を叩いた。奉公人に入れてもらい、主人が二階にいると聞くと、階段を駆け上がり、家族そろって夕食をとっているのもかまわず、部屋に踏み込んだ。家族の者が、何事かと驚き、立ち上がりかけた。男は、すわったままで結構、お別れを告げに来ただけだから、と言った。家族に「どうしたんです。どこに行くんですか?」と尋ねられ、「病気にかかったんです。明日の夜には死ぬでしょう」とこたえた。一同の驚きようは、想像してもらうよりほかにない。女性や幼い娘たちは、死ぬほどおびえて、ちりぢりに逃げ出し、ほかの部屋や階下へ走って、自室に鍵をかけ、窓から声をかぎりに助けを求めた。主人は、それほど取り乱さなかったが、恐怖と怒りのあまり、男を取り押さえて階段から突き落としたい衝動に駆られた。しかし、男の病気と、そのからだに触れる危険とに気づいて、呆然と立ちつくした。男はからだと同様に精神も蝕まれていたとみえ、そのあいだじゅう棒立ちだった。やがて主人のほうを向いて、意外なほど落ち着いた口調で言った。「おや、みんなずいぶん驚くんですね。わたしがそんなに怖いんですか? じゃあ、家に帰って死ぬとしますよ」。男は階段を下りていった。最初に応対した奉公人が蝋燭を手にあとを追ったが、先回りして戸を開けるのが恐ろしく、どうしたものかと途中で立ち止まった。男はそのまま下りて、扉を開け、外へ出て行った。

一家じゅうが生気を取り戻すまで、しばらく（聞くところによると数日）かかった。けれども、結果としては無事だった。そのときどれだけ肝を冷やしたか、以来、その家の人たちは再三、周囲にこぼすことになる。ただ、男が立ち去ったとはいえ、家のどこもこも安心はできなかったので、部屋を一つ一つまわって、ありとあらゆる香料を焚き、松脂、火薬、硫黄のもうもうたる煙でいぶし、家財を移動し、衣類を洗濯した。病気の男がどうなったのか、その後の話は忘れてしまった。

家屋の封鎖によって患者を閉じ込めていなかったら、熱に浮かされて正気を失った人たちが通りにあふれていただろう。封鎖の措置を講じてもなお、うろつく患者があとを絶たず、会う人に見境なく乱暴を働いたのだ。狂犬が走りまわって、目に入ったもの何にでも嚙みつくのと、なんら変わりなかった。疫禍のさなか、感染者がもし男でも女でも相手かまわず嚙みついたとしたら、嚙みつかれた側も不治の病に冒され、同じ運命をたどったに違いない。

ある感染者は、からだに三つも腫れ物を抱えていて、痛みとつらさにこらえきれず、肌着姿で寝床から跳ね起きた。服を着て靴を履こうとしたが、制止しようとする女性看護師に服を奪い取られたため、看護師を投げ飛ばして、その上をまたいで階段を降り、肌着のままおもてに出ると、テムズ川に向かって一目散に走った。追いかけてきた看護師が、男を止めるよう監視人に叫んだが、監視人は男のようすに怖じ気づき、触わりたくないので逃がしてしまった。男はテムズ川にかかっているスティリアード浮桟橋まで来ると、肌着を脱いで川へ飛び込んだ。泳ぎが達者だったものだから、向こう岸をめざし、潮が入ってきた関係で西へ流されながらも、フォールコン桟橋のあたりで岸にたどり着いた。夜のことだけに、まわりには人影がない。男は裸でしばらく町を走りまわり、やがて満潮になると、ふたたび川に飛び込んだ。最初のスティリアード浮桟橋まで泳いで戻り、町なかを抜けて自宅に帰ってきた。戸を叩いて入れてもらい、階段を駆け上がって、もとの寝床に飛び込んだ。ところが、この荒行の結果、たちまち疫病が治ってしまったという。腕と脚を激しく動かしたせいで、脇の下と鼠径部の皮膚が伸び、そこにあった腫れ物が破れたほか、川の冷たさが血のなかの熱を和らげたのだった。

ひとこと断っておくが、この話にしろ、ほかの話のいくつかにしろ、わたしが見聞した記憶であって、真実であると必ずしも保証できるわけではない。とくに、川に飛び込んで疫病が治ったということの話は、正直なところ、あまり信憑性がないと思う。ただ、不幸に見舞われた人々が、正気を失い、たびたび常軌を逸した行動に出るという、当時の状況を知ってもらいたかったのだ。家屋を封鎖してこういう患者たちを閉じ込めておかなかったら、同じような出来事が数限りなく起こっていたはず、という点も理解してもらえるだろう。それを防いだことは、冷酷な家屋封鎖が挙げた（もしかすると唯一の）大きな成果だったと、わたしはみている。

しかし一方、家屋封鎖の施策そのものに対して、非難の声も渦巻いていた。たまたま近くを通りかかって、家に閉じ込められた病人の悲痛な叫びを聞いた者は、心臓を貫かれる思いがしただろう。身を蝕む激痛や煮えたぎる血のせいで、頭がおかしくなりかけているのか、あるいは、自分で自分を傷つけないように、寝台や椅子に縛りつけられているのか……。拘束のせいで、疫病が流行する前のように「自由に死ぬ」ことさえ許されないのだった。

病魔に取りつかれた人々が通りを駆けまわる光景は、陰惨そのものだった。当局者は極力そのような事態を防ごうとしたが、患者が外へ出てしまうのは夜が多く、しかも突発的なことだから、大事なときにかぎって担当の者が近くにいなかった。日中に出歩く患者もいたが、そんなときも担当者はなかなか手出しができない。そこまで極端な症状が出るころには、病気がかなり進行しているのは間違いなく、他人にうつす力がふつうの患者より強いからだ。

かたや患者のほうは、自分が何をしてるかもわからないまま走り続け、突然倒れたと思ったらもう死んでいる、という場合が多かった。あるいは、走っているうちに精力を使い果たして崩れ落ち、半時間から一時間のうちに息絶えた。もっと悲痛なのは、むしろ、その半時間から一時間のうちに息を吹き返す患者だ。はたと正気に返って、自分の哀れな運命がうらめしくてたまらなくなり、世にも悲しい声で泣きうめくのだった。

　家屋封鎖の取り締まりが厳しくなる前には、そういう光景がたびたび見られた。初めのころは、監視人もまだそう目くじら立てていなかったからだ。しかし、職務怠慢の場合は厳罰を科せられるようになってからは、監視が強化された。そのせいで、患者の鬱憤がたまり、言葉に表わしきれないほどになった。しかし、患者を外出禁止にすることはどうしても必要だったのだ。ごく早い段階で何かほかの良い対策を講じていればまた違っただろうが、いまさら手遅れだった。

　患者を拘束するという非常手段をもしとらなかったら、ロンドンは過去に世界で類のない恐怖の町と化していただろう。家のなかと同じくらいの数の死体が、路上に転がっていたはずだ。なにしろ、重症化した患者はたいがい錯乱状態になって、力づくで押さえ込まれないかぎり、寝台の上でおとなしくはしていなかった。縛り付けておかないと、玄関から出られないならと、窓から飛び降りる者が続出した。

こうした災厄の日々は、知り合いと会話する機会も乏しくなるので、よその家庭でどんな異常事態が起こっているのか、ろくに把握できない。

なかでも、いまだに知れわたっていないと思うのは、非常に多くの患者が、心神喪失のなかテムズ川へ飛び込み、溺死したことだ。テムズ川だけでなく、ハックニーの近くの湿地帯から流れ出している支流（一般にウェア川やハックニー川と呼ばれている川）でもそうだった。死亡週報に記載された溺死の数はあまりにも少なく、そのうえ、事故なのか故意なのかが判然としない。わたしがじかに見た、あるいは聞いた範囲内だけでも、投身自殺した人の数は、死亡週報の溺死者の総数を上回っている。溺死したに違いなくても、死体が発見されない場合も多かった。

ほかの自殺方法についても似たようなことがいえる。ホワイトクロス・ストリートのあたりに、寝台の上で焼死した男がいた。自分で火をつけたという説もあれば、付き添いの看護師のしわざだという説もあったが、その男が疫病を患っていたことは確かだ。

神の慈悲深いご配慮のおかげで、この年、「シティ」で大きな火災が発生しなかったことを、当時のわたしは何度もありがたく思ったものだ。大火事など起ころうものなら、惨憺たる状況になっていたに違いない。火を鎮める余裕など誰にもなかっただろうし、焼け出された人々が町のなかにあふれていただろう。感染の心配より救助が先とばかり、よその家に入って家財や人を運び出す手伝いをしたかもしれない。さいわい、クリップルゲイト教区で一回ささやかな火事があり、ほかの地区（現在は消滅してしまった地区）で二、三回の小火（ぼや）があったことを除けば、おもだった火災は年間通じて起こらなかった。

オールド・ストリートが果てるあたりに、ゴスウェル・ストリートからセント・ジョン・ストリートに抜けるスワン・アレイという道がある。その道に面した一軒で、こんな出来事が起こった。一家をすさまじい勢いで疫病が襲い、ひとり残らず死亡。最後に亡くなった女性は、床に倒れて息絶えていた。どうやら、暖炉の前に行こうと床を這いながら死んだらしい。その暖炉が薪でいっぱいだったので、なかの火がはねて床板とそれを支える根太に燃え移り、ついには死体のそばまで広がった。しかし、肌着一枚だったこの女性の死者はなぜか炎に包まれなかった。不思議にも、火の勢いはそこで止まり、小さな木造家屋のほかの部屋も焼け残った。どこまで本当の話かわからないが、翌年、ロンドンが大火で深刻な打撃を受けたことを思うと、とにかくこの年は火事の被害が少なかった。疫病がもたらした筆舌に尽くしがたい苦痛と、末期患者が走りかねない無謀な行動を考えると、野放しの患者を増やしかねない凶事がこれ以上重ならなかったことは、不思議というほかない。

よく人から訊かれるのだが、いまだ明快に回答できない点がある。疫病に冒された家を懸命に探しだし、家族全員を閉じ込めて監視までつけたわりには、ずいぶんおおぜいの感染者が町なかに出没していたのはなぜか、という疑問だ。

正直、真相は不明なのだが、ロンドンほどの広さと人口を抱える都市では、そもそも、感染家屋をすぐさまくまなく見つけ出して封鎖するのは無理だ。そのため、感染した家の者だと見破られないうちは、好き放題に街を歩きまわることができた。

だから、何人かの医者も、市長に意見した。疫病がこれほど猛威をふるい、市民がまたたく間に感染し、すぐに息絶えていくという非常時のいま、誰が病気で誰が健康かを細かく調べることや、封鎖が必要なすべての家を厳密に監視することは不可能だし、実際問題として無意味ではないか、と。ところによっては、同じ通りに建つ家のほとんどにもう疫病が侵入し、さらには家族の全員が感染してしまっている。もっとまずい場合には、家屋の感染が明らかになる前に、その家の発病者は死亡。ほかの家人は封鎖を恐れて逃亡済み、疫病はすでに家を去っていた、ということもありうる。

これだけ言えば、理性を持つ人ならば納得してもらえると思う。いくら当局が手を尽くしても、感染の拡大を止められるわけではないのだ。人間の考えうるどんな方法や対策を打ち出しても、とうてい太刀打ちができない。したがって、家屋封鎖というやりかたも、目的を達成するには不十分だった。封鎖された家の人々が背負わされた、あの悲痛な重荷と照らし合わせると、それに匹敵するだけの公共の利益があるとは、どうしても思えない。

封鎖の措置にじかに関わった経験からいっても、そんなやりかたはまったく的外れだと何度も実感した。わたしは調査員（俗に言う「見回り」）として、感染者を出した何軒かの家を詳しく調べたのだが、その家にはっきりと疫病を発症した人がいる場合、まず間違いなく家族の何名かがすでに逃亡していた。そう報告を受けた当局の上司は腹を立て、調査員が怠慢だからだと非難した。しかし、さらに調べてみたところで、要するに当局が把握する前から感染が始まっていたとわかるだけの話だった。

わたしがこの危険な任務に就いていたのは三週間という短いあいだだったが、自分なりの結論に至るにはじゅうぶんな期間だった。すなわち、特定の家庭の実態を知るには、じかに訪問するか隣人に尋ねるか以外に方法がない、と悟った。

そうやって地域の一軒一軒をつぶさに調べるなら別だが、そこまでは当局も踏み切らなかったし、市民のほうも応じなかっただろう。調査員にしろ、そこまでやるとなったら感染と死の危険が大きすぎ、自分だけでなく家族まで巻き添えにしかねない。だいいち、そんな強圧的な取り調べをされるとなれば、まともな市民はみんなロンドンを捨てて引っ越しただろう。

実態を確かめようにも、近所の人かその家の誰かに直接尋ねるほか方法がないとすれば、そのうえ、それでも信頼できる情報が得られるとはかぎらないとすれば、しょせん、宙をつかむように不確かな事実しか把握できないのだ。

法令の定めでは、「家人に疫病の兆候が現われた場合、戸主は、発見から二時間以内に、居住地域の調査員に報告すること」と義務づけられていた。しかし、戸主たちはいろいろな口実を設けてごまかし、従おうとしなかった。感染の有無はともかく、逃げたがっている家人を無事に逃がしてやってからでなければ、報告しなかったのだ。

そんな状況だったので、家屋の封鎖が感染拡大を止めるのに有効な手段にはならなかった。封鎖を恐れて脱出した人の多くが、自分では健康だと信じていても、じつはすでに感染していた。路上で頓死する人の多くは、そんな理由のせいだった。けっして、銃で撃たれたかのように突然死んだわけではない。汚れた血がずいぶん前から体内を流れ、ひそかに健康を蝕んでいたのだが、最後に心臓が麻痺するまで表に現われなかったせいで、急に発作を起こして一瞬で絶命したかのように見えただけだ。

通行中に突然死ぬ人が相次いだため、「倒れる寸前、感染したに違いない」と考える者もしばらく存在した。医者のなかにさえいたそうだ。いわば稲妻の一閃のように、天からの一撃を受けて死んだ、という見解だった。しかし、のちに意見を改めねばならなくなった。そういう死にかたをした人たちの遺体を調べた結果、皮膚に疫病の症状が現われているか、そうでなくても、ある程度は長く感染していた証拠が必ず見つかったからだ。

このように、疫病の症状はすぐにからだの表面に出るわけではないので、ある家に感染者が出たという知らせがわたしたち調査員に届いたときには「もう封鎖しても手遅れ」という事態がしょっちゅう発生した。ときには、家に踏み込んだものの、生き残っていたはずの人まで全員死亡したあとだった。

ペティコート・レーンでは、二軒並んだ家で疫病が発生し、何人も感染者が出た。しかし、この事実は巧妙に隠され、調査員（わたしの知人）もまったく気づかなかった。やがてようやく届いた報せは、「家族がそろって死んだので、遺体を運ぶための荷馬車を寄越してもらいたい」というものだった。それまでのあいだ、両家の戸主が共謀して、隠蔽を図っていたらしい。調査員が近所にやってくると、互いに相手の家をかばって嘘をつき、別の隣人にも頼んで、この二軒はみんな健康だと証言してもらった。しかし、死神には嘘が通じず、疫病は現実となって襲いかかってきた。もはや隠し通せなくなり、夜中、死体運搬の荷馬車が両家に呼び出されて、事態が露見したわけだ。調査員が警吏に命じて家を封鎖しようとしたものの、一軒に二名、もう一軒に瀕死の者が一名と、両家合わせて三名しか残っていなかった。どちらの家にも付き添いの看護師がいて、経緯を白状した。すでに五人を埋葬したこと、最初の感染が発覚してから九日か一〇日経っていること、両家にはほかにも住人がいたが、みんな逃亡してしまい、病気の者も、健康な者も、どちらなのか不明の者が混在していること……。

同じペティコート・レーンにある別の家でも、不正が行なわれた。家族が疫病になったものの、閉じ込められるのがどうしても嫌だった戸主は、いよいよ隠しきれないと見るや、自らの手で家を封鎖してしまった。つまり、戸口に大きな赤い十字のしるしを付け、「主よ、われらを憐れみたまえ」と記し、すでに封鎖処分中であるかのように装ったのだ。担当の調査員はすっかり騙されてしまった。各地区には調査員が二名ずついるので、もうひとりの調査員の命令で警吏が十字のしるしを付けたのだろうと思い込んだわけだ。家に感染者がいるというのに、その戸主は自由に外出していた。やがてこの策略がばれると、戸主は、まだ病気にかかっていない家族と奉公人を連れて逃げ出した。こうしてこの家族は、みごとに封鎖を免れてしまった。

したがって、繰り返し述べてきたとおり、家屋を封鎖して感染拡大を食い止めるという計画は、不可能といわないまでも、非常に困難だった。もしも市民が、自宅の封鎖を悲しまず、進んで協力して、家族に感染者が出たのが判明したらすぐに当局まで包み隠さず報告してくれる、とでもいうなら話は別だが、そんなことを期待するほうがおかしいだろう。先ほど触れたように、調査員が一軒ずつ立ち入り調査することもまず無理なのだから、家屋を封鎖しても効果は期待できない。げんに、適切な時機に封鎖できる家はほとんどなく、あるとすれば感染を隠せないほど貧しい家庭か、ひどくうろたえて世間にすぐ感づかれる場合くらいだった。

さいわいわたしは、代わりの人が見つかって、当局の承認も得られたので、危険な役目から間もなく解放された。いや、「代わりが見つかった」というより、じつは多少のお金を渡して交代を頼み込んだのだ。おかげで、本来より短い二カ月どころか、三週間だけの勤務で済んだ。それでも、八月という、自分の住む東部地域で病勢がひどく増した時期だったから、ずいぶん長く感じられた。

調査員を務めているあいだも、家に閉じ込めるという政策について、仲間の前で持論を訴えずにはいられなかった。やりかたの冷酷さも問題だが、なにより効果の薄さという点で、どう考えても推進には値しない、というのが一致した意見だった。何度も述べたように、封鎖しても現実には患者たちが大手を振って町なかを歩いている以上、本来の目的を果たしていない。また、感染が発覚した場合、健康な人を患者から引き離したほうが、さまざまな点で理に叶っている。もし例外があるとしたら、健康な者が自分から残りたいと申し出て、患者とともに家屋封鎖されても異存ないと意思表示したときだけだろう。

健康な人を患者から引き離すというわたしたちの案は、感染が発生した家に限っての話であり、また、患者だけ閉じ込めるといっても、監禁とは違う。もとから身動きがとれないのだから、判断力まで失っていないかぎり、患者本人もやむをえないと納得してくれるはずだ。もちろん、錯乱状態まで進んでしまうと、閉じ込めるのは残酷だと泣いて抗議するだろう。だが、健康な人たちを別の場所へ移すことは、当を得た方法に思える。本人たちを救う意味合いもあるが、同時に、他人に病気をうつす心配がないかどうか見極めるためにも、しばらくよそへ避難する必要がある。二〇日か三〇日あれば確認できるだろう、とわたしたちの意見はまとまった。

ということは、健康とみられる人たちがこの二〇日間を過ごす家さえ用意してやればいいわけだ。もとの住居で患者といっしょに閉じ込められるよりは、ずっとましに違いない。経過をみるための新しい家で少しのあいだだけ我慢すればいいのだ。

さて、葬儀の数が異常に増えてからというもの、市民たちは、以前のように弔いの鐘を鳴らしたり、哀悼の意を表したり、涙を流したり、喪に服したりといったことができなくなった。それどころか、死者のために棺桶を用意することさえ無理になった。だからしばらくして、悪疫の猛威が手の施しようもなくなると、家屋の封鎖もやめてしまった。もはやなすすべなし。あらゆる策をやり尽くしたが、どれ一つ効果がなかった。

人間が何をしようと、ペストは怒濤の勢いで感染を広げていった。その勢いのすさまじさは、翌年、ロンドン大火が猛然と燃え広がるのを見て、市民たちが希望を失い、消火をあきらめたのと似ている。ペストも最終的には手がつけられなくなり、人々は顔を見合わせてじっとすわっているよりほかになく、心には絶望があるのみだった。どの道でも人影が絶え、封鎖されていないのに誰も住んでいない家だらけ。開いた戸口は開きっ放しで、風が吹けば窓が鳴った。閉める人などどこにもいない。要するに、人々は恐怖に屈してしまった。どんな法律も対策も役に立たず、もはや人類の消滅は避けられないのでは、と思い始めていた。

しかし、人間誰もが闇の底に沈んであきらめに入ったそのとき、神は裁きの手をお止めになり、悪疫の怒りを鎮めてくださった。流行の始まりのときと同じように、驚くべきやりかただった。神は、ある手段を媒介として用いられながらも、そのようなものが及ばない高みにおいでであり、すべてはみずからのなすところであるとお示しになったのだ。

だが、わたしはいましばらく、ペストが最悪の被害を出した時期の話を続けなければならない。街は荒廃を極め、市民は恐怖に打ち震えていた。圧倒的な疫病の力を前に、感情を大きく揺さぶられた人間が、どれだけ極端な行動をとるかは、本当に信じがたいほどだ。何にも増して、聞く人に深い感銘を与えると思う。

ホワイトチャペルのなかで肉屋が並ぶあたりにハロウ・アレイという路地がある。いろいろな細い道が入り組んだ、にぎやかなあたりだ。あるとき、裸同然の男が、家を飛び出してきた。おそらくは寝床から起き上がっていきなりおもてに出てきたのだろう。何やら踊ったり歌ったりしながら駆けまわり、ありとあらゆる奇怪で滑稽な身振りをする。この男の姿ほど、胸を引き裂く悲痛なものはなかった。後ろから五、六人の女や子供が追いかけて、大声で男を呼ぶ。「お願い、戻ってきて」。さらに、周囲の人たちにも「どうか連れ戻してください」と頼んだが、無駄だった。誰ひとり、男に手をかけようとはせず、近づこうとさえしない。

わたしは自宅の窓から一部始終を見つめていた。これ以上に胸を締めつけられる光景などあるだろうか。この哀れな男は、奇妙な動作のあいだずっと、じつは激痛にもだえ苦しんでいるのだ。それが、傍目にもいやというほど伝わってきた。男には腫れ物が二つある。あとで聞いた話では、その腫れ物がどうしても潰れず、膿が出ないものだから、医者が、強力な腐食剤を患部にかけて潰そうとしたらしい。実際にかけたとたん、熱した火箸を当てたかのように、男の肉が焼けただれた。わたしが見たのは、男がその苦痛にもがく姿だった。この可哀想な男がどうなったのか、わたしは知らない。しかし、ああやっていつまでも奇妙な踊りを続けながら、ついに倒れて死んだのではあるまいか。

当然ながら、ロンドン市は様変わりして、おぞましい光景をさらしていた。つい少し前まで、わが家のあるロンドン東部の大通りは、「シティ」へ流れ込む人々でにぎわっていたのだが、すっかり寂れてしまった。王立取引所は業務を続けていたものの、もはや訪れる者もない。

毒を払うために街角で焚かれていた火も、見あたらなくなった。激しい雨が降りそそいだため、数日のあいだ火が消えていた。いやそれだけではない。何人かの医者が、焚き火は市民の健康に効果がないばかりか、かえって有害だと主張し始めた。この説を声高に訴え、市長を批判した。ところが、同じ医者仲間、それも高名な医者たちが、異議を唱えた。焚き火は疫病の勢いを抑えるのに有効だったし、今後も続けるべきである、と。わたしには、双方の言い分を詳しく説明することはできない。ただ覚えているのは、どちらも相手のあら探しばかりしていたことだ。

なかには、焚き火に賛成だが、炭ではなく薪を使わなくてはならない、それも、樅(もみ)や杉といった、樹脂が燃えるとき強い臭気を発する木材が有効だ、と言い出した。逆に、木材ではなく、炭を支持する人たちもいた。硫黄や油脂こそ効き目がある、と。いやいやどちらもだめだ、との反対意見もあった。

市長は悩んだすえ、街角の焚き火をすべて取りやめた。そのおもな理由は、ペストがあまりに猛威を振るい、どんな手段を講じても効き目がないし、どうにか勢いを抑えようとして何かすると、裏目に出てかえって勢いを煽っているとしか思えないから、ということだった。ただし、行政当局のこうした無策の姿勢は、わが身を危険にさらしたくないとか、重責を回避したいとかいった動機によるものではなく、対策の施しようがないという現実に根ざしていた。公平を期して言っておくと、当局は万難を排し、危険も顧みずに任務を果たす覚悟だった。にもかかわらず、万事休したのだ。疫病は荒れ狂うばかりだった。もはや市民は恐怖の域を超え、生き延びる意欲さえも失って、完全な絶望に身をゆだねていた。

しかしここで断っておきたいことがある。「絶望に身をゆだねていた」とはいえ、その絶望はいわゆる宗教的な絶望とは異なる。死後、永遠の命に入る望みまで失ったわけではない。あくまで、抵抗不可能な病勢のすさまじさを見て、魔の手からもう逃げられないとあきらめたのだ。ペスト禍が頂点に達した八月から九月にかけて、感染したあと命が助かった者はまずいなかった。

　また、そのころには、流行当初の症状とは正反対の特徴が表われてきた。六月、七月のあたりでは、発症してもすぐ死亡することはなく、わりあい長いあいだ、体内に毒を持ったまま生きていた。ところが、流行の最盛期にあたる八月後半の二週間から九月前半の三週間に発症した人たちのほとんどは、長くても二日か三日、たいがいは当日のうちに絶命した。その理由はいろいろ取り沙汰されたが、わたしには判断がつきかねる。季節が暑い盛りに入ったせいかもしれないし、はたまた占星術師たちが吹聴したように天狼星（てんろうせい）が悪い影響を及ぼしたのかもしれない。あるいは、前から潜んでいた病気の種子が、急に発芽したのかもしれない。

　とにかく、この時期は、ひと晩で三〇〇〇人以上の死者が報告された。また、入念な考察にもとづくと称する説によれば、死亡時刻はすべて、午前一時から三時のあいだの二時間に集中していたという。

　いずれにせよ、それまでの時期にくらべ、患者の死にかたがあまりに唐突になった。その実例は数えきれないほどあり、わたしの近所だけでもいくつか挙げることができる。関門の外側にあって、わたしの家からもあまり離れていないところに住んでいたとある家の場合、月曜日の朝には一〇人全員が元気そうだった。ところがその晩、女奉公人ひとりと弟子ひとりが病気になり、次の朝には死んでしまった。続いて、もうひとりの弟子とふたりの子供が発病し、ひとりはその晩に、残りのふたりは翌日に死亡した。それどころか、土曜日の正午までには、主人夫婦、子供四人、奉公人四人がすべて死に絶え、家は空っぽになった。老婦がひとり、死んだ主人の兄弟に頼まれ、家財の管理にあたっていた。兄弟の住まいはそう遠くなかったが、病気にはかかっていなかった。

このころ、うちの近所では、たくさんの家が荒れ果てて放置されていた。家の住人はみんな死んで運び去られたのだ。先ほどの家と同じ並びで、関門を越えてさらに進み、「モーゼズ&アロン」という看板のところを入った路地は、とくにひどい状態だった。何軒も連なる家には誰ひとりとして生き残っておらず、最後に死んだ数人は長いあいだ放置されていたらしい。

その理由について「もう生者がいなくて誰にも気づかれなかったから」と述べている記録もあるが、それは誤りだ。本当は、この路地の死者の数があまりに多くて、埋葬人らへの連絡が滞っていた。真偽のほどはわからないが、一部の死体は腐敗がひどく、運ぶのに苦労したともいわれている。運搬の荷馬車は、大通りに面した路地の入り口までしか来られなかったため、そこまで死体を運ばなければならず、いっそう手間がかかった。しかし、どのくらいの数の死体がまだ残っていたのか、たしかなところはわからない。ふつうに考えれば、そう極端に多くはなかったはずだ。

もはや市民は、互いを避けたり、家のなかに引きこもったりせず、好きな場所にでかけ、ほかの人と親しく交じり合うようになった。こんな会話が飛び交った。「お元気ですかなんて訊かないし、わたしが元気かどうかも言いませんよ。どうせみんな死ぬんだから、誰が病気だろうと健康だろうと、どうでもいいですよね」。こうして市民は捨て鉢になって、どこへでも、どんな人混みのなかへでも出かけていった。

みんなが平気で公衆のなかに交わるようになるにつれ、驚くほど多くの人が教会に押し寄せるようになった。近くに誰がすわっていようと、いちいち気にしない。悪臭を放つ者がいてもおかまいなし。周囲の人たちの健康状態など観察しなかった。自分も含め、目に入る人間はすべて屍だと思い、用心一つせずに教会に出かけた。聖なる務めにくらべれば、命など大事ではないかのようだった。熱心に教会に通い、一途に説教に耳を傾けていた。教会に来るたび「きょうが最後かもしれない」と思うと、神に祈ることがどれほど尊いか、身に染みてくるのだった。

ほかにも、いろいろ予想外の現象が生じた。たとえば、教会に来た市民は、説教壇に誰が立っていようと、偏見も難色もいっさい示さなかった。誰かれの区別なく襲いかかる災厄のもと、当然、教区教会の牧師も多くが命を落としている。また、生き残った牧師の一部は、恐ろしさに耐えられず、つてを頼って地方部へ逃れた。そのせいで、いくつかの教区教会には牧師がいなくなった。そうなると市民は、非国教会派の牧師に説教してほしいと頼むことを何とも思わなくなった。数年前の「信仰形式統一令」という法律により、非国教会派の牧師は職を追われたのだが、市民はもう気にしていなかった。教区教会の牧師も、非国教会派の援助をすなおに受け入れた。そんなわけで、当時「沈黙の牧師」と揶揄(やゆ)されていた非国教会派の牧師たちは、この機会に口を開き、公然と市民に向かって説教するようになった。

こうしてみると、次のように言ってもあながち見当違いではないだろう。すなわち、節度を持つ人たちは、ふだんそれぞれ違う立場を持っていても、死を目前にした場合、互いに融和し合うものなのだ。

ペスト禍が去ったいま、キリスト教はいまだ統一が実現していない。分裂が醸成され、敵意がなくならず、偏見がはびこり、同胞愛にひびが入っている。このような状態は、わたしたちが安易に日々を送り、統一に向けて本気で取り組もうとしていないからだ。

ふたたび一年ほどペストが訪れれば、こんな対立はすべて解消されるだろう。死神と間近に接すれば、死をもたらす病を目の当たりにすれば、わたしたちの胸から遺恨の情は消え去り、わだかまりもなくなるだろう。以前とは違う目で物事を見るようになるに違いない。当時がそうだった。それまで英国国教会に馴染んできた人々も、非国教会派の牧師の説教を進んで聞くようになった。意固地な偏見にとらわれて国教会と袂(たもと)を分かった非国教会派の人々も、教区教会に通い、以前あれほど反対していた礼拝のやりかたも受け入れた。

ところが、疫病の恐怖が薄れ始めると、何もかもまた望ましくない方向へ進んで、もとの分裂状態に戻ってしまった。

わたしはただ、歴史上の事実として述べているにすぎない。いろいろな議論を始めるつもりはない。どちらか、あるいは両方の宗派を説得して、もっと寛容の心を持って仲良くすべきだなどと説くつもりはない。そのような議論がここでふさわしいと思えないし、成功するとも思えないからだ。

しかし、あらためて述べておこう。死は、わたしたちすべてを和解させるに違いない、と。墓の向こう側では、誰もがふたたび同胞になるだろう。天国では、党派や思想を問わず、みんなが寄り集まるようであってほしい、とわたしは願う。そこには、偏見も争いもなく、一つの原則と一つの信条があるのみだ。

なのになぜ、この世ではそれを実現できないのか。完全なる調和と愛情を持ち、ためらいなく手と手を取り合って、万人が一つになる天国へ旅立つことができないものか。わたしは何も言えないし、これ以上お話しするつもりもない。ただ嘆かわしく思うばかりだ。

この恐ろしい時期の惨禍については、まだまだ書き記すことができる。ロンドンで起こった毎日の出来事や、疫病で錯乱した人たちによる、身の毛もよだつ奇行の数々……。町なかでは、いっそうおぞましい光景が繰り広げられるようになり、家族は互いを恐怖の目で見るまでになった。

けれども、すでにみなさんには、背筋の凍る話をいくつもお伝えした。寝台に縛り付けられ、逃れられない運命を悟った男が、蝋燭で火をつけて焼け死んだこと。耐えがたい痛みのため、現実を見失った男が、路上で裸で踊り、歌っていたこと……。これだけ伝えたいま、何を付け加えられるだろう？　どうすれば、この時期の悲惨さをさらに生々しく描写し、複雑に絡み合った苦悩をより正確に理解してもらえるのか？

本当に悲惨な時期だったので、わたし自身、抵抗する意志をなくし、初めのころの勇気を失ったことを認めざるをえない。あまりの惨状に滅入ってロンドンを逃げ出す人々が続出したのに対し、わたしは自宅に引きこもった。前にお話したブラックウォール波止場とグリニッジへの遠出を除けば、およそ二週間、家のなかにいた。これも前に述べたとおり、「なぜ町にとどまったんだろう。兄たちといっしょに逃げれば良かった」と何度も後悔した。しかし、いまさら遅い。

かなりのあいだそうやって謹慎していたが、どうにも我慢しきれなくなって外に出てみると、さっそく知り合いに呼びとめられ、あの忌まわしくも危険な仕事を押しつけられて、たびたび出歩くことを余儀なくされた。これもまた、すでに書いたとおりだ。役目が終わったあと、疫病の最盛期が続いているあいだはふたたび引きこもり、一歩も外に出なかった。

一〇日から一二日ほどのあいだ、窓の外で不気味な光景が繰り広げられるのを呆然と見守っていた。その一例が、ハロウ・アレイから飛び出し、激痛に耐えかねて歌い踊る男だ。ほかにもまだまだある。ハロウ・アレイの入り口では、昼夜を問わず、何かしら悲惨なことが起こっていた。そこは貧しい人がおおぜい住んでいる地区で、大半は食肉の処理や販売に関わる仕事をしていた。ときおり、その路地から人の群れが走り出てきた。多くは女性で、悲鳴や泣き声、互いを呼ぶ声がさまざまに交じり、ひどい混乱ぶりのため、何がどうなっているのかわたしには理解できなかった。

真夜中になると、その路地の入り口には、死体運搬の荷馬車がほとんどいつもとまっていた。狭い路地なので、荷馬車で入ってしまうと方向転換ができない。そこで、奥から死体を担いできて積み込むのだ。教会墓地はわりあい近くにあり、満杯になった荷馬車は、去っていったと思うとすぐにまた戻ってくる。

子供や友人の死体を荷車まで運ぶとき、貧しい住人たちが騒がしくわめきたてるさまは、言葉では表わせないほど恐ろしかった。もう誰も残っていないのではないかとすら思えるくらい、死体の数はあまりに多かった。いたって狭い地区なのに、小都市にも匹敵しそうな人数が住んでいたことも驚きだった。ときには「人殺し！」という叫びが聞こえたり、「火事だ！」との悲鳴が響いてきたりした。しかし、どれもが妄言であると容易に知れた。疫病に苦しむあまり血迷った者が発する声だった。

そのころはどこも似たありさまだったと思う。六、七週間というもの、ここまでのあらゆる描写を上回る地獄絵図が展開し、ペストは荒れ狂った。そんななか、わたしが前に当局の功績としておおいに讃えた法令も、もはや守れなくなってきた。すなわち、短いあいだとはいえ、「日中は、人目につく町なかに死体を置いてはならないし、墓地に埋葬してもいけない」という決まりさえ、例外を容認する必要が出てきた。

ここで、ぜひとも忘れてほしくないことが一つある。ふだんなら起こりえないのはたしかで、明らかに、神の正しい裁きの手を示すような現象だった。というのは、予言者、占星術師、占い師、いわゆる魔術師や呪術師のたぐいのほか、誕生時の天宮図を診断する者、幻をもとに予言する者といった連中が、跡形もなく姿を消したのだ。このうちかなり多くが、財を築こうと目論んでロンドンにとどまったすえ、災厄の炎にあぶられて命を失ったのではないか、とわたしは思っている。実際しばらくのあいだ、市民の混乱と愚かさにつけ込んで、この連中は莫大な利益をあげた。しかし、みずからの運命を予言することも、自分の星まわりを計算することもできないまま、いまでは鳴りを静め、終の住処へ旅立った。「ひとり残らず死んだのだろう」と冷たく言い放つ人もいるが、わたしはそこまで断言するつもりはない。ただし、はっきりと言えることがある。ペスト禍が収まったあと、こうした連中の誰かひとりでもふたたび姿を現わしたという話はいちども聞いたことがない。

少し脱線したが、疫病流行が頂点に達した時期について、わたしが見聞した内容に戻ろう。

はや、時は九月。おそらく、ロンドンの街ができて以来、この月ほど悪疫の被害が大きかったことはない。過去にこの街を襲った疫病の資料にすべて目を通したが、このペスト禍よりひどい記録は見あたらなかった。八月二二日から九月二六日までのわずか五週間で、死亡週報の人数の合計はほぼ四万に達した。内訳は以下のとおり。

八月二二日~二九日	七四九六
二九日~九月五日	八二五二
九月五日~一二日	七六九〇
一二日~一九日	八二九七
一九日~二六日	六四六〇
合計	三万八一九五

この数字を見ても桁外れだが、実際はさらにひどかった。わたしは、信じるに足る理由にもとづいて、この報告は不十分だと断言する。現実には、これらすべての週で一万人以上ずつ死亡していたと思う。当時の人々、とくに市内の人々の混乱は言葉では表わせない。恐怖がつのり、死体の運搬人までが怖じ気づいた。運搬人のなかには、以前に疫病に冒されて快復したにもかかわらず、死亡する者もいた。墓穴まで死体を運び、投げ込もうとしたとき、いきなり倒れて死ぬ者もいた。

「シティ」の混乱は輪をかけて大きかった。市民たちは「もう大丈夫。流行は下り坂に入った」と思い込んでいたからだ。

ある荷馬車は、ショアディッチを進んでいるうち、御者に逃げられたか、ひとりしかいない御者が死んだかが原因で、馬が暴れて荷台を引っくり返し、あちこちに死体をばらまきながら走った。身の毛のよだつ場面だったという。

別のある荷馬車は、フィンズベリー・フィールズの大きな穴のなかで発見された。やはり御者が乗り捨てたか死んだかで、あとに残された馬が穴のそばを走るときに荷台が道を外れて転落し、馬も引きずられて落ちたのだろう、と初めは思われた。ところが、馬を操る鞭も穴のなかで見つかったため、たくさんの死体のなかに御者も交じっているのではないかという疑いが濃くなった。確かなことはわからなかった。

わたしたちが住むオールドゲイト教区でも、何度か、死体を山積みした荷馬車が乗り捨てられていた。あたりには、御者も、到着の鐘を鳴らす者も、誰もいなかった。こうなると、荷台に積まれた死体はもはや身元不明だ。死体は窓や露台から吊って下ろすこともあれば、運搬人が担ぎ込むことも、ほかの人たちが運んでくることもあり、ろくに数すら確認していない。

目を光らせる立場の当局は、最大の試練にさらされた。しかしこんな時期を迎えても、称賛しきれないほど立派に責務を果たした。どんな犠牲や苦労を伴おうとも、「シティ」や郊外では、次の二点がおろそかにされたことはない。

（一）食糧は常時じゅうぶん豊富にあった。ちなみに、値段もあまり値上がりしなかった。
（二）死体は必ず、埋葬されるか、覆いをかけられた。「シティ」内を端から端へ歩いてみても、昼間は、葬儀を見かけるどころか、その気配すら感じられなかった。ただし、前に述べたように、九月の初めの三週間だけは例外だった。
（二）については、信じがたいかもしれない。実際、ほかの人が出版した記録には、「死者が埋葬されず転がっていた」と書かれている。しかし、自信を持って言うが、それはまったくのでたらめだ。もしそれに似たことがあったとすれば、すでに記したとおり、生き残った者が命からがら逃げ出す際、死者を家のなかに置き去りにした場合か、感染を隠蔽するため家族が当局に届け出なかった場合に限られる。なぜわたしがそう断言できるかといえば、自分の居住教区で少しのあいだその方面の仕事に従事していたからだ。わたしの教区は、人口のわりに、どこの教区よりも大きな被害をこうむったが、むき出しの死骸などどこにもなかった。少なくとも、担当の者がそんな報告を受けたためしはないし、運搬人や埋葬人が不足したという事実もない。「モーゼズ&アロン」の路地のように全員が死に絶えてそのままになっていた家については、当局を責めるわけにいかないだろう。
（一）に挙げた食べ物の流通量と価格について補足しておこう。ぜひ記しておきたいのは――

〔一〕とくにパンの値段はあまり上がらなかった。この年の初め、つまり三月の最初の週には、一ペニーで買える小麦パンはおよそ三〇〇グラムだった。これに対し、ペスト禍の最盛時には二七〇グラムと少し減ったが、期間中、それ以上は高騰しなかった。一一月に入ると、ふたたび三〇〇グラムに戻った。あれほどひどい流行に襲われたにもかかわらずこの程度で済んだ都市は、ほかに例がないと思う。

〔二〕パン屋が閉まったり焼き窯が使えなくなったりしてパンの供給が不足する、という事態は起きなかった（この点、個人的には非常に驚いた）。ただし、ある家族からこんな話を聞いた。こねた粉を持って行ってパン屋で焼いてもらうのが当時の習慣だったのだが、そのために出かけていった女奉公人が、疫病を家に持ち帰ってきてしまう場合があったという。

ペスト禍の期間全体を通じて、疫病療養所は二カ所しか利用されなかった。一つは、「シティ」を外れたオールド・ストリートの先にある野原のなか、もう一つは、南西部のウエストミンスターに位置していた。どちらの療養所でも、強制入院は行なわれていない。

いやじつのところ、強制の必要はなかった。貧苦にあえぐ人たちが無数にいて、助けてくれる人も、ろくな家もなく、施しにすがるほか食べ物もないという状態だったから、入院できるものならぜひ入って治療を受けたいと望んでいたのだ。

しかしここで、市当局の公衆管理のなかで唯一、欠陥といわざるをえない点があった。入院時か快復後の退院時に、金を支払うか、担保を出すかが必要であり、さもないと入院はぜったいに認められなかった。全快して退院する者はきわめて多く、優秀な医者が集められていたから、入院できさえすれば非常に有利だったことは間違いない。

さて、療養所に送られてくる患者は、おもに、家の必需品を買いに出たとき感染してしまった奉公人だった。家の残りの者にうつされては大変と、主人のはからいで療養所送りにされるわけだ。疫病流行のあいだ、入院患者の看護は行き届いており、おかげで、北部の療養所における死者は一五六人、南西部の療養所では一五九人しかいなかった。

疫病療養所をもっと増やすべきだった、とわたしは思う。ただし、すべての患者をこのような場所に無理やり収容すべきだという意味ではない。「家屋封鎖などせずに、病人をみんな疫病療養所にすぐ入れるべき」と提言する人もいたが、もしむやみに患者を移送していたら、状況はさらに悪化していただろう。移送そのものが疫病をばらまきかねないし、患者を厄介払いしたところで、その家から疫病の危険が一掃されるわけではない。なのに残りの家族が自由に動きまわったら、感染を広めてしまう結果になる。

だいいち、患者を隠して発病の事実をひたすら秘密にしようと、あの手この手を使う家がいたるところにあったわけで、調査員が気づくころには家族全員が病魔の餌食になっていることも珍しくなかった。また、いちどに膨大な数の患者が現われた場合、すべて入院させようにも、療養所の収容能力をはるかに超えている恐れがあるし、大量の患者を見つけ出して移送するとなったら、そのための人手も足りなくなるだろう。

当時も、発病者全員を入院させるというこの提案はじゅうぶん検討され、たびたび話題になっていた。当局は、市民が家屋封鎖に従うよう手を尽くしたが、市民のほうは策略をめぐらせ、監視人の目をごまかして逃亡した。そう考えると、強制入院という策も、実行は難しかっただろう。武力を行使できる軍隊でもあるまいし、市当局が、患者たちを力ずくで家から追い立てて療養所へ搬送することなど、現実的ではない。本人が抵抗するだろうし、子供や親類などを奪われそうになった家人が激高して自暴自棄になり、後先を考えずに当局者を殺すかもしれない。つまり、ただでさえ混乱に陥っている市民を、さらなる極みに追い込み、狂気にまで陥れてしまう。そんな懸念もあって、つまるところ当局はこのような手段はとらず、もっと思いやりをもって接するほうが適切だと判断するにいたった。

ここでふたたび思い出すのは、ペストが流行し始め、ロンドン全体に広がることが確実になった時期のことだ。裕福な人たちが真っ先に不安を抱き、こぞって市外へ脱出した。すさまじい数の人馬の群れをわたしはこの目で見た。乗り合い馬車、荷馬車、単体の馬、人力車……。延々と列をなして、おおぜいを市外へ運んでいく。まるでロンドン市そのものが逃げ出すかのようだった。もしその時点で、恐怖心を煽るような規制、とりわけ、市民の自主的な判断とは異なる対処法を強要するような法令が公布されていたら、「シティ」内外の混乱はいっそう悪化し、収拾のつかないほどになっていただろう。

しかし、当局がとった行動は賢明だった。市民を勇気づけ、優れた法令で治安を保ち、通行の秩序を維持し、貧富に関わりなくどんな物も手に入るよう最大限の努力をした。

まず最初に、市長と助役、区長、一部の市参事会員あるいはその代理人が集まって決議を行ない、次のように発表した。「わたしたちはロンドンを離れるつもりはない。市内あらゆる場所の秩序を守り、市内あらゆる場面で公正なる措置をとるため、つねに待機する。また、生活困窮者に対して公共の慈善事業を行なうとともに、ひとことで言えば、市民から託された義務を果たし、その信頼に最大限にこたえていく」

この公約を守ろうと、市長、助役その他はほぼ毎日会合を開き、平穏な生活を保つうえで必要な対策を話し合った。また、できるかぎり丁寧かつ寛容な態度で一般市民に接した。そのかたわら、こそ泥や押し込み強盗、死者や患者から物を奪う連中など、悪党どもには鉄槌を下した。そのような犯罪を禁じるための布告も繰り返し出された。

警吏や教区委員も、漏れなくロンドンにとどまるように命じられ、従わない場合は厳罰に処された。やむをえない場合、有能な適格者に家屋管理を任せることもできたが、区の助役か管轄の市参事会員の承認を受けなければならなかった。また、自分が死亡したときは、ただちに代わりの者が選出されるという保証も必要だった。

こうした当局の努力によって、市民の気持ちはだいぶ落ち着きを取り戻した。疫病が流行し始めた当初はみんな逃げることばかり考えていたから、ともすれば、市内には貧しい人たちしかいなくなって、郊外では避難民が略奪や破壊に走る、といった事態になりかねなかったが、そのような恐慌状態は鎮まった。当局者たちも、公約に違わず、勇気を持って職務にあたっていた。市長や助役にいたっては、みずから町なかへ出て、きわめて危険な場所にも足を運んだ。あまりおおぜいの群衆に取り囲まれないように気を配っていたものの、緊急の場合とあれば、近づいてきて直訴する市民を拒まず、さまざまな苦情や不平に辛抱強く耳を傾けた。市庁舎には、ささやかな壇をつくり、陳情に訪れる人たちにはそこで対応した。少し距離をあけて、安全を保つ工夫だった。

また、「市長の付き人」という係が設けられ、数人が交代で市長の補佐を務めた。そのうち誰かが疫病あるいはふつうの病気にかかったときは、生死がはっきりするまで、ただちに代理の者が職に就いた。

同様に、助役や参事会員も、上司によって命じられたそれぞれの持ち場で任務を果たした。執行吏は、各区長から適宜指示を仰ぐように命じられた。おかげで、どんな場面でも滞りなく法の定めどおりの措置がとられた。

当局がとくに重視したのが、市場の自由に関する法令が守られているかどうかだ。市場がたつ日には、市長や助役が（ときにはふたりそろって）馬に乗り、実地を視察した。法令が守られているか。地方部の人たちが市場に自由に出入りでき、さかんな取引を奨励されているか。そういった商人が怖がって来たくなくなるような、不気味なものや不快なものが路上に放置されていないか……。

パン屋に対しても、特別な規則が定められた。パン屋の組合長や組合幹部は、市長が出した法令にもとづいて、パンの生産が適正に行なわれているか、市長が毎週定めるパンの価格が守られているかを確かめるように命じられた。また、パン屋はすべて、パン焼き窯の火をぜったいに落としてはならないと厳命された。背いた場合は、市の公民権を剥奪されてしまう。

パンがつねに豊富に、平常と変わらない価格で手に入ったのは、当局のこのような措置が功を奏したからだ。そのほかの食べ物にしても、市場で品薄になったことはない。わたし自身、あまりにいつもどおりなので驚くとともに、自分の臆病さが恥ずかしくなった。地方の商人たちは、ロンドンに疫病など来ていないし感染の危険もまったくない、とでも言うかのように、臆することなく食べ物を運んできてくれる。それに引き換え、わたしは外出するたびに心配でたまらないのだった。

当局のみごとな措置のおかげで、街頭はつねに清潔に保たれていた。死体をはじめ、醜悪なもの、不潔なもの、不快なものはいっさいなかったといえる。通行人が路上で急に倒れて死んだ場合はさすがに仕方ないが、その場合も、たいがいはすかさず布か毛布を被せるか、最寄りの教会墓地まで運んでおくかして、日が暮れるのを待った。どうしても処理しなければならないとしても、不気味で危険なおぞましい作業は、必ず夜間に行なった。たとえば、死体の片付けや埋葬、病毒のついた衣類の焼却などが、それにあたる。

すでにお話ししたとおり、死体は荷馬車で運搬されて、教会墓地や埋葬用の土地に掘った巨大な穴へ投げ込むのだが、その作業も夜中に済まされ、夜が明けるころには、すべて取りつくろわれた。したがって、昼間は、惨状のかけらすら見あたらなかった。ただ、道に人影がないことや、ときおりどこかの窓から悲痛な叫びや嘆きが伝わってくること、封鎖された家や店が異様に多いことから、尋常ではない何かが起きている気配を感じ取れるだけだった。

おもてが閑散としているという点では、しばらくのあいだ、「シティ」内よりも周辺地域のほうが顕著だった。しかし、ペストが防御壁を越えて「シティ」へ侵入し、その全域に広がり始めると、逆に「シティ」内が静まりかえった。

それでも、神の慈悲深い思し召しが示されていた。感染はまずロンドンの西端で発生し、徐々に他の区域を蝕んで、やがてこちら側、つまり東側を襲ったわけだが、そのころにはもう、西側では勢いを使い果たしていたのだ。どこかで猛威を振るい始めると、いままでの地域では衰える。

具体的にいえば、流行が始まったのはセント・ジャイルズ教区および市のウエストミンスター寄り。七月の半ばにはその一帯すべてが猛烈な被害を受けた。すなわち、セント・ジャイルズ、セント・アンドルー、ホルボーン、セント・クレメント・デインズ、セント・マーティン、ウエストミンスターの各教区だ。

七月の終わりにはこうした教区での勢力は弱まり、東へ進んで、クリップルゲイト、セント・セパルカー、セント・ジェイムズ、クラーケンウェル、セント・ブライド、オールダーズゲイトで犠牲者が驚異的に増加した。これらの教区で流行しているあいだは、「シティ」内や、テムズ川のサザーク側の全教区、ステップニー、ホワイトチャペル、オールドゲイト、ウォッピング、ラトクリフあたりは、ほとんど無傷だった。

そこで、「シティ」の全域をはじめ、東側および北東側の郊外、サザーク地区では、人々は平気でいつもどおり仕事をし、商売を続け、店を開き、自由に交流した。まるで疫病は自分たちとは無縁といわんばかりだった。

北側や北西側の郊外、つまりクリップルゲイト、クラーケンウェル、ビショップスゲイト、ショアディッチあたりが最悪の時期を迎えているころでさえ、それ以外の地域はまだまだ安全だった。たとえば、七月二五日から八月一日までについて記した死亡週報では、あらゆる病因による死亡者数が次のようになっている。

セント・ジャイルズ（クリップルゲイト）	五五四
セント・セパルカー	二五〇
クラークンウェル	一〇三
ビショップスゲイト	一一六
ショアディッチ	一一〇

ステップニー	一二七
オールドゲイト	九二
ホワイトチャペル	一〇四
「シティ」内の全九七教区	二二八
サザーク地区の全教区	二〇五
合計	一八八九

こうして見ると、この週は、クリップルゲイトとセント・セパルカーの二つの教区の死亡者数だけで、「シティ」、東側の郊外、サザーク地区の全教区を合計したよりも四八人多い。このようなことが原因で、「シティ」で流行が本格化してからもなお、「あそこは安全らしい」という噂がイングランド全土で根強く残った。とりわけ、食糧のおもな供給地である近隣の町村や市場は、そう信じていた。

それもそのはず、北東からショアディッチやビショップスゲイトを通って、あるいは北西からスミスフィールドを通って、ロンドンに入ってきたとしよう。「シティ」の外では、通りに人影がなく、どこも封鎖され、たまに行き交う人がいても、みんな道の真ん中を歩くように心がけている。ところが、ひとたび「シティ」に入ると、急に活気が感じられ、市場も店も開いている。往来を歩く人は以前ほど多くないものの、ようすはふだんどおりだった。このような状況が、八月の終わりから九月の初めまで続いた。

しかしその後、事態は急変する。西部と北西部の教区では流行が和らぎ、代わって、「シティ」、東部の郊外、サザーク地区に重くのしかかってきた。しかもその勢いはすさまじかった。

「シティ」は一気に陰鬱な空気に包まれた。店が閉ざされ、往来を行き交う人も消えた。さすがにハイ・ストリートには、必要に迫られて買い物などに出歩いている人たちがいて、昼間はかなりの人数がいたが、朝夕にはほとんど人影がなくなった。ハイ・ストリートでさえその調子だから、コーンヒルやチープサイドではなおさらだ。

わたしが実際に見聞きしたこの変化は、熾烈を極めたころの死亡週報の統計で確認できる。いま述べた教区を中心に抜粋しておこう。わたしの説明どおりであることが一目瞭然のはずだ。「シティ」の西側と北側の死亡者数はむしろ減っていることに注目してもらいたい。

九月一二日〜一九日

セント・ジャイルズ（クリップルゲイト）　四五六

セント・ジャイルズ・イン・ザ・フィールズ	一四〇
クラーケンウェル	七七
セント・セパルカー	二一四
セント・レナード（ショアディッチ）	一八三
ステップニー教区	七一六
オールドゲイト	六二三
ホワイトチャペル	五三二
「シティ」内の全九七教区	一四九三
サザーク地区の八教区	一六三六
合計	六〇七〇

じつに奇妙な、嘆かわしい変化だった。もしこのまま合計数の増加が実際より二カ月長く続いていたら、生存者はほとんどいなくなっていただろう。しかしご覧のとおり、情け深い天の配剤によって、最初はひどく疫病に見舞われた西部と北部が好転の兆しを見せ始めた。一方で人の姿が消えていくにしたがい、他方では人出がよみがえってきた。さらに一、二週間もすると、この傾向がさらに強まり、病勢が弱まった地区の人々はだいぶ元気

を取り戻した。

九月一九日〜二六日

セント・ジャイルズ（クリップルゲイト）	二七七
セント・ジャイルズ・イン・ザ・フィールズ	一一九
クラーケンウェル	七六
セント・セパルカー	一九三
セント・レナード（ショアディッチ）	一四六
ステップニー教区	六一六
オールドゲイト	四九六
ホワイトチャペル	三四六
「シティ」内の全九七教区	一二六八
サザーク地区の八教区	一三九〇
合計	四九二七

九月二六日〜一〇月三日

セント・ジャイルズ（クリップルゲイト）	一九六
セント・ジャイルズ・イン・ザ・フィールズ	九五
クラーケンウェル	四八
セント・セパルカー	一三七
セント・レナード（ショアディッチ）	一二八
ステップニー教区	六七四
オールドゲイト	三七二
ホワイトチャペル	三二八
「シティ」内の全九七教区	一一四九
サザーク地区の八教区	一二〇一
合計	四三三八

「シティ」および東部や南部の郊外は、阿鼻叫喚(あびきょうかん)の巷(ちまた)と化した。感染の波が、そういった方面に押し寄せていることは明らかだった。「シティ」内、テムズ川南岸の八教区、オールドゲイト、ホワイトチャペル、ステップニーの各教区に、疫病が重くのしかかった。ここに来て、死亡週報の数字が最も高くなった。週あたりの死亡者は八〇〇〇から

九〇〇〇人に達した。いや、すでに述べたとおり、当局には正確な数字がつかめなかったはずで、わたしの推算では一万から一万二〇〇〇人だったと思う。

ある著名な医者が、のちに、当時の記録と自身の体験をラテン語の論文にまとめて公表している。それによれば、一週間の死亡者は一万二〇〇〇人。ひどいときは、ひと晩で四〇〇〇人が息を引き取ったという。そこまでひどい数字に達した日があったかどうか、わたしには記憶がないものの、死亡週報その他の数字が少なすぎることは、この論文でも裏付けられている。

繰り返しになるかもしれないが、またここで、「シティ」や、当時わたしが住んでいた地域の悲惨な状態を説明したい。「シティ」などの住民が大挙して地方部へ脱出したとはいえ、これらの地域にはまだおおぜいの人が残っていた。おそらく、多くの市民が長いあいだ、「シティ」にもサザークにも、いや、ウォッピングやラトクリフにも、ペストはきっと来ない、という勝手な思い込みを抱いていたせいもあるだろう。そんな妄信が根深かったせいで、西側や北側の郊外から東部や南部へ、安全を求めて移住する人も相次いだ。そういう人の動きが、感染の拡大を加速してしまったのではないか、とわたしは考えている。

ここでまた、後世の人々の参考になるように、疫病が人から人へどんなふうに感染するものなのかをもう少し述べておこう。すなわち、健康な人に病気がうつるのは、患者からとはかぎらない。「健康者」から健康な人へうつることもあるのだ。いや、もっと正確に説明するなら、ここで「患者」というのは、疫病に冒されていることが明らかで、病床について治療を受けている者、あるいは、からだに腫れ物のたぐいができている者をさす。このような者は、げんに床に伏せっているか、隠しきれない症状が出ているので、ほかの人々はもちろん用心するだろう。

一方、わたしがここで言う「健康者」とは、じつは身も血も病毒に冒されているのに、症状がおもてに出ていない者のことだ。それどころか、数日間は本人も気づいていない。このような者は、いたるところで、近づく人すべてに向かって、死の息を吐きかけていたわけだ。それればかりか、着ている衣服にも病気のもとを潜ませ、手で触れたものにも毒をうつした。とくに、そのような者は汗をかきやすく、からだの熱が高くて汗ばんでいるとき、他人にうつしやすい。

しかし、そのような者を見分けることは不可能だし、本人すら感染している事実に気づいていなかった。路上でいきなり倒れて頓死したのは、こういう者たちだ。最後の最後までおもてを歩きまわり、突然、汗を流して、気を失いかけ、どこかの家の戸口に腰を下ろしたとたんに息絶える。体調の異変を感じて、どうにか自宅にたどり着こうとする者もいた。たどり着いて、家のなかに入るや否や命が尽きる者もいた。あるいは、症状がからだに出てきたのに気づかないまま、しばらく外出し、帰宅後一、二時間経って死亡する者もいた。このような偽りの「健康者」がいちばん危険であり、本当に健康な人たちが最も恐れなければいけない相手だった。けれども、どうやったら見分けがつくのかは、誰にもわからなかった。

疫病が襲いかかってきたとき、人間がどんなに細心の注意を払っても蔓延を防げない理由は、ここにある。はたから見て感染者とそうでない者を正しく区別することができないうえ、本人も感染の有無を見極められないのだ。

わたしの知っているある男は、一六六五年のペスト禍のあいだじゅう、ロンドンを自由に歩きまわっていた。解毒剤だか強心剤だかと称するものをいつも携帯し、危険だと思ったらすぐ飲むというのだった。その男なりに、危険を察知する基準があった。後にも先にも聞いたことのない基準なので、どこまで信用できるのかわからない。すなわち、その男は脚に古傷があり、何かの拍子に健康ではない人と接して病毒がからだに入ってきそうになると、古傷がうずいて青白くなり、男に知らせてくれる、とのことだった。そこで、傷がうずき始めると、男はすぐに引き返すか、いつも持ち歩いている液体薬をすかさず服用して身を守るのだ。自分は感染していないと思っている人たちばかりで集まっているときに、その古傷がうずくことがたびたびあったらしい。そうすると男は立ち上がって、「みなさん、このなかに誰か、ペストにかかっている人がいるようです」と告げて、集まりを解散させた。

男のこの言動は、あらゆる人々に対する親身の忠告ともいえるだろう。疫病が流行中の街で誰かれの見境なしに会話を交わしていると、感染はまず避けられないこと、自覚がなくてもすでに疫病にかかっている恐れがあること、知らずに他人にうつしてしまうかもしれないこと、などを示唆している。こうして考えると、感染していない者まで閉じ込めたり、感染した者だけよそへ移したりしても、効果は薄い。もし、患者の行動をさかのぼって調べ、発症前に密接に関わった相手をひとり残らず隔離できるなら、話は別だ。しかし、どこまでさかのぼればいいのか。どこで線引きすればいいのか。判断の下しようがない。いつ、どこで、どのように、誰から感染したのかは、本人さえ知らないのだから。

「空気そのものに病毒が含まれている」「空気が原因なのだから、誰と会話するかを気に病んでも仕方がない」などと主張する人が多かった理由も、このあたりにある。こういう説に傾く人たちは、異様なほど動揺し、衝撃を受けているようすだった。「感染したやつに近づいたことなんか、一回もない」と、ある患者は言った。「健康な人以外とは関わらなかった。なのに、疫病にかかってしまった！」。それを聞いた別の患者は「天から病気を受けたに違いない」と言い、神をののしり始めた。先に発言した患者が、なおも続けた。「疫病に近づいたこともなければ、発病した人のそばに行った覚えもない。きっと、この疫病は空気のなかに漂っているんだ。われわれは、息をするだけで、死を吸い込んでる。きっと神の手が働いているんだろう。抵抗しても意味がない」。こういう考えかたがはびこるにつれ、危険に対して鈍感になり始めていた市民はいっそう不用心になった。

やがて疫病の流行期が半ばを過ぎ、被害が頂点を極めるころには、だいぶ警戒心が薄れてしまった。トルコ人のような宿命論に取りつかれ、「神がわたしたちを罰することをお望みなら、家にいようが外出しようが同じで、どのみち逃れられない」と言い出す始末だった。そうして、感染した家や危険な集まりにも平気で踏み入っていった。患者を見舞うどころか、発病した妻や子供といっしょに寝るようにもなった。その結果、どうなったか？　当然、同様の行動をとるトルコなどの国々と同じ事態になる。トルコでは感染が爆発的に広がって、無数の死者が出た。

何もわたしは「神の裁きや神の摂理に対して、畏敬の念を持ちすぎるな」と言っているわけではない。このような災厄のときこそ、そういった敬虔な気持ちはつねに抱いているべきだ。疫病の流行じたいは、特定の都市、国、民族に向けて天から下される鉄槌であり、神の復讐の使者であり、その都市、国、民族に服従と悔悟を促す呼びかけに違いない。預言者エレミアが『エレミア書』一八章第七節および八節で述べているとおりだ。「ときに、わたしは一つの民や国を抜く、壊す、滅ぼすということがあるが、断罪を受けたその民がもし悪を悔いるならば、わたしはその民に災いをもたらそうとしたことを思いとどまるであろう」。わたしがこうして詳しい記録を残すのも、こういう非常時に、神に対する畏敬の念を正しく抱いてもらいたいからであって、そういう気持ちをないがしろにするつもりはない。

したがって、「あのペスト禍は神が直接、手を加えたものであり、神の摂理が示されている」と主張する人を非難する気は毛頭ないのだ。それどころか、疫病にかからずに済んだ人、感染しても助かった人が数多くいて、その個々の事例には、ふつうにはありえない神の御心が読み取れる。わたし自身が生き残ったことも、ほとんど奇跡だと思っている。感謝の気持ちを込めてそう記録しておきたい。

しかし、自然から何らかの原因で生じてきた病気としてペストを読み解く場合、ごく自然な手段によって伝播（でんぱ）されると考えるべきだろう。人間が原因と結果に関わっているからといって、それが神の裁きでないということにはならない。自然の仕組み全体が、神の力によって形成され、維持されているからだ。慈悲をもたらすにせよ審判を下すにせよ、神は、人間に対するご自身の行為を、自然界の通常の因果関係の流れのなかで為すべきと考えていらっしゃる。もちろん、必要とあれば、超自然的な方法を用いる力を別に残しておいでなのだが、疫病に関しては、超自然的な力を要する異例の機会ではない。通常の物事の流れはじゅうぶんな威力を秘めており、天が伝染病を通じてもたらそうとする効果をあますところなく示すことができる。人間の目には見えない、どうしようもない力によって、ひそかに疫病が広まっていく現象は、超自然的な力や奇跡によらなくても、ふつうの原因と結果のなかで現わすことができ、神の激しい復讐を成し遂げるうえで何ら支障はないのだ。

ペストには急速に広がる性質があり、しかも人々はまったく気づかないうちに感染してしまうので、感染地域にいるかぎり、どんなに厳しく警戒しても安全ではない。ただ、わたしは確信していることが一つある。記憶に生々しく刻まれた多数の実例が、この確信の正しさを裏付けており、誰にも反論できないと思う。すなわち、国全体を見渡しても、ペスト感染者のうち、通常の伝染病とは違う経緯で感染した人はひとりもいない、ということだ。例外なしに全員が、すでに病気を患っている他人の衣服、その人とのからだの触れ合い、肉体の放つ臭気を通じて感染した。

初めてロンドンに侵入してきた経緯も、この点を証明している。病毒は荷物に付着していて、地中海東岸のレバント地方からオランダへ、オランダからロンドンへ運ばれた。荷物が各所に届けられ、最初に開封されたロング・エイカーの家で真っ先に疫病が発生した。感染したその家の人たちと不用意に関わりを持ったため、ほかの家にも広がっていった。次いで、死体の処理に携わった教区委員らが感染した。このような事実は、ペストが人から人へ、家から家へ広がっていくものであり、ほかの伝染経路はない、という大前提の証拠だ。最初に感染した家で四人が死亡した。その家の戸主の妻が病気だと聞いて、近所の女性が見舞いに訪れたところ、家に帰って自分の家族にペストをうつし、全員を道連れにして死んだ。第二の家で病人が出たとき、いっしょに祈りを捧げてほしいと呼ばれた牧師も、間もなく発病し、自分の家族数人とともに命を落とした。疫病が大流行する兆しとはまだ誰も気づかず、医者たちは首をひねった。しかし、死体を検査するために派遣された医者たちが、世間に向けてはっきりと断じた。死因は紛れもなくペストであり、恐ろしい特徴がことごとく表われている。これから大量の感染者が出る恐れがある。すでにおおぜいが病人、つまり感染患者と接触し、当然、ペストをうつされたと考えられるので、病魔をいまから押さえ込むことは不可能だろう、と。

医者のこうした意見は、その後のわたしの観察と一致している。つまり、危険は気づかないうちに拡散する。ペストは、感染者の手の届く範囲にいる人にしかうつらないのだが、もう感染したのに自覚がなく、健康と思い込んで外出する人が、ほかの人たちにうつしてしまう。たったひとりが一〇〇〇人にペストをうつすかもしれない。その一〇〇〇人のひとりひとりが、あらたに一〇〇〇人ずつにうつすかもしれない。それでいて、うつす者もうつされる者もまったく自覚がなく、場合によっては数日後になるまで発症しない。

実際、このペスト禍の最中、多くの人が、自分が疫病に冒されているとは夢にも思わず、やがていきなり兆候がからだに浮き出るのを見て、言葉にできないほど驚愕した。いざ症状が出ると、たいがい六時間と命がもたなかった。「兆候」と呼ばれる特有の斑点は、じつは壊疽であり、大きさは一ペニー銀貨くらい、固さは胼胝(たこ)くらいの、小さな瘤(こぶ)のような見かけだ。これが皮膚に出る段階まで病気が進行すると、もう死は免れない。けれども、それが現われるまで、本人は感染していることを知らず、体調の異変さえ感じていないのだ。そういう場合、だいぶ前に強烈な病毒にやられ、すでにかなりの時間が経過していたに違いない。何日も前から、その患者の息、汗、衣服が、他人にペストを広める危険をはらんでいたわけだ。

これについてもさまざまな例があった。医者のほうがよく知っているだろうが、わたし自身が見聞きした具体例をいくつか挙げておこう。

ある市民は、九月まで無事に暮らしていた。九月といえば、流行がそれまで以上にロンドンに重くのしかかっていたころだ。その男はすこぶる元気で、自分がどれほど安全かを、用心を怠らず、病人に近づかなかったかを、やや謙虚さを欠いたようすで吹聴していた。ある日、隣人がその男に言った、「過信しすぎるのは良くないよ。誰が病気で誰が健康か、なかなか区別がつかないものだ。ぴんぴんしていた人が、たった一時間後に死んでしまう例もある」。男は「たしかにそうだな」とこたえた。その男にしても、自分はぜったい大丈夫とうぬぼれていたわけではなく、それまでのところ感染を免れていたにすぎない。

前にも述べたように、とくに「シティ」内に住む市民たちは、そのあたりを少し甘く考えがちだった。「あなたの言うとおり、おれだってぜったい安全と思っているわけではない。ただ、危険な人のそばに寄ったことはないと思う」「いや、それなんだが」と隣人は言った。「おとといの晩、きみはグレースチャーチ・ストリートのブルヘッドの居酒屋で××さんといっしょにいたのでは?」「うん。でも、警戒しなきゃいけないような人は誰もいなかった」。隣人は、相手を驚かしたくなかったので、そこまでで口をつぐんだ。

しかしその態度がかえって気になったらしく、隣人が何か言葉をためらっているとみた男は、我慢できなくなり、平静を装って大声で訊いた。「まさか、あいつが死んだわけじゃないだろう？」。隣人は黙ったまま、天を見上げ、口のなかで何かつぶやいた。それを見て、男は顔面蒼白になり、「じゃあ、おれももうだめか」とだけ言って、すぐに帰宅した。

まだ感染したと決まったわけではないので、予防薬をもらおうと、近くの薬剤師を呼んだ。薬剤師は、男の胸を診察すると、「神様におすがりなさい」とため息交じりに言っただけだった。男はそのあと数時間のうちに死んだ。

こういう例を考えると、家を封鎖するとか発症者を隔離するとかいう程度の措置では、感染の拡大を食い止められるはずがないと、誰もが納得するのではないか。当人としては完全に健康のつもりで、病魔に蝕まれているとは知らずに何日も過ごし、そのあいだにペストを広めてしまう。

ここで、次の点を検討してみたい。ペストが致命的なかたちでおもてに現われるまで、どのくらいの期間、人間のからだのなかに潜んでいるか？　さも健康そうに見える人が、じつは病毒をばらまいてまわっているのは、どのくらいの期間なのか？　この疑問に関しては、わたしのような素人はもちろん、どんなに経験豊富な医者でも、ただちにはこたえられないだろう。いや、むしろ一般の観察者のほうが、医者の見逃している事実に気づいたかもしれない。

外国の医者たちの意見によれば、病毒はかなり長いあいだ、生気なり血管なりのなかに隠れているらしい。だからこそ、疑わしい土地から入港してきた人たちを四〇日間も強制的に隔離するわけだ。自然の力が疫病などの敵と戦って勝敗がつくまで、四〇日は長すぎるかもしれない。

わたし自身の観察では、病気にかかってから他人に感染させるようになるまで、せいぜい一五日か一六日に思える。市当局の考えも、まさに同じだった。市内のある家が封鎖され、ペストによる死者が出た場合も、そのあと一六日ないし一八日のあいだ家族のなかに発病者が出なければ、封鎖をあまり厳重にせず、家人がこっそり外出しても大目に見ていた。そうなれば世間も、あまりその家の人を恐れなくなったばかりか、病魔が家に入ってきても耐えたくらいだから、あそこの人たちは抵抗力が強くなったはず、とさえ考えた。ただし、いうまでもなく、病気の潜伏期間がもっと長かったこともある。

以上のいろいろな観察をもとに、こう述べておきたい。神の摂理によってわたし自身は例外となったものの、「疫病に対する最良の薬は、逃げること」だ。それがわたしの意見であり、後世への処方箋として残しておく。ところが、「危険の真っ只中にあっても、神はわれわれを守ることができる。逆に、危険を脱したとわれわれが安心したとき、不意打ちを食らわすこともできる」と考え、自分を納得させた人も多かった。そのせいで多数の市民がロンドンに残り、やがて死体となって次々に運び出され、大きな穴へ投げ込まれる運命になった。危険を察知したらすぐ逃げ出していれば、災厄を免れていたのではないか。少なくとも、命だけは助かっただろう。

将来いつかまた、今回のペスト禍と同じ、あるいは似たような災難が起きた場合、以上のごく基本的な原則さえ正しく考慮に入れれば、かなり違う展開になるはずだ。一六六五年にロンドンが取った措置や、外国で取られたらしい措置とは、まったく異なる方法で国民を管理することになるだろう。簡単に言えば、当局は、人々を小さな集団に分け、互いに距離を置いて早めに移動するという方法を検討するに違いない。ペスト禍のような疫病流行は、密集した人々にとくに危険が大きいから、一〇〇万もの住民をひとかたまりにしたまま放置すべきではない。過去にもだいたいそれでひどい目に遭ったわけで、いまの調子では、ふたたび疫病が流行したとき、同じ轍を踏むはめになる。

疫病とは、大きな火事のようなものだ。隣接する家が数軒しかなければ、その数軒の家しか焼けない。ぽつんとした一軒家が火元なら、焼けるのはその一軒家だけだろう。ところが、家が密集した町や都市で火が頭をもたげた場合、その怒りは激しさを増し、地域全体に猛威を振るい、何もかも焼き尽くしてしまう。

同じような災厄がふたたび襲ってこないことを祈りたいが、しかし万が一、再来したとき、市当局がどうすれば危険な市民の大半を巧みに誘導できるか、わたしはいくつも案を出すことができる。「危険な市民」とは、物乞いをし、食べ物に飢え、生活苦にあえぐ貧しい人々、なかでも、市が周辺部から孤立したときに無用な「穀つぶし」になる人々をさす。市当局が、そのような連中に有利な条件を出して、慎重に移動を促すべきだ。裕福な市民は、子供たちや奉公人を連れて自主的に避難する。そうすれば、市内外からの疎開が効果的に進み、感染の危険にさらされる人の数はもとの一〇分の一以下になるだろう。いや、もとの五分の一、すなわち二五万人が残ったとしても、疫病が襲来した場合、ふだんより分散して暮らしているぶん、被害を受けにくくなる。同じ人数が、ダブリンやアムステルダムのような狭い面積のなかに住む場合よりも、広く散らばって生活しているほうが、感染から身を守りやすく、被害を受けにくい。

たしかに、あのペスト禍では何百、何千世帯という市民がロンドンから逃げ出した。けれども、その多くは遅すぎた。避難する途中で倒れたり、疎開先に病毒を運んだりして、安全を求めて向かった先々で、地元民を巻き添えにした。そのため事態がかえって混乱し、最良の手段だったはずなのに、感染の拡大につながってしまった。

このあたりは、前に触れた内容と重複するが、もう少し詳しく話さなくてはいけない。

多くの場合、健康そうに歩きまわっていた人が、かなり日にちが経ったあと、からだのどこかに異変を認める。しかし、そのときには生命力をすっかり奪われていて逃れられない。また、それまでの活動中ずっと、他人に病毒をばらまいていたことが判明する……。まさにこんな経過が、先ほど述べた地方部の状況にあてはまる。感染した人々が、地方へ逃れようとして、途中で通った町や、泊まった家で疫病の種をまいた。そのせいで、イングランドの大きな町がすべて、多かれ少なかれ、ペストの被害を受けた。そういった町へ行くと、ロンドンの誰それが疫病を持ち込んだんです、と土地の人がこぼしていたものだ。

まったく迷惑きわまりないが、実際、そういう感染者は自分のからだの具合をまったく知らなかったのだと思う。じつは知っていながら、健康な人たちのあいだに出入りしていたのだとすれば、故意の殺人ともいえるだろう。わたしはまさかと考えているが、もし本当にそんな悪質な行為があったのなら、前にお話しした噂が真実だったことになるだろう。感染した人たちは他人にうつすのを何とも思っていない、むしろわざとうつしたがる、という例の噂だ。しかしやはり、そんな噂が持ち上がったのは、自分の健康状態に気づかない感染者が多かったせいではないか。

個々の例をいくら積み重ねても、全体を証明することにはならないが、わざと他人にうつすのとは正反対の態度をとった者が、わたしの身近な範囲だけでも間違いなく何人かいた。

　近所に住むある家の主人が、ペストを発症し、自分が雇っている貧しい職人からうつったのだと思い当たった。前の日に、見舞いだか仕事の相談だかで、その職人の家を訪れたのだ。戸口で話をするあいだ、一抹の不安を覚えていたが、まさか本当に感染するとは思わなかった。しかし翌日になって、罹患してしまったことが判明。主人はすぐさま、奉公人に命じて、敷地内にある別の建物へ自分を隔離してもらった。真鍮細工師だったから、別棟の仕事場を持っていて、その二階に部屋があった。その部屋で身を横たえ、やがて死亡した。世話はすべて、よそから呼んだ看護師に任せ、家人は近づけようとしなかった。病気をうつしてはいけないと思い、妻にも子供にも奉公人にも、自分の部屋には来るなと言い渡した。そのうえで、看護師を通して、家人に祝福と祈りを伝えた。その看護師にも、少し距離を置いたところから家人と言葉を交わすように命じた。どれも、家族にペストをうつすまいとする心遣いからだった。自分の発病のせいで家が封鎖されることになる以上、格別の配慮をしなければ、愛する者たちを守ってやれないと考えたのだった。

　ここで一つ付け加えておかなければならない。どんな病気もそうだが、各自の体質に応じて、ペストの症状は異なる。ある者は、たちまち重症に陥って、高熱、嘔吐、耐えがたい頭痛、背中の痛みなどに襲われ、激痛のあまり譫妄を起こす。またある者は、首、鼠径部、脇の下に腫れや腫瘍が現われ、それが破れるまで、極度の痛みに悩まされる。かと思えば、再三触れたとおり、しばらくのあいだ自覚症状が出ない者もいる。いつの間にか、熱のせいで生気を蝕まれ、あるとき突然、気を失って、苦痛を味わわずに息絶える。

同じ病気でありながら、なぜこうも症状が違うのか、からだが違うとなぜこんなに作用が変わるのか、医者ではないわたしには、立ち入った説明はできない。また、わたしのいろいろな観察をここに並べたてるのはやめておく。そういう記録を残すのは医者たちのほうがふさわしいし、わたしの意見には医者と異なる点もあるようなので、ここでは控えるとしよう。わたしはただ、それぞれの例についてじかに知っていること、聞いたこと、信じていることを書き記しているにすぎない。あるいは、偶然じかに見聞きした事柄や、特定の患者たちに現われた症例の違いを述べているだけだ。

とはいうものの、次の指摘は付け加えておこう。多くの病人のうち前者に属する人、すなわち、症状がすぐ表面に現われる人たちの場合、痛みという面ではひどくつらい。しかしじつは、感染になかなか気づかない後者のほうが、病気のたちが悪いとみるべきだ。

前者は、快復の見込みがある。腫れ物が潰れれば、なおのことだ。ところが後者は、死を避けられない。他人にとっても悪性が高く、後者の人たちは知らず知らず、会話する相手に死の息を吹きかける。どのようにしてなのか、説明も想像もできないが、相手の血のなかに病毒を忍び込ませてしまうのだ。

当事者たちが気づかないうちにペストをうつしたりうつされたりすることは、当時よく起こった二種類の事例から明らかだ。流行のあいだロンドンにとどまっていた人なら、二種類とも何度か出くわしたことがあるに違いない。

(一) 父親も母親も、自分は健康と信じ込み、健康そのもののように歩きまわっていたが、いつの間にか感染しており、一家を全滅させてしまうことがあった。自分がじつは病気かもしれない、危険かもしれないと少しでも感づいていたら、家族全員を道連れにするはずがないだろう。

聞いた話によると、ある一家の場合、父親が病気を持ち込んだにもかかわらず、当人が気づかないまま、家族にうつしてしまった。数人が発病したあと調べてみると、父親はだいぶ前から病気だったらしい。

自分のせいで家族が毒に冒されたと知ると、その父親は、心引き裂かれ、自殺を企てた。ようすをうかがっていた人たちに制止されたものの、結局、数日後に亡くなった。

(二) 自分でいくら考えても、からだをいくら観察しても、疫病とは関係なさそうなのに、数日間、食欲の減退や胃の軽い不調が続く、という人も多かった。いや、食欲も問題なく、むしろ旺盛で、軽い頭痛だけの人もいた。

何が原因だろうと思って医者を呼ぶと、じつはもう兆候が現われていて、手の施しようがなく、死が目前まで迫っていた。本人にしてみれば青天の霹靂だった。

最後に触れたような種類の人を思うと、本当に悲しい気持ちになる。おそらく一週間か二週間にわたって、歩く死神と化していたわけだ。本来なら自分の命を投げ出してでも救いたいような家族を、みずから滅ぼしてしまった。愛するわが子を抱いて接吻したとき、じつは死の息を吹きかけていた。しかし、それが事実だったし、頻繁に起きていた。具体的に実例を数多く挙げることもできる。

こんなふうに、知らないうちに死の一撃が加えられ、目に見えない死の矢が飛び交うのだとすれば、家屋を封鎖したり患者を隔離したりする措置に何の意味があるだろうか。症状がおもてに出ている患者にしか有効ではない。一方には、健康そうに見えながら、接する相手にことごとく死をもたらしている人たちが無数に存在する。

医者たちは、この問題に頭を悩ませた。とりわけ、薬剤師と外科医は当惑した。病人と健康人を見分けることは不可能。これればかりはどうにもならないと、みんな匙を投げた。

おおぜいの人が、からだを流れる血にペストを潜ませて、生きた腐肉さながら、息や汗を通じて毒を発している。なのに見た目は、ほかの人たちと変わらず健康で、本人も異常を感じていない。どの医者も、このような現実を認めていたが、隠れた患者を見つけ出す方法はわからないのだった。

わたしの友人であるヒース博士は、「息の臭いで判別できるかもしれない」と考えていた。ただし、博士自身も問題点に気づいていた。臭いを判別するためには、死の息を深く吸い込まなければならない。そんな役目を引き受ける者がいるだろうか。

「硝子(がらす)板の上に息を吹きかけさせたところ、判別できた」との話をのちに聞いたことがある。息を濃縮させて、顕微鏡で観察すると、竜や大小の蛇に似た奇怪なかたちの生き物がうごめいていて、見るもおぞましかったという。けれども、わたしはこの話の信憑性にはおおいに疑問を持っている。わたしの記憶によれば、そんな実験ができる顕微鏡は、当時まだなかったはずだ。

また別の学者の意見では、そのような患者が鳥に息を吹きかけると、毒がまわって瞬時にして死ぬ、とのことだった。小鳥にかぎらず、雄鶏や雌鶏も同じ。鶏の場合は、即死しないまでも、感染性の病気にかかり、そんな状態で産んだ卵はたちまち腐ってしまうらしい。

しかし、このような意見についても、実験で裏付けられたわけではないし、現実にそのようすを目撃した者がほかにいると聞いたこともない。だから、聞いたままをここに記しておくにとどめる。個人的に、じゅうぶんありうる話だとは思う。

疫病にかかった人たちに、湯に向かって強い息を吐かせる、という方法を提案した者もいた。そうすれば、独特の滓(かす)が浮くとのことだった。湯にかぎらず、似たようなものなら何でもよく、とくに粘り気のある液体なら、滓が沈みにくいので観察しやすいらしい。

しかし、わたし自身がいろいろと知った範囲では、この疫病は、性質からみて発見不可能といわざるをえない。感染の拡大を防ぐことも、人間の力ではどうにもできない。

じつは、ここに難しい問題が一つある。今日にいたるまでわたしには完全な答えが得られておらず、わたしの知るかぎり、もし答えがあるとすれば、たった一つだと思う。すなわち、ペストによってロンドンで最初に死亡者が出たのは、一六六四年の一二月二〇日前後、場所はロング・エイカー付近。広く言われている話によれば、オランダから輸入された絹製の荷物入れに病毒が付いていて、それを真っ先に開いた者が感染したという。

ところがその後、疫病らしきもので死亡した者は、七週間後の二月九日まで現われなかった。その日、同じ家からもうひとり死者が出た。それからまた疫病は鳴りを潜め、大衆はしばらく安心しきっていた。四月二二日までは、ペストによる犠牲者が死亡週報にまったく記載されていない。

ところがその二二日からの週、同じ家ではないが同じ道沿いで、あらたに二名が埋葬された。わたしの記憶では、最初の家のすぐ隣の住人だったと思う。前の死亡報告から九週間の開きがある。

そのあと二週間とだえ、こんどはいくつかの地区でいっせいに犠牲者が現われ、方々へ広がっていった。

さて問題は、音沙汰がなかったあいだ、疫病の種はどこに隠れていたのか、だ。長く活動を止めていたのに、なぜそのときまた息を吹き返したのか？　疫病は必ずしも人体から人体へじかにうつるわけではないのか？　あるいは、じかにうつったのに、数日どころか何週間も症状が現われなかったのか？　船の検疫時の隔離期間は一般に四〇日間だが、六〇日間以上も病気が潜伏したままの場合もあるのだろうか？

なるほど、わたしも含めて生存者がよく知ってのとおり、その冬は非常に寒く、霜の下りる極寒が三カ月も続いた。医者たちは、この寒さが感染の拡大を食い止めたのだろうとみる。

ただ、僭越ながら言わせてもらうと、もしペストがいわば凍りついたのなら、凍った川と同じように、雪解けの季節が来れば、もとの勢いを得て流れ出したはずだろう。ところが、疫病の休止期間はおおよそ二月から四月まで。寒さが緩んで暖かくなってからも、しばらくは目立った動きを見せていない。

しかし、わたしの記憶をたどると、ある見方をするだけで、この難問は一気に解決すると思う。すなわち、「二月二〇日から二月九日まで、また、そこから四月二二日まで、長いあいだ死亡者が皆無だったとの話は、事実ではない」ということだ。

唯一の反証は死亡週報だが、少なくともわたしからみて、死亡週報は、信用に足る代物ではない。仮説の裏付けとしても、反論の拠り所としても、心もとない。というのも、「教区委員や検死人をはじめ、死亡者と死因を報告する職務に任ぜられた人々のあいだで、不正が横行している」というのが、世間一般の見方だったからだ。じゅうぶん根拠があるとわたしは思う。

初めのうち、人々は、自分の家が感染したと知れわたるのを嫌い、金を払うなどして、疫病以外の原因で死んだことにしてもらっていた。以後も、このような不正がいたるところではびこっていたと、わたしは信じて疑わない。ペスト禍の期間中、疫病以外の原因で死亡したと週報に記載されている人数が、平常よりも異常に多いからだ。

たとえば、流行が頂点に達した七月と八月には、ほかの病因で死んだ者が週に一〇〇〇から一二〇〇人、いや一五〇〇人近くにものぼった。本当にそういった病気の犠牲者が急増したわけではなく、疫病に冒された家の多数が、家屋の封鎖を逃れるため、ほかの病名で報告してもらったわけだ。例を挙げておこう。

疫病以外の病気による死亡者	
七月一八日～二五日	九四二
二五日～八月一日	一〇〇四
八月一日～八日	一二一三
八日～一五日	一四三九
一五日～二二日	一三三一
二二日～二九日	一三九四
二九日～九月五日	一二六四
九月五日～一二日	一〇五六
一二日～一九日	一一三二
一九日～二六日	九二七

担当者たちがこのように報告するよう説得されたにすぎず、うち多数あるいは大半がペストで死亡したことには疑いの余地がない。

病名ごとの内訳は、こんなふうになっている。

	熱病	飢饉熱	食傷（しょくあたり）	生歯熱	計
八月一日～八日	三一四	一七四	八五	九〇	六六三
八日～一五日	三五三	一九〇	八七	一一三	七四三
一五日～二二日	三四八	一六六	七四	一一一	六九九
二二日～二九日	三八三	一六五	九九	一三三	七八〇
二九日～九月五日	三六四	一五七	六八	一三八	七二七
九月五日～一二日	三三二	九七	四五	一二八	六〇二
一二日～一九日	三〇九	一〇一	四九	一二一	五八〇
一九日～二六日	二六八	六五	三六	一一二	四八一

似た比率で数字が増えている死因はほかにもたくさんあり、同じ理由だろう。たとえば、老衰、肺病、嘔吐、膿瘍、腹痛の発作などだ。多くが疫病死なのは一目瞭然だが、疫病の

発生を隠し通せるなら、その家の者にとっては重大な意味を持つ。だから懸命に事実を伏せ、家で死者が出た場合には、調査員や検死人に他の病気で死んだと報告してもらうよう、あらゆる手を尽くしたわけだ。

こう考えると、死亡週報にペスト死が初めて載ったあと、感染が拡大してもはや隠しきれなくなるまで、長い「休止期間」があったことの説明がつく。

しかも、当時の死亡週報じたいが、真実を示唆している。ペストによる死亡が初めて記載されてから、急にペストについての言及が消え、死亡者の増加が記されていないものの、その代わり、ペストと紛らわしい病気の死者が増えているのだ。

たとえば飢饉熱による死亡者数は、ペストについての記載がなくなったとたん、八人、一二人、はたまた一七人となっている。それ以前は、週に一名から三名、多くて四名だった。同様に、問題の教区とその隣接する教区では、ペストによる死亡とは書いていないものの、ほかの教区にくらべて死体の埋葬数の合計が妙に増えている。

これらはすべて、感染の拡大を如実に物語っている。一見、ペストがいちど終息したあと、意外にもまた活動し始めたかのようだが、陰で着実に広がっていたのだ。

ひょっとすると、病気の種を最初に運んできた荷物の、別のところにまだ種が残っていて、それがあとで解き放たれたのかもしれないし、もとの種が全部いちどには出なかったのかもしれない。最初の発病者の衣服に付着していた可能性もある。

いずれにしろ、死の病に感染したあと九週間も持ちこたえ、そのあいだ健康であり続け、本人も異常に気づかない、などという時期があったとは、わたしには思えない。だが、もしそうだったとしても、わたしの主張がさらに裏付けられることになる。つまり、ペストは見たところ健康そうな人の体内に潜んで、誰も気づかないうち、その人と接触した相手にうつっていく。


当時、世間は大混乱に陥った。見かけは元気そうな人から、疫病がうつる。そんな信じがたい話がどうやら本当らしいとわかり始め、誰もが他人との接触を異常なまでに避け、恐れるようになった。

安息日だったか、ある休日、オールドゲイト教会でこんな出来事があった。詰めかけた人で会衆席が混み合うなか、ひとりの女性が、ふと悪臭を嗅いだように思った。「近くに疫病患者がいる」と、とっさに思った。その考えを隣の人にささやいたあと、立ち上がって場を去った。女性が抱いた疑惑の念は、すぐに隣から隣へ、その列にいる全員に伝播した。

結局、その列ばかりか、前後の列も、みんな立ち上がって教会から出て行った。本当の原因は何なのか、誰か危険人物がいたのか、実際のところは誰にもわからなかった。

こうなると、他人の息でペストをうつされないようにと、誰もかれもがいろいろな種類の薬を口にするようになった。あやしげな老女に勧められた薬もあれば、医者の指示でもらった薬もあった。

みんなが種々雑多な薬を使っているせいで、教会に入ろうとすると、複雑に混じり合った臭気が鼻をつく。その強烈さといったら薬屋の店先にも勝るほどだが、健康に良さそうな臭いではない。

いわば、教会全体が、臭いの詰まった瓶のようなものだった。ある一隅に香水の臭いが漂っているかと思えば、向こうの隅は芳香剤、香油、各種の薬剤や薬草の臭い。別の隅には、気付け用の塩や酒精剤の臭いがするという具合だった。もっとも、例の、外見は健康そうでも感染している恐れがあるという噂が広まり、市民の心を捉えて以来、教会や集会所はずいぶん人出が減った。

とはいえ、ロンドン市民の名誉にかけて記しておくが、ペスト禍の全期間を通じて、教会や集会所が全面的に閉鎖されたことはなく、市民もまた、礼拝に出かけるのをやめようとしなかった。病勢がとくに激しかったころは、一部の教区で礼拝が見送られたが、それもごく限られた時期だけだった。

実際、ほかの用なら家から一歩も出たがらなかったときでも、礼拝のためなら勇気をふるって出かける人たちが多く、不思議な感じすらした（ただし、もっとあとになると、市民の絶望が深まって、さらに様変わりする）。

疫病騒ぎが始まった当初、さっそく地方部へ逃れた者が多かったし、その後、感染の異常な拡大におびえて、森や林へ逃げ込んだ者がおおぜいいたにもかかわらず、市内には依然、多数の住民がとどまって、安息日になると、教会に続々と集まった。とくに、病勢が衰えた地域や、まだ猛威を振るっていない地域では、礼拝に訪れる人たちが大量にいて、その律儀さには舌を巻くほかなかった。

さて、感染の話題に戻ろう。

病毒をうつし合い、やがて感染についての正しい認識を持ち、それでもまた病毒をうつし合った。当初、人々は見るからに病んでいる者だけを避けていた。縁なし帽をかぶったり、首に布を巻いたりと、腫れ物を隠しているのが明らかな人に出会ったとき、強く警戒した。

しかし、きちんとした身なりをして、首に白い襟をつけ、手袋をはめ、帽子をかぶり、髪の毛をとかしつけてある紳士を見ると、少しも懸念を抱かず、好きなだけ会話を楽しんだ。隣人や知り合いであれば、なおさらだった。

ところが、「健康に見える人たちも危険」と医者からあらたな警告を受けた。「自分は疫病とは無縁だと思っている人にかぎって、真っ先に命を落としかねない」と。理由も含めてこれが一般に知れわたると、市民は、他人全般を避けるようになった。

家に引きこもり、外出して誰かと会うのはいっさいやめた。「この人は町なかでいろいろな相手と接した可能性あり」とみると、そんな人は自分の家へ入れないどころか、家に近づくことさえ許さなくなった。素性の不確かな者とどうしても会話しなければいけないときは、じゅうぶん距離を置き、予防薬を口に含み、衣服にも振りかけて、病魔を断固として寄せ付けまいとした。

人々がこうした注意を払うようになると、危険に身をさらす機会が少なくなった。以前と違い、ペストが家という家を襲うこともなくなり、神のありがたい思し召しもあって、何千もの家族が救われた。

ただ、貧しい人々の頭のなかに何かを叩き込むのは、無理な相談だ。貧困者たちは相変わらず、その場の思いつきで行動していた。病気になれば泣きわめくくせに、健康なうちは愚かなほど不用心で、無鉄砲かつ意固地だった。きわめて危険で感染の恐れが大きい場所だろうと、どんな仕事にでも飛びついた。

大丈夫なのかと問われれば、「それについちゃ、神様を信頼するしかないね。病気にかかったときの覚悟はできてる。死ぬだけのことさ」などとこたえる。

あるいは、こんなふうに言う。「ほかに、どうすりゃいい？　飢え死になんてごめんだよ。食いもんがなくて死ぬくらいなら、ペストにかかったほうがましだ。仕事のないおれに、何ができる？　これを引き受けなかったら、物乞いで暮らすしかない」

差し出された仕事が、死体の埋葬だろうと、発病者の世話だろうと、感染家屋の見張りだろうと、見境なしだった。ひどく危険な仕事ばかりだが、態度を変えようとしない。たしかに、必要なのだから仕方がないと言ってしまえば、それまでだ。何でも正当化できる。しかし、必要にも度合いがあるはずだが、みんな一様に同じ言い訳を口にした。

こうして無謀に振る舞ったせいで、貧しい人たちはペストに散々な目に遭わされた。ひとたび病魔に取りつかれると、困窮との二重苦を味わったすえ、累々たる屍の山に加わるのだった。わたしの見るかぎり、労働に頼って暮らす貧困者は、健康で仕事にありついているあいだも、倹約しようなどとは考えないらしかった。いつも変わらず浪費して、明日の心配はしていなかった。だから、ついに感染してしまうと、病気と困窮が重なって、健康も食糧もまとめて失う。

貧しい人たちのこの悲惨さについては、何度となく目撃する機会があった。と同時に、そうした人たちに対して、何人かの敬虔な人たちが毎日、救いの手を差し伸べているのも、わたしはこの目で見た。貧困者の求めに応じて、食糧や薬その他を提供してやっていた。当時の人々の慈悲深さについては、ぜひともここで述べておかなければならない。罹患した貧困者を助けるべく、多額の義援金が市長や市参事会員のもとに集まった。それればかりでなく、おおぜいの民間人が日々、救援のために多額の金を分配した。また、病気で困っているそれぞれの家に使いをやって、ようすを尋ねた。一部の女性は、隣人愛という重要な義務を果たす者を神はお守りくださるはずと堅く信じて、この善行に情熱を傾け、みずから施しを配り歩いた。

奥で発病者が苦しんでいるような家さえも訪問した。看病してくれる人のいない患者のために看護師を雇い、薬剤師や外科医を呼んで、前者には、飲み薬や貼り薬など必要な薬を出してもらい、後者には、患者の症状に応じて、でき物などを切開したり、手当してもらったりした。つまり、貧困者のために心から祈るだけでなく、物質的な支援も行なったわけだ。

こうした深い愛にあふれた人たちは、誰ひとりペスト禍の犠牲にならなかったともいわれるが、そこまでは断言しかねる。ただ、わたしの知るかぎりでは、命を落とした人は皆無だった。こう書くことで、同じような災難がまた降りかかったとき、勇気を出す人が現われてくれればと願っている。

「貧しき者への施しは、主に対して差し出すに等しい。その行ないは必ずや報いられる」という聖書の言葉に間違いはない。自分の命を危険にさらしてまで、貧困にあえぐ者に施し、悲惨な状況にある隣人に救いと慰めを与える人たちは、その務めを果たすにあたって神のご加護を受けられると期待していいだろう。

しかも、こうした素晴らしい善行に携わったのは、少数の人たちだけではない。この点はないがしろにできないので明記しておくが、「シティ」やその周辺だけでなく、地方部からも、裕福な人たちの義援金が大量に寄せられた。おかげで、膨大な数の貧困者が救われ、貧困と病気に挟み撃ちされて死ぬ運命を避けられた。寄付された総額がどれほどなのか、わたしはもちろん、おそらく誰も把握できていないだろう。

だが、この方面に詳しい信頼できる筋から聞いたところによれば、困窮し疲弊したロンドンの貧しい民のために、一〇〇〇ポンド単位の寄付どころか、一〇万ポンド単位の大口寄付まで、次々に届いたという。また別の筋によると、集まった金は毎週一〇万ポンドを超えていたらしい。こうした義援金は、さまざまな責任者の手で分配された。教区委員が各教区会に、市長や参事会員が区や地域に分け与えたほか、特別なはからいにより、裁判所や治安判事が、自分の管轄する地域内で分配先を決めることもあった。

加えて、先ほど話したように、信心深い人たちが個人的に施しを配った。しかも、こうした支援は何週間にもわたって続いた。めまいがしそうなほど莫大な金額だ。しかし、「貧困層の救済のため、クリップルゲイト教区だけで一週間に一万七八〇〇ポンドが配られた」という信憑性の高そうな噂も耳にしており、だとすれば、右記はありえない数字ではない。

大都市ロンドンに向けられた神のありがたい思し召しは数々あって、これだけ巨額の援助が寄せられたことも、その一つと考えて間違いない。そうした思し召しのうち、記録に残すべきものがほかにもたくさんある。

しかしそのなかでも、イングランド王国のあらゆる地域にいる人々の心をこのように動かそうと望まれたのは、格別の神慮だったと思う。おかげで、ロンドンの貧民を救済しようと、みんな進んで協力してくれた。その好影響は多方面に及んだが、とくに、何千人もの命を救い、健康を取り戻させたことと、おびただしい家族を飢えや病気による全滅から守ったことは、特筆に値する。

さて、このペスト禍における神の恵み深さについて語るからには、しつこいようだが、もういちどあの話題に触れないわけにいかない。感染拡大をめぐる、天の配剤だ。ペストはまずロンドンの西端に出現し、その隣へ、またその隣へ、ゆっくりと移動していった。まるで、頭上を流れていく暗雲のようだった。進行方向の端がしだいに重く垂れ込める一方で、反対端はだんだん晴れ上がっていく。つまり、ペストが西から東へ進み、東部で暴れ始めるころ、西部では流行が衰えた。おかげで、ペストに襲われなかった地域や、まだこれからの地域、すでに病魔の怒りが燃え尽きた地域には、ほかの地域を助ける余力があった。

もし、疫病が「シティ」や郊外を一気に覆い、どの地域でも同じくらいの猛威を振るったとしたら、一日に二万人の死者が出て、全市民が茫然自失に陥っていただろう。実際、ナポリはそんな状態だったと聞く。地域間で助け合うどころではない。

なにしろ、ペストの勢いが頂点に達した地域では、住人は悲惨きわまりない状況に追い詰められ、言葉に表わせないほど狼狽してしまうからだ。最盛期のあいだは、疫病がその地域に到達する直前や、去った直後とは、みんなまったくの別人だった。いま振り返ってみると、当時の市民は、万人に共通する気質を色濃く反映していた。つまり、危険がいよいよ迫るまで気楽に構え、去ったとなればとたんに忘れてしまう。

ロンドンを災厄が襲っているあいだ、商業がどんな状態だったか、国内取引と外国貿易の両方について、このあたりで触れておこう。

外国貿易についていては、語るべき内容がほとんどない。ヨーロッパじゅうの貿易相手国が、例外なく、わが国を忌み嫌っていたからだ。フランスもオランダもスペインもイタリアも、英国船の入港を認めず、交流しようとしなかった。とくに、イングランドはかねてからオランダと不和で、激しく交戦していた。国内でこんな恐ろしい敵と戦うかたわら、国外にも敵を抱えているのだった。

したがって、イングランドの貿易商人は身動きが取れなくなった。船の行き先がない。取引相手がいないのだ。国外では誰ひとり、イングランド産の工業製品や農産物に手を触れようとしなかった。イングランドの国民はもちろん、その商品も恐れていた。

無理もない。英国産の羊毛製品は、人体と同じくらい病毒を保持しかねないからだ。ペストに感染した者が荷造りしようものなら、羊毛製品には必ずや病毒が付着してしまう。そんな製品に触れるのは、発病者に触れるも同然だ。だから、英国船がよその国に到着したときは、たとえ積み荷を陸に降ろすことが許されたとしても、指定された場所で梱包を解き、空気消毒しなければならなかった。

それならまだましで、ロンドンからの船となると、どんな条件でも入港は認められず、荷物の陸揚げなどもってのほかだった。とくにスペインとイタリアは警戒が厳しかった。

これに対し、トルコやエーゲ海群島なら、トルコ領でもベネチア領でも、そこまで厳重ではなく、最初のうちは制約はいっさいなしだった。テムズ川で荷物を積んだ四隻の船が、イタリアへ向けて出発しかけたところ、目的地のリボルノとナポリから荷揚げを拒否されたため、代わりにトルコへ向かった。すると面倒な手続きもなく、自由に荷物を降ろすことができた。

ただし、到着したトルコでは販売に適さない商品もあり、また、リボルノの商人から受注した商品が多く、それを船長らの独断で売り払ってしまうわけにもいかなかった。乗組員たちは困り果てたが、事の成り行きからいって仕方がない。本来の受取人だったリボルノとナポリの商人に連絡すると、「こちらで降ろすはずだった品物の処理は、船長に任せる。中東のスミルナやスキャンダルーンの市場に適さない商品は、別の船に載せ替えてこっちへ送ってくれ」との返事だった。

スペインやポルトガルの場合、もっと厄介だった。英国船、とくにロンドンからの船の入港はまったく認められなかった。荷揚げどころではない。噂によると、ある英国船が、監視の目を盗んで荷物を降ろしたという。中身は、英国製の毛織物や綿織物、混紡の織物などだった。しかしこれが露見し、スペイン当局は商品をすべて焼き捨てたうえ、荷揚げ作業に関わった者たちを死刑にしたのだそうだ。この噂は、あながち嘘ではなさそうに思う。断言はできないものの、ロンドンにおける疫病流行がすさまじく、危険が非常に大きかったことを考えると、ありえない話ではない。

実際、英国船のせいで相手国にペストが侵入した、との噂も何度か聞いたことがある。とくに、ポルトガルに隷属するアルガルベ王国のファロ港で大きな被害が生じ、死者も何名か出たらしいが、定かではない。

このように、スペイン人やポルトガル人はイングランドを徹底的に避けたわけだが、すでにご承知のとおり、ペストは当初、ロンドンのなかでもウエストミンスター寄りの地域にとどまっていたので、商業のさかんな地域、たとえば「シティ」やテムズ川岸は少なくとも七月初めまで、川に停泊する船について言えば八月初めまで、いたって安全だった。「シティ」における死亡者の総数は、七月一日までではわずか七名。周辺の特別行政区でも六〇名しかいなかった。ステップニー、オールドゲイト、ホワイトチャペルという、市の東部にある教区は、合わせて死者一名のみ。テムズ川南岸のサザークにある八つの教区も、合わせてたった二名だった。

しかし、外国の人たちから見れば、要するに「どこもロンドン」にすぎない。なにしろ、「ロンドンでペストが蔓延中」という凶報が、世界じゅうに伝わっていた。感染がどのように広がったのか、最初はロンドンのどの地域で発生し、現在どこまで到達しているのかなど、詳細まで問い合わせようとはしない。

おまけに、ひとたび感染が広がり始めると、その速度は急速に増し、死亡週報の数字も突如として跳ね上がった。外国の取引先によく思われようとして、「たいしたことはない」と偽っても無駄だった。死亡者が毎週二〇〇〇人から三、四〇〇〇人と聞いただけで、世界じゅうの貿易相手が震え上がった。しかもやがて中心部の「シティ」までが惨禍に巻き込まれたので、全世界が警戒を強めた。

この種の知らせは、広まるにつれて尾ひれがつくものだ。すでにおわかりのとおり、疫病はたしかに恐ろしく、人々の苦しみはまったくひどかった。しかし、噂はもっと限りなく誇張された。外国に住むわたしの知人たち（とくに、兄のおもな取引先だったポルトガルやイタリアの貿易商人）は、こんなふうに聞かされていたという。

「ロンドンでは週に二万人が死亡」「埋葬しきれない死体が山積みになっている」「埋葬しようにも、生きている人間がもはや少数」「健康な人がいないから、患者の世話など無理」「ロンドンのみならず、イングランド全体が疫病に襲われている」「前例のない、国家単位の大流行」

わたしたちがいくら真相を説明しても、ろくに信じてもらえなかった。死者数はロンドンの人口の一〇分の一以下であることや、ロンドンの町なかに住み続ける生存者が五〇万人いること、いまや人々はおもてを平気で歩くようになり、疎開した人たちも戻りつつあること、通りには以前のような人混みがみられ、ただ、どの家も親類や隣人を失った点だけが異なること……。いくら言っても、知人たちは真に受けてくれなかった。

もしもいま、ナポリかどこか、イタリアの海岸沿いの街で尋ねてみれば、「ずいぶん昔、ロンドンで恐ろしい疫病が流行ったのは聞いています」との答えが返ってくるだろう。「なんでも、一週間で二万人が亡くなったそうですね」などと、当時の噂どおりに話してくれるはずだ。もっとも、これはお互い様で、ロンドンでは「一六五六年にナポリでペストが発生し、毎日二万人も死んだ」との噂が立っていた。のちに、これがまったくのでたらめだと知り、わたしはなるほどと納得した。

しかし、被害をおおげさに誇張した情報は、不当で中傷にあたるだけでなく、わが国の貿易にとって大きな障害となった。前に挙げた国々との貿易がもとに戻ったのは、ペストが去ってかなり時間が経ってからだ。フランドルやオランダの商人（とくに後者）が、この機をとらえて市場を独占したうえ、イングランドのなかでペストにまだ襲われていない地域で製品を購入し、自国へ運んでから、さも自分たちがつくった製品のふりをして、スペインやイタリアに輸出し、大儲けした。

こうした偽装は、ときおり発覚し、関係者が罰せられた。製品は差し押さえられ、船も押収された。イングランドの国民だけでなく、その製品にも病毒が付着している恐れがあるのは事実だ。触ったり、荷を開封したり、臭いを嗅いだりするだけでも危ないから、当然の措置だろう。密輸をもくろんだ連中は、自分たちの国に伝染病を持ち込む危険を冒しただけではなく、商品の輸出先の国々にも感染を広げかねなかった。そんな無謀な行為によって、どれだけ多くの人命が失われるかを考えれば、良心のある人間なら、密輸に手を染めようなどと思わなかっただろう。

密輸によって、現地で実際に被害が生じたか、つまり人命が失われたかどうかについては、わたしには明言できない。しかし、イングランド国内に関するかぎり、商業が実害をもたらしたか否か、曖昧なままにする必要はなさそうだ。ロンドン商人の不注意のせいか、あるいは、あらゆる地域や主要都市と満遍なく関わらざるをえない商業というものの性質のせいなのか、いずれにしろ、商品の売買を通じて、疫病は遅かれ早かれイングランドじゅうに広がった。

ロンドンだけでなくどの都市にも、感染者が現われた。とりわけ、商取引の盛んな産業都市や港町で、被害が際立っていた。アイルランド王国は、一部に被害が出たものの、全域に感染拡大する事態は免れた。スコットランドの人々については、あいにく調べる機会がなかった。

ペストがロンドンを荒らしまわるあいだ、ロンドン以外の港、いわゆる「外港」では貿易が栄え、とくに近隣諸国や、イングランド植民地にある農園とのあいだで、さかんに取引が行なわれた。たとえば、コルチェスター、ヤーマス、ハルなどイングランド東岸の港町は、ロンドンの外国貿易が完全に停止してから数カ月間、隣接する州の製品をオランダやハンブルクに輸出した。同様に、ブリストルとエクセターなどの都市は、プリマス港ともども、スペイン、カナリア諸島、ギニア、西インド諸島、さらにアイルランドなどと貿易を行なった。

しかし、八月から九月にかけて疫病流行がロンドンで頂点に達したあと、いま挙げた町のほとんどすべてが、早晩、病魔に襲われて、結局は貿易の全面禁止に踏みきることになった。この点は、国内産業について述べる際にもういちど触れることにしよう。

しかし、もう一つ書いておかなければいけないのが、外国から帰ってきた船だ。当然ながらその数は多く、かなり前に世界各地へ出かけた船もあり、出港時には疫病流行のことは知らなかった船、あるいは、たいした問題ではないと高をくくって出て行った船も含まれていた。そういう船は、堂々とテムズ川を上り、事前の約束どおりに積み荷を降ろした。

ただし八月と九月だけは別で、この二カ月間はロンドン橋の下流に悪疫が重くのしかかっていたため、岸で荷揚げ作業を手伝う者がいなかった。作業員不在の状態が数週間続いたので、べつに腐るような荷を積んでいない船は、プール水域の手前の淡水あたりに碇を降ろしてしばらく待った（帰ってきた船がつながれる水域をプールといい、ロンドン塔からカコルズポイントやライムハウスまでの両岸一帯を含む）。

なかには、いったん河口へ出て、近くのメドウェイ川に入った船も五、六隻あり、そのほか、ノア砂州や、グレーヴゼンド下流のホープ水域に停泊する船もあった。そんなわけで、一〇月の後半ともなると、帰ってきた船が群れをなして川で待機するという光景が出現した。長年誰も見たことがない壮大な眺めだった。

ペスト禍のあいだじゅう、ある特定の二つの取引は水上輸送によって続けられ、ほとんど中断もなかったので、ロンドン市内で苦境に陥っている貧民たちにしてみれば、おおいに助かり、心強かった。その二つとは、穀物の沿岸取引と、ニューカッスルで産出された石炭の取引だ。

このうち前者は、おもに小さな船が用いられ、ハンバー川沿いにあるハル港その他から出航し、北のヨークシャー州やリンカンシャー州で獲れた大量の穀物をロンドンへ運び込んだ。穀物に関しては、ほかに、ロンドンの北東にあるノーフォーク州のリンや、同じ州のウェルズ、バーナム、ヤーマスなどと取引を行なった。

さらに第三の経路として、メドウェイ川の沿岸、ミルトン、フェバーシャム、マーゲイト、サンウィッチなど、ケント州やエセックス州の小さな集散地や港からも穀物が運ばれた。

サフォーク州の沿岸からも、穀物に加え、バターやチーズがさかんに水上輸送されてきた。こうした交易船はたえず定期的に運行され、現在も「ベア・キー」の名で知られる市場に物資を滞りなく送り届けた。おかげで、やがて陸上輸送に支障が出始め、地方部の行商人がロンドンを避けだしてからも、市民には潤沢な穀物が供給された。

これもまた、市長の思慮深さと指導力によるところが大だった。船長をはじめ乗組員が危険にさらされないよう、細心の注意を払ったのだ。船がロンドンに着いたとき、たまたま市場が開かれていなくても（そんなことはめったになかったが）、売りそこねた穀物をいつも買い上げた。

また、仲買人たちに命じて、穀物を満載した船からただちに荷を降ろさせたため、乗組員は上陸する必要がほとんどなかった。代金にしても、船上まで届けられ、酢の入った桶に浸されたあとで渡された。

もう一つおもに水上輸送で扱われたのが、北方のニューカッスル・アポン・タインからの石炭だ。これがなかったら、ロンドンは窮地に陥っていただろう。というのも、当時は街頭だけでなく一般家庭でも、大量の石炭が燃やされていたからだ。医者たちの助言に従って、夏のどんなに暑いときも火を絶やさなかった。

ただし、これに反対する人たちもいて、家や部屋のなかを暖かく保つのは、かえってペストを活性化させてしまうと主張していた。そもそもこの疫病は、血のなかで発酵して熱を放つ。暑い季節に感染力が強まり、寒いと衰えることが知られている。ペストに限らず、あらゆる伝染病は暖めるとむしろ悪化するのだ。暑い日に病毒の種が力を増すからには、熱が感染を広げるといっても過言ではない、と。

これに対して、さらなる反論も出た。

「なるほど、気温の上昇は感染を勢いづかせるかもしれない。蒸し暑くて息苦しい季節になると、空気中に害虫が増え、さまざまな有害な生き物が湧いてくるのは、周知のとおりだ。そういう有害なものが、食べ物、植物、さらには人体のなかにまで宿って増殖する。そんな生き物が放つ悪臭によって疫病が広まるのかもしれない。しかもこの空気中の熱、いわゆる暑熱は、人間のからだをだるくし、生気を奪い、毛穴を開かせる。その結果、ペストをもたらす毒気や、ほかの空気中の有害なものが、からだに入り込みやすくなることは確かだろう。しかし、家のなかや近くで燃やす火、とくに石炭の火は、まったく異なる効果をもたらす。石炭から出る熱は性質が異なり、素早く激しい。ほかの種類の熱だと、毒気をよどませて育んでしまうが、石炭の熱は、毒気を分離して消散させる。そればかりか、石炭にたいがい含まれている硫黄や硝石の粒は、燃焼する瀝青(れきせい)物質と組み合わさって、毒気を払ったあとの空気を浄化し、吸い込んでも健康に差し支えがないようにする働きがある」。そんな主張だった。

当時はこの最後の意見が優勢となり、じつはわたしも、これには正当な根拠があると思う。実際の市民生活のなかでも、火を焚く効果は確認された。すべての部屋で火を絶やさなかった家の多くが、まったく疫病に冒されなかったのだ。わたし個人の経験もこれと一致する。しっかり火を焚くことで、わたしの部屋の空気は快適で健全になった。だから、わたしの家の者は誰も病気にかからなかった。火を焚いていなかったら、どうなっていたかわからない。

石炭の取引に話を戻そう。

これを中断なく続けるのは、容易ではなかった。とくに当時はオランダと交戦中だったので、疫病流行の初期、オランダの私掠船がイングランドの石炭船を次々に拿捕(だほ)した。そこで残りの船は用心し、必ず船団を組んで移動をともにしなければいけなかった。

もっとも、しばらくすると、私掠船は出没しなくなった。乗組員と接触する際にペストをうつされるのではと恐れたのか、あるいは、拿捕した船から自国にペストが入り込むことを懸念してオランダ政府が禁じたのか。ともあれ、石炭の海上輸送は安全になった。

北方から来る石炭船の安全を図るため、ロンドン市長が、いちどに一定数以上の石炭船がプール水域に入らないよう命令を出した。代わりに、艀(はしけ)その他の小さな舟に薪炭商、石炭商、波止場管理人らを乗せ、デットフォードやグリニッジ、ときにはさらに下流で石炭を受け取らせた。

石炭船のなかには、着岸できさえすればどこにでも大量の石炭を降ろしてしまう船もあった。グリニッジやブラックウォールなどがそういう場所で、石炭の山がうずたかく積まれた。しかしそのまま備蓄するわけではなく、船が去るのを待って、石炭は市内へ運ばれた。こうして、乗組員と荷揚げ作業員の接触を避けたわけだ。

これほど細心の注意をもってしても、石炭船で感染者が出ることを完全には防げず、おおぜいの乗組員が死亡した。もっと悪いことに、病毒はイプスウィッチやヤーマス、さらにはニューカッスル・アポン・タインその他の沿岸の諸地域まで運ばれてしまった。とくにニューカッスルとサンダーランドで多くの犠牲者が出た。

前に述べたような事情で、とにかくむやみに火を焚くので、石炭の消費量は尋常ではなかった。しかも、悪天候のせいだったか、敵国の妨害のせいだったか、石炭船の到着が一、二回とぎれた。すると、石炭の値段が急騰し、一チョールドロンあたり四ポンドにもなった。しかし、また船が入ってくるとすぐに値下がりし、その後は順調に船が入ってくるようになったため、その年いっぱい適正な価格が続いた。

わたしの計算によると、疫病を予防するため公共の場で燃やされる石炭の量は、毎週二〇〇チョールドロンに上っていたはずで、市当局の負担で長く続けていたら、途方もない量になっていただろう。必要なのでやむなし、との判断だった。ところが、一部の医者が火を消すべきだと騒いだので、四、五日で取りやめになった。当初、火を焚くよう指示されたのは、こんな場所だ。

税関、ビリングズゲイト、クイーンハイズ、スリー・クレインズ、ブラックフライアーズ、ブライドウェル感化院の門、レドンホール・ストリートとグレースチャーチ・ストリートの交差点、王立取引所の北門および南門、市庁舎、ブラックウェル・ホールの門、セント・ヘレンズ教区にある市長公舎の入り口、セント・ポール大聖堂の西口、ボウ教会の入口。それぞれ一つずつだった。防御壁の門のところにあったかどうかは覚えていないが、ロンドン橋のたもとのセント・マグヌス教会のそばには一つあった。

後日、こうした試みに異議を唱え、火を焚いたせいで死亡者が増えたと主張する者もいた。しかし、それを裏付ける証拠は何も出さなかったし、わたしとしては信じる気になれない。

ペスト禍のもと、イングランド国内では商業がどうなっていたか、とくに製造業とロンドンにおける物の売買とについて、もう少し説明しておこう。

容易に想像できるだろうが、疫病流行が始まった当初、人々は恐怖に凍りついて、物の売買どころではなくなった。食糧と生活必需品は例外だったが、それさえ影響を受けた。死者が増えたうえ、おおぜいの脱出者や病人が現われたため、「シティ」における消費量は、以前とくらべて半分とは言わないまでも、三分の二以下に減った。

神の恵みにより、その年は、干し草はだめだったものの穀物と果物が大豊作だった。穀物の実りのおかげでパンが安価だったし、牧草が不足した影響で肉も安くなった。ただ、同じ理由でバターとチーズは高くなり、ホワイトチャペル関門を越えたところにある市場では干し草が荷車一台分で四ポンドもした。しかしそれは貧しい者には関係ない。

りんご、なし、すもも、さくらんぼ、ぶどうなど、果物は種類を問わず有り余るほどあった。ところがそのせいで、貧しい者は果物を食べすぎてしまい、下痢、腹痛、消化不良などに陥り、からだが弱ったせいでペストにかかってしまう例が相次いだ。

いや、商業の話に戻ろう。

外国への輸出が完全にできなくなったり、深刻な妨害を受けて困難になったりしたため、当然ながら、輸出向け商品の製造はすべて中止になった。国外の貿易商人から、商品を送れと再三催促されることもあったが、ほとんど輸出できなかった。なにしろ、英国船は相手国の港に入ることを許可されなかったのだ。

こうして、イングランドのほとんどの町で、輸出用の品物の製造が停止された。ロンドン以外の港町のなかには、例外的に生産が続いたところもあったが、それも間もなく停止に追い込まれた。どの町も次々とペストに襲われたからだ。

輸出産業の苦境はイングランド全体に及んだが、さらに悪いことに、国内向けの製品もあらゆる取引が停止した。なかでも、ふだんロンドンの商人の手を介して流通していた品物は、市内での商売が滞ったせいで一気に取引がなくなってしまった。

ロンドンで暮らすあらゆる種類の職人やその小売商が仕事を失い、同時に、配下で働いていた数えきれないほどの下級職人や労働者が、業種を問わず解雇された。なにしろ、ぜったいに必要と思われるもの以外、何をつくろうと売れる見込みがない。この結果、おぜいの独身者が生計の支えをなくした。主人の労働が頼りだった家も、はなはだしく悲惨な境遇へ突き落とされた。

しかしここで、ロンドン市当局の名誉のため、そして今後も末永く語り継がれるよう、こう証言しておく。のちに病気にかかって苦しむはめになるとはいえ、莫大な数の貧困者が必需品に事欠かず暮らせたのは、市当局が救援物資をじゅうぶん行き渡らせたからにほかならない、と。おかげで、飢え死にする市民はいなかった。少なくとも、治安判事に連絡したのにないがしろにされた例はいちどもない。

地方部で製造業が停滞したため、その土地の人々は困窮したが、ことによると、もっとはるかに惨憺たるありさまになっていたかもしれない。そうならずに済んだのは、親方職人や織物業の雇用主らが、蓄えと力の及ぶかぎり製品をつくり続け、貧しい人々にできるだけ仕事を与えていたからだ。やがて疫病流行が収まれば、いま商売が落ち込んでいる反動で、すぐさま需要が伸びるはず、と信じていた。

しかし、そのような無理ができたのは金持ちの親方だけで、資力の乏しい者のほうが多かったため、国内の製造業は大きな打撃を受け、ロンドンの惨禍のせいだけで、イングランドじゅうが苦しむはめになった。

ただ、この翌年、ロンドンを襲ったあらたな災厄により、地方の人たちはじゅうぶんに償われることになる。つまりロンドンは、一つの惨事によって地方部を疲弊させ、種類こそ違うものの同じく恐ろしいもう一つの惨事によって、地方部を豊かにし、前年の埋め合わせをした。

というのも、この身の毛もよだつ疫病流行のまさに翌年、ロンドンを大火が襲った。日用品、衣類、その他もろもろが焼失したうえ、イングランドの各地から集められた工芸品などの商品が詰まった倉庫も、すべて灰燼(かいじん)に帰した。損失や不足を補うため、信じられないほどの需要が生まれ、国じゅうの製造業者が駆り出されたが、それでもなお数年間は供給が追いつかなかったほどだ。

外国市場に関しても、いたるところでイングランド製品が払底し、需要が驚異的に高まった。その原因は、ペスト禍ももちろんだが、収まったあと自由な貿易が認められるまで少し手間取ったせいもある。しかしまずはひと足早く、国内市場で途方もない需要が生じて、あらゆる種類の製品が飛ぶように売れた。

そんなわけで、ペスト流行とロンドン大火のあと七年間は、後にも先にもないほど、国内の商業が活発化した。

さていよいよ、この恐ろしい裁きの慈悲深い一面について述べるとしよう。

九月の最後の週に入り、勢いが頂点に達していたペストは、不意に猛威を和らげ始めた。その前の週、友人のヒース博士がわたしに会いに来て、予言したのを覚えている。「間違いなく、あと数日のうちに疫病の激しさは頭打ちになるよ」

ところが、その週の死亡週報を見たところ、すべての病気を合わせた死者数が八二九七人と、一年のなかで最も高かった。わたしはヒース博士をとがめ、何を根拠にあんなことを言ったのかと尋ねた。すると、あっさりこんな返事がかえってきた。

「いいかね。現時点における患者数と照らし合わせてほしい。もしペストの病毒が二週間前と同じ強さだったら、先週の死亡者は八〇〇〇人ではなく二万人でなければおかしいだろう。それに、二週間前までは、罹患してから二、三日で息を引き取っていたけれど、いまは少なくとも八日ないし一〇日は死なない。しかも、わたしの観察によれば、以前は五人にひとりも助からなかったが、現在では五人のうち二人以上死ぬことはまずない。次の週報では死亡者数が減るはずだ。従来にくらべ、快復する人の数も増えるだろう。もちろん、いまだいたるところでおびただしい数の人が感染し、毎日おおぜいが発病している。でも、割合としては、それほど多くが死ぬことはない。ペストの悪性が弱まったからだ」

そう言ったあと、疫病流行は峠を越えたと希望、いや希望以上のものを抱きかけている、と付け加えた。実際、そのとおりになった。翌週、すなわち九月の最後の週、死亡週報の数字はおよそ二〇〇〇人も減っていた。

まだまだ終息までの道は遠く、次の死亡週報では六四六〇人、その次でも五七二〇人だったが、それでも、わたしの友人の観察どおり、患者はどうやら以前よりも早く、おおぜい快復していた。もし悪性が衰えていなかったら、「シティ」の状態はどうだっただろうか?

わたしの友人によれば、当時の感染者は六万人以上。そのうち二万四七七人が死亡し、四万人近くが快復した。もし以前のような毒性の強さなら、感染者六万人のなかでおそらく五万人が死亡、加えてあらたに五万人が発病していたはずだ。もはや、残る市民全員が発病の瀬戸際で、誰ひとり逃れられないと思えるほどの惨状だった。

さらに数週間後、わたしの友人の予言の正しさがいっそう明らかになった。

死亡者の減少傾向が続き、一〇月のある週は、前週より一八四三人減って、二六六五人となった。

次の週にはさらに一四一三人減少した。依然として多数が、いや、多数という表現をはるかに上回る人々が、病床で苦しみ、新規の発病者もあとを絶たなかった。それでも、ペストの悪性は衰えつつあった。

それにしても、ロンドン市民はすこぶるせっかちだ。ロンドン市民にかぎらず世界じゅうどこの人間も同じなのかもしれないが、とにかく、ロンドン市民にかけては間違いない。疫病流行の当初、市民は急におびえて互いを避け、互いの家に近寄らず、それどころか（当時のわたしの考えでは）まだそんな必要もないのに恐怖に駆られ、大挙してロンドンから逃げ出した。ところがこんどは、「ペストは前より感染力が弱くなったし、感染しても命取りにはならなくなってきた」との噂が飛び交い始め、実際、明らかに、感染したあと快復する人たちが目立ってきた。

すると、ロンドン市民は、持ち前の性急ぶりを発揮して、身の安全も病毒の危険もどこへやら、ペストのことを風邪の発熱と同じくらいか、それ以下にしか考えなくなった。からだにでき物がある人とも平気で会うようになった。患部がまだ膿んでいて、まさに病毒を垂れ流している最中なのに、おかまいなし。会うだけでなく飲食までともにし、果ては、知り合いの家へ見舞いに行き、患者が伏せっている寝室に入ることさえあったと聞く。

お世辞にも、分別があるとはいえない。友人のヒース博士も認めるとおり、ペストの感染力が弱まったわけではなく、発病する割合も下がってはいなかった。たんに、発病しても死なない人が増えたまでだ。そうは言っても、死亡者は多かったし、ペストそのものは非常にひどい病気であり、爛れや腫れが激痛を伴い、以前ほどではないにしろ、死の危険と隣り合わせだった。おまけに、いまわしい病状に苦しめられ、快復するとしても長い時間がかかる。その他もろもろをよく考え合わせれば、患者と濃厚に接触するのは思いとどまり、従来どおり警戒しようという気持ちになるはずではないか。

もし感染すれば、ほかにも、壮絶な体験をしなければならない。腫れ物から膿を出すために外科医が塗布する腐食剤は、火で焼かれるような激痛をもたらす。この治療を受けなければ死ぬ危険性が非常に高く、その点は流行の終息期でも同じだった。腫れ物じたいの痛みも耐えがたい。流行の最盛期の例をすでにいくつかお話ししたが、そのころは絶叫し、正気を失う者もいたほどだ。

毒性が弱まったいまならそこまでではないにしろ、すさまじい責め苦に苛まれる。ペストにかかった人たちは、たとえ一命を取りとめても、「もう危険はない」と自分に吹き込んだ者を恨むとともに、早まって病魔に近づいた軽率さをひどく後悔した。

市民の不注意な行動は、これだけにとどまらなかった。

早々に警戒心を解いた人たちのなかには、もっと深刻な苦しみを味わう者もいた。多くの人が命を取りとめたものの、亡くなった人も多い。不用意に感染する者が増えたせいで、予想に反して、埋葬される死者の数がなかなか減らなくなった。死亡週報の数字が大幅に減少を示したとたん、もう大丈夫という噂が稲妻のようにロンドンを駆け抜け、市民の頭はこの朗報でいっぱいになった。そのため、次の二週間は、数の減りかたが鈍ってしまった。その理由は、人々がかつての慎重さを失い、それまで控えていた外出を解禁して、みずから危険のなかへ身を投じたせいに違いない。もう自分は病気にならない、もしなったとしても死にはしない、と思い込んだのだ。

こうした浅はかな態度に対し、医者たちは懸命に警鐘を鳴らした。守るべき心得を印刷して、市内や郊外のさまざまな場所で配布した。死亡者が減ってきたからといって油断せず、不要不急の行動は控えるように、と呼びかけた。

さらに、ロンドン市全域で疫病がぶり返す恐れがあり、もし再燃すれば、いままで蔓延してきたどんな流行病よりも甚大な被害を生み、多くの死者を出すだろう、と述べていた。これを市民に説明し、納得してもらうため、じつにいろいろな理由や根拠を挙げてあるのだが、あまりに長くなるのでここでは割愛したい。

しかし、このような努力もまったく効果がなかった。思いあがった者たちは、最初に流れた朗報で有頂天になり、死亡週報の数字が急に減ったのを見て小躍りした。どんなに厳しくいさめても、聞く耳を持たず、死神は去ったと信じるばかりで、ほかには何も理解しようとしなかった。それどころか、店を開き、町なかを歩きまわり、商売をやり、街で挨拶してくる人があれば、誰であろうと言葉を交わした。用事があろうとなかろうと、相手の健康を尋ねもしなかった。いや、相手が健康ではないとわかっていてさえ、感染を気にする素振りすら示さなかった。

浅はかな振る舞いが原因で、この期に及んでむざむざ命を捨てた人がおおぜいいる。せっかくいままで細心の注意を払って家に引きこもり、世捨て人のように外に姿を現わさず、そのおかげで、加えて神の御心にもかなったおかげで、猛々しいペストの流行期を生き延びることができたというのに……。

軽率で愚かというほかない行動が目に余るようになって、ついに牧師たちも黙っていられなくなった。市民たちの態度がいかに愚にもつかない危険なものかを教えさとした。これで市民はいくらか頭を冷やし、慎重に行動するようになったものの、さすがに牧師たちの力でも食い止められない事態が、すでに誘発されていた。

すなわち、もう大丈夫との噂はたちまち地方部にも広がり、ロンドン以外にいる人たちも似たような心境の変化を味わった。遠く離れた地で長い疎開生活を送り、もはや辟易していた市民たちは、早く帰りたくてたまらず、感染の危険や将来の不安も顧みずに、いっせいにロンドンへ押し寄せた。

自宅に着くや、すべての危険が去ったかのように、平気で町なかに姿を現わした。呆然とする光景だった。いまだに毎週一〇〇〇人から一八〇〇人の死者が出ているというのに、もうすっかり問題ないと言わんばかりだった。

その結果、一一月の第一週には死亡週報の数字がふたたび四〇〇も増えた。医者たちの報告によれば、その週の発病者は三〇〇〇人を超えており、そのほとんどは地方からロンドンに舞い戻ってきた者だった。

ジョン・コックという名の男が、セント・マーティン・レ・グランド・ストリートで理髪店を営んでいた。この男は、ペストが鎮まったと聞いて性急に帰ってきた人物の典型だ。流行初期、ほかのおおぜいにならって、自宅に厳重な鍵をかけ、家の者をすべて引き連れてロンドンから逃げ出した。やがて一一月に入り、ペストの病勢が弱まって、すべての病気を合わせた死亡者数が九〇五名にまで減ったのを知ると、喜び勇んでロンドンに帰ってきた。

家には一〇人で暮らしていた。自分と妻、子供五人、見習い二名、奉公人一名。その男が店を開いて商売を再開し、まだ一週間と経たないころ、家に疫病が侵入し、五日もしないうちに、ひとりを除いて全員が死亡した。すなわち、男自身と、妻、子供全員、両方の弟子。生き残ったのは女奉公人ただひとりだった。

しかしこの一家は別として、神の慈悲は、人間の想像を超えて大きかった。病毒が力を使い果たしたのか、その悪性はずいぶん弱まっていた。

追い打ちをかけるように、季節が急に冬めいてきた。冷たい空気が澄みわたり、霜の降りる朝もあった。寒さが日に日に厳しくなるなか、病気にかかった人のほとんどが快復するようになり、ロンドンは健全さを取り戻し始めた。

もっとも、一二月にいくぶん流行がぶり返し、死者が一〇〇人ほど増える週もあったが、数字はまた下がり、しばらくして万事がもとどおりになってきた。驚くべきことに、街のにぎやかさが突然よみがえり、よそ者の目には、まさか大量の人命が失われたばかりとは映らなくなった。

住居にしても、空き家はほとんど目につかず、もしあれば、すぐに借り手が見つかった。街が新しい様相を帯びるに従って、市民の態度も一新された……と言えないのが残念だ。むろん、難を逃れたという深い感慨を胸に刻み、あれほど危険な時期に自分を守ってくれた神の手に心から感謝する人も多かったに違いない。ロンドンという街の人口の密集ぶりと、恐ろしい災厄に見舞われた人々の信心深さを思うと、当然みんなそう感じたと思う。もし感じない人がいたら、恩知らずのそしりを免れまい。

しかしながら、一部の家族や個人の表情にそんな感謝の念が読み取れたものの、市民全般の生活態度は昔と変わらず、ほとんど変化が見られなかった。

むしろ悪くなったと指摘する声もある。疫病の流行以来、道徳心が低下した。嵐を乗り越えた船乗りのように、危険にさらされた経験のせいで情け容赦がなくなって、以前よりも邪悪で、愚かで、大胆で、不道徳になった、と。けれども、わたしはそこまで悪く言うつもりはない。

ロンドンのいろいろな機能がしだいに蘇生し、もとの日常が戻ってくるまでには、なお多くの段階を経たのだが、それを詳細に述べていたら、長大な物語になってしまう。

さて、ロンドンが復旧の道をたどり始めたころ、こんどはノーウィック、ピーターバラ、リンカン、コルチェスターなど、東部の地方都市が疫病に襲われた。ロンドン市当局は、これらの都市との交流について、規則を定めようとした。しかし、「ロンドンへの来訪を禁ずる」とうたったところで、空疎でしかない。旅行者の出身地を見分けることなど不可能だ。

協議を重ねたすえ、市長と市参事会は、規制をあきらめた。唯一できる対策といえば、ロンドン市民に向かって、そういった都市から来たことが明らかな場合、自宅に呼んでもてなしたり、会話したりしないようにと、注意を呼びかけることだけだった。

しかし、この当局の呼びかけも、空振りに終わった。ロンドン市民は、自分はもうペストにかからないと信じきっていて、あらゆる警告を無視した。もとどおりきれいな空気になった、空気はいちど天然痘にかかった人と同じで、ふたたび感染することはない、と思い込んでいるらしかった。

こういった経緯から、「病毒はすべて空中に含まれていて、患者から健康人へうつるわけではない」という古い考えかたが、あらためて頭をもたげ始めた。この俗説がふたたびまかり通るようになって、真に受けた人たちは、健康だろうと病気だろうと無差別に交わった。

宿命説に凝り固まる回教徒は伝染病の予防など意に介さないと聞くが、当時の一部のロンドン市民にいたっては、もっと無頓着だった。自分たちは健康そのものだし、地方部で「健全な空気」を吸って暮らしてきたのだから、何の問題もない。そう考えて、患者のいる家や部屋に平気で出入りしたばかりか、ペストの症状がおもてに表われていてまだ快復していない患者といっしょに、同じ寝台で眠ることさえいとわなかった。

そういう無謀な真似をした報いで、死んでしまった人もいる。感染した人は数知れない。医者たちはいっそう多忙を極めたが、以前と違うのは、快復する患者が増えたことだった。つまり、週あたりの死亡者は多くても一〇〇〇人から一二〇〇人。だが、発病者の数という点では、週に五、六〇〇〇人も死んだ時期よりむしろ多かった。

健康と感染にまつわる重大かつ危険な問題でありながら、当時の市民はまったくいい加減で、安全を願う当局者からの忠告など聞こうともしなかった。

地方部から戻ってきた市民は、概して、思わぬ現実にぶつかった。ロンドンに居残った知人の安否を気遣って家を訪れてみると、家族全員が死に絶えていることが多く、そんな場合、遺品一つ見つからないか、見つかっても引き取り手が名乗り出てこないのだ。一つも残っていないときは、たいがい、誰かに着服されたか盗まれたかで、品物はすでに人手から人手へ渡っていた。

こういう事情で財産が放棄されたとき、所有権は、包括受遺者である国王に渡る決まりになっている。そのあと国王から、神への貢ぎ物として、市長や市参事会員に下賜(かし)され、最終的には、限りなくいる貧困者たちに分配されるのがふつうだ。実際、少なくともある程度はそうなっただろう、とわたしは思う。

疫病が蔓延していたころとくらべると、終息後は、困窮する人の数が減ったものの、各地から寄せられていた義援金や支援物資がとだえたため、なおも貧困にあえぐ人々の苦しみはかえって深刻化した。もう必要がなくなったと思い、裕福な人々が救済の手を引っ込めてしまったからだ。

市はだいぶ健康を取り戻したものの、海外貿易は始まる気配がなく、よその国は相変わらず英国船の入港を拒否していた。オランダに関しては、イングランドの宮廷とのあいだのいざこざから、前年には本格的な戦争に再突入してしまい、貿易の道が完全に閉ざされた。

スペイン、ポルトガル、イタリア、バーバリー地方、ハンブルク、バルト諸国の港はすべて、英国船を非常に警戒し、このあと何カ月ものあいだ、貿易を再開しようとはしなかった。

ペストの犠牲となって幾多の命が失われたため、多くの周辺教区には新しい埋葬地がつくられた。わたしが見に行ったバンヒル・フィールルズの大穴がその一例であり、いくつかは今日でも使われ続けている。

しかし一方、廃止された墓地もあるわけで、それを考えると、わたしはつい物思いにふけってしまう。取り壊された墓地は、ほかの目的に転用されたり、上に建物がたったりするわけで、その際、死骸が乱暴に掘り起こされた。なかには、まだ骨に腐肉がからまっているものさえあったが、まるでごみか糞尿のように扱われ、どこかへ運ばれていった。わたしが直接に見聞きしたものを挙げておく。

（一）マウント・ミルに近い、ゴスウェル・ストリートを越えたところにある土地の一画。オールダーズゲイト教区、クラーケンウェル教区だけでなく、市外の教区の死体もいっしょに埋葬されていた。

ここはその後、薬草園となり、さらにあとには、ある建物の敷地になったと聞く。

（二）ショアディッチ教区の、ホロウェイ・レーンの末端に近い、当時「ブラック・ディッチ」と呼ばれていた溝のすぐ向こう側の一画。

その後は、豚の飼育場など一般的な用途に使われている。

埋葬地としてはもう利用されていない。

（三）ビショップスゲイト・ストリートにあるハンド・アレイの上手の一画。

ここは当時まだ緑の野原で、初めのうちビショップスゲイト教区専用の墓地だったが、やがて「シティ」の内側、たとえばセント・オール・ハロウズ・オン・ザ・ウォール教区などからも荷馬車がさかんに死体を運んできた。

ただ、この場所について語るとき、わたしは遺憾の念を禁じえない。ペスト禍が過ぎ去ってから、たしか二、三年後、ロバート・クレイトン卿がこの土地を手に入れた。当時の噂によれば、この土地の所有権に関わる人物が全員、ペストで落命したため、相続人がいなくなって国王チャールズ二世陛下の所有となり、次いでロバート・クレイトン卿へ下賜されたらしい。

この経緯の真偽は定かでないが、いずれにしろ間違いないのは、クレイトン卿の指示によってこの土地が建設用地として貸し出され、次々に建物がつくられたことだ。最初に建てられたのは、いまも残る美しい豪邸で、現在のハンド・アレイに面していた。名前こそ小路（アレイ）だが、道幅は大通りにもひけを取らない。この豪邸から北へ向かう路地沿いに家が並んでいて、このあたりがまさに、哀れな人たちが埋められていた場所にあたる。基礎工事のために地面を掘ると、次々に遺体が現われた。頭蓋骨にまとわりつく長い髪から、どうやら女性らしいとわかるものもあれば、肉がまだ溶け切らずに残っているものもあった。当然、付近住民はこの不敬な工事に激しく抗議し、疫病が再発する恐れを指摘する声も出た。

そこで、地中から人骨や人肉が出てきたときは、区画のいちばん奥まで運び、専用の深い穴へ投げ込むようになった。ここにはいまでも建物がなく、場所を特定できる。ローズ・アレイの北端に、別の住宅へ通じる細道があり、その角のところが、しばらくあとに建てられた非国教徒の集会所の入り口。入り口の向かい側に、柵で四角く囲まれた小さな空き地が見つかるだろう。それが、穴の跡地だ。あのペスト禍の年、死体運搬の荷馬車によって運ばれてきたおよそ二〇〇〇人の遺骨が、その場所で深い眠りについている。
(四)このほか、ムーアフィールズにも埋葬地があった。現在オールド・ベツレムと呼ばれている道へ抜けるあたりだ。

ここは当時かなり広くならされた土地だが、全域が墓地として使われたわけではない。

[註　この疫病記の著者も、いまこの埋葬地で永眠している。数年早く先立った姉がここに埋葬されたため、本人がこの地を希望したのである。]

(五)ステップニー教区は、ロンドンの東部から北部にわたって広がり、北部ではショアディッチ教区の教会墓地に接している。この墓地のすぐ近くに、死者を埋葬するための土地を持っていた。その後も建物を建てずに空けてあり、しばらくして教会墓地と併合されたらしい。

そのほか、スピトルフィールズにも埋葬地が二つあった。

うち一つの跡地には、後日、非国教会派の会堂だか礼拝堂だかが建てられた。この教区は広大なので、礼拝の場所が足りなかったせいだ。

もう一つの埋葬地はペティコート・レーンにあった。

当時、ステップニー教区が使っていた埋葬地は、ほかにも五つあった。一つは現在、シャドウェルのセント・ポール教区教会が建っているところ。もう一つは現在、ウォッピングのセント・ジョン教区教会が建っているところにあった。いずれも当時はまだ教区として独立しておらず、ステップニー教区に属していた。

もっとほかに埋葬地の名前を挙げることもできるが、わたしがとくによく知っている場所のうち、記しておいたほうがいいと思うものだけに絞った。全般にみて、この受難の時期には、短い月日のあいだに莫大な数の人々を埋葬しなければならず、たいていの周辺教区では、あらたに土地を囲い込んで埋葬地にするしかなかったわけだ。

しかしそれなら、こういう特殊な場所がのちにふつうの用途に転用されないよう、しかるべき注意を払うべきではなかったか？　そうすれば、遺体が安らかな眠りを妨げられることもなかっただろう。率直に言って、措置を誤ったと思う。誰を責めるべきかは、わたしにはわからない。

言い忘れてしまったが、当時、クエーカー教徒も専用の埋葬地を持っていて、いまでも利用している。家から死体を運び出すのにも、専用の荷馬車を使っていた。教徒のなかでとくに有名なソロモン・エクルズについては、前にも触れた。この男は、天罰として悪疫が襲来することを予言し、裸でおもてを駆けまわりながら、市民の罪を罰するためにとうとう疫病がやってきた、と告げた。しかもなんと、ペストが発生した翌日、みずからの妻を喪った。妻はクエーカー教徒用の死体運搬車にのせられ、最初の犠牲者のひとりとして、真新しい埋葬地へ運ばれたという。

あのペスト禍のさなかには、注目すべき出来事がほかにもいやというほど起こった。語ろうと思えば、きりがない。

たとえば、当時オックスフォードへ移っていた宮廷とロンドン市長とのあいだで、どんなやりとりが交わされたか。この危機的な状況下の生活について、ときおり、政府から国民にどのような指示が与えられたか。しかし実際問題としては、宮廷はこの災禍にはほとんど無関係だったし、わずかに関わったのも些細なことにすぎず、場所を割いてここで言及する意味はないだろう。ただ、市内で毎月いちどの断食を守るべしという命令があったことと、貧困層の救済のため、国王から義援金の下賜があったことだけは記しておく。

病勢が激しかったころ患者を置き去りにして逃げた医者たちに対しては、囂々たる非難が浴びせられた。そんな医者があとになってロンドンに帰ってきても、誰ひとり診療を頼まなかった。そういう医者は「逃亡者」と呼ばれ、戸口にしょっちゅう「医者、貸します」なる揶揄の張り紙をされた。そのため、しばらく何もせずようすをうかがうか、引っ越して誰も知らない土地で開業しなおすかしか手がなかった。

牧師の場合も同様だ。市民の風当たりはすさまじく、逃亡した牧師を当てこすった韻文や散文がつくられ、教会の入り口に「説教壇、貸します」、ひどいときには「説教壇、売ります」と書いた紙が張られた。

疫病の流行が終息したとき、いろいろな揉め事や中傷、ののしり合う下劣な根性なども ついでに消えてくれれば、どんなに良かったか。そういかなかったところに、わが国の不幸がある。

疫病が流行する前、イングランド国内の平和を乱していた元凶は、まさにこのいがみ合いの精神だ。そういう精神は、まだ遠くない過去に全国民を流血と無秩序に巻き込んだ、あの古い敵愾心（てきがいしん）の名残だとも言われる。しかし、王政復古後の大赦令によって清教徒革命の関係者が赦免され、内紛そのものが鎮まったせいもあり、政府は機会あるごとに家庭の平和、個人の平和を国民に呼びかけてきた。

けれどもしょせん、無理な相談だった。ロンドンでようやく疫病が収まったあとなのに、だめだった。ペスト禍の最中、ともに辛酸をなめ、互いにいたわり合う日々を経験して、誰もが、これからはもっと思いやりを持とう、人を非難するのはもうよそう、と胸に誓ったのではなかったか。あのころの暮らしを知っている者はひとり残らず、終息を迎えたとき、ああついにこの日が来た、心を入れ替えてみんなで一つになれるときが来た、と信じたはずだ。ところが、実現しなかった。不和は解消されず、国教会と長老派は依然として対立を続けている。

災厄のさなかは、追放中の身だった非国教会派の牧師たちが、国教会派の牧師に見捨てられた説教壇に立つこともあった。ところが、ペストが去ったとたん、明け渡すはめになった。いや、そこまでなら自然な流れかもしれない。

しかしここで、国教会派がすぐさま攻撃に取りかかり、法による処罰までちらつかせて非国教会派を弾圧し始めたのは、いったい何としたことだろう。ペスト禍のあいだは非国教会派の説教に耳を傾けておきながら、平常時に戻るとさっそく迫害に転じるとは、どういう了見なのか。国教会の一員であるわたしたちでさえ、冷酷すぎる仕打ちだと感じ、とうてい容認できるものではなかった。

しかし、政府主導の方針だけに、一国民が何を言おうとやめさせることはできなかった。自分たちの本意ではない、と言い訳するのが精いっぱいだった。

一方、非国教会派の態度も、褒められたものではなかった。担当の教区を捨てて逃げたではないか、と国教会の牧師たちを糾弾した。信者にしてみれば最も慰めが必要なときだったのに、国教会は責任を放棄し、危険にさらされている市民を見捨てた、と。

ペストはあまりに手強い。恐怖という武器をかざして襲いかかってくる。万人がその衝撃に耐えきれるものではないだろう。たくさんの牧師が、自分の安全を優先して退却し、逃げうせたことは間違いない。しかし、踏みとどまった牧師がおおぜいいたことも事実だ。その多くが、務めを果たしつつ、惨禍に倒れた。

たしかに、追放処分を受けていた非国教会派の牧師の一部は、市内に残った。その勇気は高く称賛されるべきだろう。ただし、人数としてはそう多くない。「非国教会派は全員とどまった」とまでは言えないし、逆に「国教会派はすべて地方部へ逃げた」とも言えない。

また、疎開した国教会派の牧師たちにしろ、なかには、あらかじめ副牧師にあとを託し、礼拝を代行させたり、できるかぎり患者を見舞わせたりする者もいた。

そう考えると、全体とすれば、どちらの教派についても寛大な目で見てやるべきかもしれない。また、一六六五年は未曾有の災厄に襲われた年だったことも考慮すべきだろう。どんなにたくましい勇気を持っていても、これほどの危機に際して他人の支えになるのは難しい。わたしとしては、どちらの陣営にも、病禍におびえる市民のため、みずからを犠牲にした人々が少なからずいた事実を記し、その勇気と信仰への情熱を称えたかっただけだ。どちらかの側が義務を果たさなかったなどと弾劾するつもりはない。

にもかかわらず、冷静さを欠く人が世間にあまりにも多いので、つい、余計なことにまで筆を走らせている。

ロンドンに居残った者の一部は、大胆不敵さを自慢するだけでは飽き足らず、逃げた者たちをこき下ろし、か弱き羊の群れを見捨てて命と金を惜しがるとは何たる臆病者か、とののしった。わたしは、すべての善良な人々の慈善心に訴えたい。当時の恐怖を振り返って、よくよく考えてみてほしい、と。そうすれば、並みの力では耐えきれなかったことがわかるだろう。

戦場で軍隊の先頭に立つとか、騎兵隊に向かって突っ込むとかいう程度の話ではない。『黙示録』で言う「蒼ざめたる馬に乗った死」そのものへ突撃するに等しかった。「ロンドンにとどまるとは、すなわち死」としか考えられなかったのだ。

とくに、八月終わりから九月初めにかけての緊迫した事態を思い出すと、ほかの結末はありえないようだった。まさか、あんなに突如として病勢が変化し、たった一週間で死者が二〇〇〇人も減るとは、誰が期待し、想像できただろうか。なにしろ、まだ驚くべき数の人々が発病しており、世間もそう知らされていた。辛抱して市内で長く耐えていた者も、ついに家を捨てたほどだ。

さらに付け加えるなら、もし、神がある者に対して他人よりも大きな力を与えた場合、それは何のためだろう？　その者が、苦しみに耐える能力をひけらかし、同じだけの能力や援助を得られなかった他人を非難できるようにするためなのか？　むしろその者は、同胞たちよりも引き立ててもらい、他人のために尽くす役目に選ばれたと感じ、謙虚に感謝すべきではなかったか？

聖職者のみならず、内科医も、外科医も、薬剤師も、市当局者も、あらゆる役人も、他人に奉仕するあらゆる人々が、みずからの務めを果たすべく、命の危険を冒すことをいとわなかった。その事実を、それぞれの名誉のために、ここに記録しておきたい。悲しくも、命を落とす人も少なくなかった。

わたしは一時期、このような人たち、つまり、任務の半ばで亡くなったあらゆる職業の人たちを集計していた。けれども、わたしのような一個人が詳細を確実につかむことはできなかった。

覚えている範囲で言えば、九月初めまでに「シティ」内と特別行政区で、聖職者一六人、市参事会員二人、内科医五人、外科医一三人が亡くなった。疫病流行が山場に差しかかっていた時期だけに、もちろん、この数字は完全ではない。

もっと階級の低い人々に関しては、ステップニーとホワイトチャペルの二教区だけで、警吏と下級役人が四六人死んだ。しかし、その先は記録を続けられなかった。九月に入ってペストが荒れ狂い、統計をとるどころではなくなったからだ。

死者がこう相次ぐと、一つずつ数えている場合ではない。死亡週報をざっと眺め、今週は七〇〇〇だとか八〇〇〇だとか、大雑把に言うだけだった。とにかく、山のような死者が出て、山のように埋葬された。

　わたしよりもっと頻繁に外出し、情勢をよく知る人たちの言葉を信じるなら、九月の最初の三週間は、週に二万人ずつ埋葬されたという。この数字を正しいとみる向きもあるが、いちおう当局の公式発表に信を置くとすると、死亡者は週あたり七〇〇〇から八〇〇〇人。こちらの数字でもじゅうぶん、当時の凄惨さが伝わるだろう。すべての記述を控えめにとどめ、「この回想録に書かれていることはけっして誇張ではない」と納得してもらえるほうが、わたしとしても本懐だ。

　こうしたもろもろの点を考え合わせるにつけ、あらためて思う。ペスト禍をやり過ごした時点で、なぜみんなで慈愛に満ちた行動をとれなかったのか。それまでのつらい毎日を思えば、互いを思いやる気持ちがあふれてきてもおかしくなかったはずだ。神の手から逃げ出す連中は臆病者だと鼻で笑い、ロンドンに踏みとどまった自分の勇敢さを吹聴し続ける人がいたのはどうしてだろう？　「踏みとどまった」と言っても、無知のせいかもしれないし、創造主の裁きを軽んじていたせいかもしれない。そんなことが理由だったら、自暴自棄という一種の罪であり、真の勇気ではない。

　また、次のことも書きとめておかなければいけない。

　警吏、教区の下級役人、市長や助役から命を受けた部下、もっぱら貧困者の世話に当たった教区委員など、恐ろしい現場へ出向かなければならなかった当局者たちも、概して、きわめて勇敢に務めを果たした。その勇気は誰にも劣らないどころか、誰よりも素晴らしい。危険な任務を背負い、貧民たちに交じって長い時間を過ごした。貧民は普通より疫病にかかりやすいうえ、いちどかかれば、世にも悲惨な窮状に追い込まれてしまう。それを救おうと死力を尽くした。ただ、これらの現場担当者の多くが命を落としたことも、同時に言っておく必要がある。実際、死なずに済む可能性はかなり低かった。

そういえばまだ話題にしていなかったが、この流行期、わたしたちは思い思いの薬を用いていた。「わたしたち」とはつまり、わたしのように頻繁に町なかを歩きまわった者のことだ。数々の怪しげな薬についての詳細は、にせ医者たちが書いた本や処方箋を参照していただくとしよう。その連中のことはじゅうぶんお話しした。

ここで付け加えたいのは、正規の医師会が毎日いくつかの調合薬を発表していたことだ。医者たちが実際の診療にあたるなかで編み出したものだった。いまでも印刷物のかたちで入手できるから、ここでは引用を控えておく。

一つだけ、あるにせ医者の身の上に起こった出来事を紹介しておきたい。

この男は、効き目あらたかな疫病予防薬を発見したと触れまわっていた。これを身に着けていれば、まず疫病にかからない、少なくともかかりにくくなる、との宣伝だった。当然、自分も外出時にはこの素晴らしい予防薬を懐に忍ばせていたはずだ。が、間もなく疫病にかかってしまい、二、三日で息を引き取った。

わたしは薬を嫌ったり、さげすんだりするたぐいの人間ではない。それどころか、たびたび述べたように、友人であるヒース博士の助言に耳を傾けた。しかし結果的には、薬らしい薬をほとんど使わなかったのも事実だ。強い香りを放つ調合薬だけ、つねに持ち歩いていた。不快な臭いに遭遇したとき、あるいは、埋葬場所や死体に近づきすぎたとき、すかさずこの香りで身を清めた。

ある種の人たちは、ぶどう酒や強壮酒を飲んで、つねに生気を盛んにしていたが、わたしはやらなかった。知り合いのある優秀な医者は、この方法を続けていたところ、疫病の流行が終わったあとも酒をやめられなくなり、生涯、飲んだくれのままだった。

友人のヒース博士が、いつもこう言っていた。「ある種の薬品や調合薬は、感染病にたしかに効き目がある。医者はそういうなかから巧みに選んで混ぜ合わせ、際限なくさまざまな種類の薬をつくり出す。ちょうど、鐘を鳴らす音楽家が、六個の鐘だけを活かして、音色や順番を変え、多彩な旋律を奏でるのと同じだ。こうした調合薬がどれもよく効くことは間違いない。今回の災厄に際してこれほど大量の薬が出回っているのも不思議ではなく、ほとんどあらゆる医者が、自分の判断なり経験なりにもとづいて、独自の調合をしている。だが、ロンドンじゅうの医者の処方箋を調べてみるがいい。どれも似たり寄ったりの成分を混ぜ合わせているのがわかるだろう。めいめいの工夫によって、調合に違いが出ているにすぎない。したがって、人はみんな、自分の体質、生活様式、感染時の状況などを勘案して、ふつうに手に入る薬品や調合薬をもとに、自分に合った処方を考えればいい。人によって、あれが効く、いやこれが効く、と意見が異なるだろう。ある者は、『抗疫丸』と呼ばれている例の赤い丸薬がいちばんだと勧めるだろうし、またある者は、『ベネチア毒掃薬』を飲めば感染を予防できると考える。わたしは、どちらも正しいと思う。『ベネチア毒掃薬』は予防のために飲むといいし、感染したあとの病気の駆除には『抗疫丸』が向いている」

この所見を信じて、わたしは何度か、『ベネチア毒掃薬』を服用したうえで、たっぷり汗をかいた。からだの働きでペストを予防するという面では、これが最善の策だったと思う。

町のいたるところで見受けられた、いんちき治療師やにせ医者のたぐいには、わたしはいっさい耳を貸さなかった。ペスト禍が終わってから二年間、そういう連中が町なかにいるのを見たことがないし、消息を聞いたこともない。その事実にふと気づくたび、いったい何者だったのかと不思議な気分になる。「あいつらは片っ端からペストにかかって死んだんだろう」と言う人もいる。貧しい人たちから小金を巻き上げて「滅びの穴」へ導いたせいで、天罰が下ったのだ、と。

わたしはそこまで言い切るつもりはない。個人的に調べた範囲でも、連中の多くが死んだことは確かだが、ひとり残らず一掃されたかどうかは疑問に思う。むしろ、地方部へ逃げ込み、その土地まで感染が及ぶ前に、不安がる地元民を相手にまたひと稼ぎしたのではないか。

ともあれ、ロンドンやその周辺には、あの連中は久しく姿を見せていない。関連する出来事として、疫病流行が衰えたあと、からだを清める調合薬なるものが現われた。何人かのにせ医者が処方箋を公表し、「いちどペストにかかって治癒した人は、これでからだを浄化するといい」と勧めたのだ。

しかし、高名な医者たちが、異議を唱えた。「ペストそのものがじゅうぶんな浄化剤であり、いったんその魔の手を逃れたからには、あらためて薬を使って何かを一掃する必要はない。ただれたでき物を医者の指示で潰したとき、膿が流れ出て、患者のからだは浄化された。その際、ほかの病気の原因もいっしょに外へ出たのだ」と。浄化剤を売り込む輩が出現するたび、権威のある医者たちがこうやって否定してまわったため、にせ医者は商売にならなかった。

ペスト禍が終息へ向かってからも、小さな混乱がいくつかあった。「人々を恐怖に陥れてとまどわせるための陰謀ではないか」とみる人もいるが、わたしには何とも言えない。とにかく、「いついつまでにきっとペストがぶり返す」という話をときどき聞かされた。すでに触れた有名な裸のクエーカー教徒、ソロモン・エクルズは、来る日も来る日も災いの再来を予言した。ほかにも、「ロンドンはまだじゅうぶんな懲らしめを受けていない。この先、もっと辛く厳しい打撃がやってくる」と説く者が何人かいた。もしその連中が、それ以上の詳細に踏み込むのをやめるか、逆に、もっと具体的に「ロンドンは来年、大火事で焼き尽くされる」と予言していたらどうだっただろう？　実際に大火が起こったとき、連中の予言能力に並みならぬ敬意を払っておいて良かったと感じたはずだ。畏怖の念を抱き、予言の深い意味合いを探り、どうしてそんな予知ができたのかと考えたに違いない。ところが、連中は「疫病が再燃する」という一つ覚えを繰り返すばかりだった。そのため、市民はほとんど関心を持たなくなった。

とはいえ、そういう連中があまりに騒ぎたてるせいで、誰もがつねに漠然とした不安を感じずにいられなかった。だから、もし誰かが急死したり、飢饉熱の患者が増えたりすると、必要以上に恐慌を来たした。ペストの犠牲者が増加した場合は、なおさらだ。なにしろ、その年の終わりまで、死亡者数は二〇〇から三〇〇のあいだを揺れ動いていた。

大火の前の「シティ」を知っている人は、いまニューゲイト・マーケットと呼ばれる市場はまだなかったことを覚えているだろう。その区域の真ん中に、いまブロウブラダー・ストリートと呼ばれる通りがあり、羊を殺して捌く肉屋がたくさんあった（管から息を吹き込んで肉を膨らませ、分厚く見せるのが常套手段だったらしく、のちに市長に罰せられたと聞く）。通りの入り口から奥のニューゲイトまで、道の両側に肉屋の露台が並んでいた。

この露台で肉を買おうとしている最中、ふたりの客がいきなり倒れて死亡した。そのため、「あそこの肉は全部、病毒がついている」という噂が立った。恐れをなして客が寄りつかず、二、三日のあいだ商売あがったりになった。その後、噂はまったくのでたらめだと判明したが、人の心はいったん恐怖に取りつかれると、理屈ではどうにもならなくなるものだ。

さて、神の思し召しもあって、冬の厳しい寒さが続き、ロンドンはだいぶ健全さを取り戻した。翌年の二月には、疫病の流行は完全にやんだと考えてよくなった。そうなると、市民もそう安易には動揺しなくなった。

学者たちのあいだでまだ答えの出ない問題があり、初めのうち市民も対処に困った。それは、感染した家屋や家財をどうやって消毒するか、また、流行のあいだじゅう空き家だったところをまた住めるようにするにはどうしたらいいかだった。医者たちが勧める香水や調合剤はたくさんあるうえ、医者によって指示が違った。いちいち言われたとおりにしていたら、莫大な費用がかかってしまう。わたしに言わせれば、よけいな出費だ。

わりあい貧しい人たちは、夜も昼も窓を開け広げ、室内で硫黄、油脂、煙硝などを燃やすにすぎなかったが、それでもずいぶん役に立った。他方、危険を覚悟で地方部からせっかちに帰ってきた市民は、家屋も家財もとくに問題なさそうだとみて、何もしなかった。

しかし全般としてみれば、分別があって慎重な市民が多かった。閉め切った室内で香水、香料、安息香、松脂、硫黄などを燃やし、ひととおり終わったところで火薬に点火し、爆風によって部屋の空気を一気に外へ追い出した。

またある人々は、夜となく昼となく数日間、ひたすら火を燃やし続けた。そればかりか、仕上げとばかり家そのものに火をつけ、全焼させて消毒を完了する者までちらほら現われた。

こうした例は、ラトクリフ、ホルボーン、ウエストミンスターに一軒ずつ。ほかに、半焼までで止めた家が二、三軒あった。また、たしかテムズ・ストリートにある家だったと思うが、奉公人が運び込んだ火薬の量が多すぎて、屋根の一部を吹き飛ばしてしまうという事件も起こった。

とはいえ、ロンドン全体が炎で消毒されるのは、まだ先の話だ。が、そう遠い先でもない。九カ月も経たないうちに、すべてが灰燼（かいじん）に帰することになる。いかがわしい学者に言わせれば、そうやって何もかも焼け落ちて初めて、ロンドンからペストの種が完全に消え失せたのだという。

あまりにばかげた考えなので、ここで取り上げるには値しないと思うが、もし大火になるまでペストの種が家のなかに潜んでいたのなら、なぜ疫病が再流行しなかったのか？ また、疫病に激しく荒らされたものの、大火の被害は受けずに済んだ地域も多い。郊外や特別行政区、さらにはステップニー、ホワイトチャペル、オールドゲイト、ビショップスゲイト、ショアディッチ、クリップルゲイト、セント・ジャイルズ……。そういう地域の建物には、いまだ疫病の種が残っているとでも言うのだろうか？

しかし、このあたりについては、聞いたままを書いておくだけにとどめよう。いずれにしろ、健康に人一倍、気を遣う人たちが、家屋の「香りづけ」とも呼ばれる消毒作業にいそしみ、しかるべき指示のもと、たいへんな努力をしたことは間違いない。

高価な香料なども大量に消費された。おかげで、望みどおりにその家屋が消毒できたのはもちろんだが、その一帯の空気がすがすがしい芳香に満たされたのも事実だった。高い金をつぎ込んだ家だけでなく、その付近の家々も、香りのおこぼれにあずかったわけだ。

もっとも、矢も楯もたまらずロンドンに帰ってきたのは、どちらかといえば貧しい人々であり、富裕層はそう慌てなかったことも言い添えておこう。商売人の場合は、金持ちでも早々に戻ってきたが、春になるまで家族は連れてこなかった。疫病のぶり返しはもうないと判断できるまで、安全を期したわけだ。

宮廷は、クリスマスの直後に帰ってきた。しかし、政治に関わっている者を除いて、貴族など上流階級の人々は、すぐにはロンドンに戻らなかった。

ロンドンその他でペストが猛威を振るったにもかかわらず、イングランド艦隊は悪疫の流行を免れたことも、この際、ひと言だけ触れておく。話がさかのぼるが、ずいぶん前、テムズ川の流域やロンドンの街角で、艦隊乗組員の強制募集が行なわれた。災厄の年の初めごろのことだ。そういう水兵の強制募集はいつも「シティ」の内部で行なわれるしきたりで、そのあたりにはまだ疫病が来ていなかった。当時の一般国民にとってみれば、オランダとの戦争は迷惑であり、徴集された水兵はいやいや任務に応じるありさまだった。力ずくで引きずり込まれたと、不平を言う者も少なくなかった。

ところが、結果的にはその力ずくが吉と出た。そうでもなかったら、万物に襲いかかるペストにやられておそらく死んでいただろう。夏の兵役が終わって帰宅すると、家族の多くは墓のなかだった。家族の死を嘆き悲しむ一方で、意思に反してであれ、ペストの魔手の届かないところに連れ去られていたことに感謝しただろう。

その年の英蘭戦争では、熾烈な戦いが繰り広げられた。一大海戦を交え、イングランドが勝利したものの、多数の戦死者を出し、軍艦も何隻か失った。しかし、艦隊は疫病の侵入を受けることなく、やがてテムズ川で停泊するころには、ペスト禍は衰えかけていた。

この暗澹たる一年の記録を終えるに際して、歴史的な事実をなおいくつか付け加えて締めくくりたいと思う。

わたしたちは、この恐ろしい災難から救い出されたことに対し、守護者である神に感謝した。実際、救われたときのいきさつは、じつに驚くべきものだった。思いがけず疫病が終息しそうだという期待にロンドンじゅうが沸き立ったとき、それまでの恐ろしい境遇がしみじみと思い出された。

それを為したのは、神の直接の指、全能の力にほかならない。それ以外の何物にも不可能だった。ペストはあらゆる医薬をはねのけ、死神が隅々まで猛威を振るっていた。そのまま事態が進行していたなら、あと数週間のうちに、生きとし生けるものすべてがロンドンから一掃されていただろう。いたるところで市民が絶望し始め、すべての心が恐怖に凍りつき、人々は魂の苦悩のあまり自暴自棄になっていた。どの顔にも死の恐怖が宿っていた。

まさしくその瞬間だった。わたしたちが「人の助けは空し」と言いかけたその瞬間、神の御心が働いた。

驚くべきことに、ペストの猛威はみずから衰えていった。前に述べたとおり、病毒の悪性が弱まったのだ。無数の人々がまだ病に冒されていたが、死者は減った。

かすかな光が見えてきた最初の週、死亡週報が報じる数字は一八四三人も減った。何という大きな減少だろう。

その死亡週報が出た木曜日の朝、人々の表情に浮かんだ変化は、とうてい言い表わすことができない。どの顔にも、ひそかな驚きと喜びの微笑みが漂っていた。きのうまで、道で会っても互いをよけて歩いた人々が、いま、道の真ん中で握手を交わした。道幅があまり広くないところでは、互いに家の窓を開けて、お元気ですか、ペストが収まったという吉報はもう聞きましたか、と声を掛け合う。「吉報って何ですか」と聞き返す人もいた。疫病が衰えて死亡数が二〇〇〇人近くも減ったと知らされると、「なんとありがたや！」と叫び、そうとはまだ聞いていなかったと言いながら、大声を上げ、うれし涙を流す始末だった。いわば墓場からの生還だ。喜びのあまり、やみくもにからだを動かした。以前、悲しみや苦しみに身もだえしていたときと変わらないくらい、目にあまるものがあったほどだ。描写しようとすればいくらでもできる。しかし、そんなことをすれば、せっかくの喜びに水を差すことになるだろう。

正直に言うと、事態がこうなる寸前まで、わたしはひどく意気消沈していた。その一、二週間前まで、死ぬ者ばかりか発病する者もとてつもない人数で、どこへ行っても悲嘆の声が聞こえてきた。そのようなときに、命が助かると思う人間があったとしたら、よほど頭がどうかしているとしか考えられない。家の近所を見回しても、疫病に冒されていないのは、わたしの家ただ一軒と言っていい。そのままなら、近所じゅう全員死に絶えるまで長くはかからなかっただろう。

ペスト禍の最後の三週間、ロンドンはまさしく凄惨の極みだった。信頼に足る人物の統計によれば、その三週間で三万人以上が死亡し、一〇万人が発病。発病者の多さに、呆然とするほかない。持てる力を振り絞って耐えてきた人たちが、とうとう病魔に屈したのだ。

万策が尽き、ロンドンの街は完全に壊滅するかと思われたまさにそのとき、神の御心がかなった。まるで神の手がじかに及んだかのように、病魔は、やにわに牙を抜かれ、毒を失った。

まさしく奇跡。ほかならぬ医者たちですら驚嘆した。どこへ診察に行っても、患者の症状がよくなっている。ある患者は、汗のかきかたが穏やかになっていた。腫瘍が小さくなった患者もいる。悪性のでき物から膿が出て、色が薄れつつある患者もいた。熱が引き、頭痛が鎮まるなど、さまざまな改善の兆しが見られた。

こうして数日のうちに、誰もが快復に向かった。家族全員が感染し、牧師を呼んで祈ってもらい、いつ死んでもおかしくなかったのに、生気を取り戻して治癒し、ひとりも死なずに済んだ例もある。

何か新しい特効薬が発見されたわけでもなければ、新しい治療法が編み出されたわけでも、手術のこつがつかめてきたわけでもなかった。つまり、内科医や外科医の功績で、疫病が終息したのではない。明らかに、神の見えざる手がなせる業だった。初めにこの病を市民への裁きとして遣わしたのと同じ、神の手だ。

無神論を唱える人間が、いま、わたしのこの考えをどう呼ぼうとかまわない。当時、すべての人間がわたしと同じように考えた。ペストは悪性を使い果たし、衰勢に向かった。

ほかの原因を探したければ、それもいいだろう。哲学者なら、自然界のなかに理由を求め、造物主への負い目を少しでも減らそうと躍起になるかもしれない。しかしあの時点では、宗教心のきわめて薄い医者までもが、これは紛れもなく超自然的な、尋常ならぬ現象であり、説明の付けようがない、と認めたのだ。

あの終息は、悪疫の蔓延で恐怖におののいていた人間すべてに対して、神に感謝を捧げるようにと目に見えるかたちで呼びかけていたのではないか。わたしがこんなふうに言うと、喉元の熱さをとうに忘れた人たちが、「宗教を押しつける偽善者め」と反発するかもしれない。過去の出来事の記録と称しつつ、結局のところ説教を垂れるつもりか、客観的な観察者どころではなく牧師きどりではないか、と。だから、不本意ではあるが、これ以上は自重しておこう。しかし、一〇人がハンセン病を癒やされ、うちひとりだけが神に感謝したのなら、わたしはそのひとりでありたいと思う。

また、当時、おびただしい人々が神への感謝を全身からあふれさせていたのは、否定しようのない事実だ。めったなことでは心を動かされない人までが、茫然自失で口をきけないありさまだった。あまりにも強く胸打たれ、どんな卑しい者ですら、感慨を覚えずにいられなかった。

見知らぬ人が驚きの声を上げるようすを、町なかでしょっちゅう見かけたものだ。

ある日、オールドゲイトを歩いていると、人通りの多いなか、ミノリーズ通りの端からひとりの男が現われた。少しのあいだ道を見回したあと、両腕を広げてこう言った。「いやあ、なんていう変わりようだ！　先週来たときには人っ子ひとりいなかったのに」。別の男が相づちを打った。「まったく素晴らしい。夢のようですね」

「神様のおかげです」と、第三の男が言った。「感謝しましょう。人間は力も技も尽きていました。みんな神様がなさったことです」

この三人は知り合いでも何でもない。けれども、このようなやりとりが街角で毎日交わされていた。下賤な者でさえ、無作法ながらも、神の救いに感謝を捧げつつ歩いた。

市民はあらゆる不安を捨て去った。しかし、変わり身があまりにも早かった。白い帽子をかぶった人、首に布を巻いた人、股の付け根に腫れ物があって足を引きずっている人……そんな人を見かけても、平気でそばを通り過ぎた。つい一週間前なら、見たとたんに震え上がっていただろう。いまでは、そんな姿の人たちが道にあふれていた。快復しきっていないこうした患者たちも、思いがけなく救われたことを非常にありがたがっているように見えた。いや、「見えた」ではなく、「実際、深い感謝の念に満ちていた」と書かなければ失礼だろう。

ただ、大部分の市民に関しては、聖書中のこんな言葉が的を射ていると思えてならない。

かつて、エジプト王にとらわれていたユダヤの民が、奇跡に導かれて紅海を渡り、振り返ると、二つに割れた海がもとに戻って、追っ手のエジプト人たちが海にのまれていくのが見えた。ついにパロの軍勢から救い出されたことを知るのだが、そのときの民たちのようすは、こんなふうだったという。

「彼ら、神の御言葉を信じ、その賛美を歌えり。しかれども、時を置かずして、御業を忘れたり」

これ以上は言うまい。世間の人々が恩を忘れて、ありとあらゆる醜い行ないに手を染めるのを、わたしはさんざん見せつけられたのだが、たとえどんな動機にせよ、そうした行為をとがめ立てするなどという不愉快なことを始めたら、あまりにも口やかましい、おそらくは不公平な人間と思われてしまうだろう。

そこで、この悲痛きわまりない一年の記録を、つたないながらも心を込めてつくった自分自身の言葉で締めくくりたいと思う。不器用につづった備忘録を、当時のわたしはこう結んでいる。

災厄の街ロンドンにて
時いま一六六五年

奪われし命、一〇万余あり
されどわが命、まだここにあり

H.F.

訳者解説

二〇二〇年、秋。

わたしたちはいま、ワクチンを待っている。

突如として現われた新型ウイルスに好き放題に暴れまわられ、理解が追いつくより先に、生活のありかたを抜本的に変えざるをえなくなった。かけがえのない人の命を奪われ、移動の自由を制限され、職種によってはまさに死活問題と日々向き合わされている。

ただ、そんな異常事態に置かれてもなお、どうにか耐えていられるのは、「ワクチンさえ完成すれば」という希望の光があるからではないか。もし、あすの朝テレビをつけたとき、「ワクチンが完成する見込みは当面なくなりました。実用化まで、少なくとも数百年かかるとのことです」とのニュースが流れてきたら、どれほど目の前が暗くなるだろう。

けっして冗談ではない。つい数世紀前まで——つまり、気が遠くなるほど長い歴史上——人類は疫病流行にさらされるたび、そんな絶望的な極限状況に突き落とされたのだ。ワクチンも、治療薬もない。いずれ手に入るめどもない。マスクもない。陽性検査もない。顕微鏡や注射器すらない。もちろんネットもテレビも新聞もない。そんななか、さまざまな種類の疫病が、容赦なく繰り返し人類に牙をむいてきた。

数ある疫病のうちでも、累計で最も大きな被害をもたらしたとみられるのが、ペストだ。「黒死病」の異名を持ち、一四世紀半ばのパンデミックではヨーロッパの人口の三分の一がこの悪疫の犠牲になった。患者の多くはリンパ節が腫れ上がり、嘔吐、頭痛、高熱の果てに譫妄状態に陥って、半数以上が死亡。菌が血液中に入ってしまった場合は、抗菌剤のない時代だともう助からない。全身に黒い斑点が現われ、手足が壊死していく。最も怖いのが空気感染で、末期患者が排出した菌を吸い込んだが最後、ただちに発病し、みずからも菌をばらまき始めて、数日で死ぬ。

この恐怖の疫病が、一六六四年末、ロンドンに襲いかかった。見えない悪魔が西から東へじわじわと這い進むにつれ、当時五〇万の市民は極度のパニックに追い込まれた。そのようすを克明に記録したのが、本書『ペスト』である。

筆者は『ロビンソン・クルーソー』で知られるダニエル・デフォー。実際に見聞きした多彩なエピソードと、各種の記録とを巧みに紡ぎ合わせ、当時の人々がいかにして災厄の時期を生きたかをこのうえなくリアルに再現していく。

薬もワクチンもない状況下、最善の策は、街から逃げ出すことだった。しかし各種の事情でそれが叶わない者たちは、家にこもって息をひそめた。外出を自粛しつつ、当局が定期的に発表する死亡者数の速報に目を光らせ、地域別の統計値の推移から感染の最新動向を読み取ろうとした。けれども、当局の対策はことごとく思惑が外れ、合計数の伸びが止まらない……。なんということか、デフォーが描く当時のロンドンは、三五〇年後のわたしたちの世界と酷似している。

やむなく生活必需品を買いに出た市民は、街角で見知らぬ人にばったり会うと、互いに道の端によけてすれ違う。店に着くや、売る側も買う側も、細心の注意を払って接触を避け、商品や金は手渡ししない。そういった細かな描写によって浮かび上がるロンドン市民の姿に、読者はいつしか時をさかのぼって自分を重ね合わせずにはいられないだろう。

ただし、当時の人々とわたしたちが決定的に違う点がある。感染症に関する知識の有無だ。

本書を訳す途中、わたしは何度も「菌」という言葉を使いかけ、あわてて修正した。筆者を含め、ここに登場する人々は、そもそも、菌という概念を知らない。人類が初めて細菌を発見したのは、本書のペスト禍から一〇年後の一六七四年。さらに二〇〇年後の一八七六年になってようやく、「感染症は細菌によって引き起こされる」と実証され、それを受けて北里柴三郎らがペスト菌の正体を突き止めたのはじつに一八九四年のことだった。

したがって、本書で描かれている一七世紀末の人々は、ペストの原因が「目に見えない何か」らしいと気づいているものの、それ以上はどうしてもわからずにいる。菌の存在を知らないから、感染の仕組みも理解できない。本文中に出てくる宗教的な解釈のほか、「視線が合うと感染する」との説も根強かったらしい。また、血液が体内を循環しているという、現代人にとっては当たり前すぎる知識さえ、当時はまだ論議のさなかだった。

そうした時代背景を踏まえると、本書の主人公は驚くべき最先端の知識の持ち主であることがわかるだろう。「患者が放つ、目に見えない病気のもとが、健康な人の体内に入り込み、血液によって全身に行き渡るあいだ少し間があったのち、発症する」と見抜き、「一見健康そうな潜伏期の患者が感染拡大の主因である」と再三警鐘を打ち鳴らしている。

さて、この「人々への警鐘」という色合いの強さが、本書の大きな特徴だ。じつは、ロンドンにおける災厄から五〇年あまり経過した一七二二年、フランスでペスト流行の兆しがみられ、「イングランドにもふたたび侵入してくるのではないか」との不安が生まれた。そこで、同国のジャーナリストとして草分け的な存在だったデフォーが、前回の流行時の実情を伝えようと執筆に取りかかり、翌年に発表したのが本書なのだ。

どんな策が有効でどんな策が無駄だったか、避難生活のあいだ何に注意すべきかなど、文中に実用的なアドバイスがあふれているのは、そういう事情からと考えれば合点がいく。疫病の流行時に大打撃を受けるであろう業種が箇条書きされているにいたっては、配慮の細かさと先見の明に恐れ入るほかない。

同じ疫病を題材にしているだけに、本書はよくアルベール・カミュが一九四七年に出した小説『ペスト』と比較される。カミュが、疫病流行を不条理の象徴として扱い、人間の本質や神の不在を描こうとしているのに対し、デフォーの手になる本書は、実用性と文学性の両立を図っている点が、最大の違いといえるだろう。


「文学性」という側面に関しては、すでに本文を読み終えた方にお伝えしたい、いやお伝えしなければいけないことがある。ペスト禍がロンドンを襲ったこの一六六五年、筆者のデフォーは何歳だと思われただろうか。

じつは、五歳である。

となると、文中の「わたし」はデフォー本人ではありえない。最後に記されたイニシャル「H．F．」が伯父のヘンリー・フォーと符合することから、伯父がモデルで、その手記にもとづいて書かれたのではないか、とみる向きが多いようだ。また、伯父の二歳下の弟がデフォーの父親なので、伯父と父親の言動を融合させて主人公をつくりあげたのかもしれない。

しかし、だからといって、本書全体に「記録を装った創作」とレッテルを貼るのは適切ではないと思う。「疫病に立ち向かう後世の人々に役立ちますように」というひたむきな願いのもと、この本には、少なからぬ割合の事実が記録されている。それは疑いあるまい。デフォーの幼い心に刻まれた異様な印象が下地になっているに違いないし、登場人物の多くは実在して、現実に当時のロンドンでペスト禍を生き抜いた、あるいはあえなく斃（たお）れたのだろう。どの記述が虚構かを検証するのは学者に任せるとして、お話として楽しむべきところは楽しみ、先人の知恵として学ぶべきところは学ぶ――デフォーはそんな読みかたを望んでいるのではないか。

このペスト禍の際、ロンドンを脱出した人たちのなかに、アイザック・ニュートンがいる。まだ学生だったニュートンは、故郷へ疎開し、一年半のあいだ学業から解放されて自由な思索にふけった。「ニュートンの三大業績」とされるものはすべて、その一年半に成し遂げられたのだという。

それに代表されるように、一七世紀以後、科学は急速な進歩を遂げて、今日に至る。しかし半面、人間のおつむのある部分は、一七世紀からどういうわけかいっこうに進歩していないようだ。『ロビンソン・クルーソー』のなかで、デフォーはこう述べている。

「賢くなるのに遅すぎることはない」

中山　宥

二〇二〇年九月

本文中には今日では人権擁護の見地から不適切と思われる表現が含まれていますが、作品の書かれた時代背景や原書のオリジナリティを尊重し、そのままとしました。

表紙の絵は、フランスの画家ミシェル・セール（1658-1733）がマルセイユのペスト大流行を題材に描いたものです。

新訳ペスト

2020年10月 1日　初版第一刷発行

著者　ダニエル・デフォー
訳者　中山 宥
翻訳協力　株式会社S.K.Y. パブリッシング
発行者　笹田大治
発行所　株式会社興陽館
〒113-0024 東京都文京区西片1-17-8 KSビル
TEL 03-5840-7820　FAX 03-5840-7954
URL https://www.koyokan.co.jp
振替 00100-2-82041

ブックデザイン　鈴木成一デザイン室
校正　結城靖博
編集補助　渡邉かおり＋久木田理奈子
編集人　本田道生

印刷　恵友印刷株式会社
DTP　有限会社天龍社
製本　ナショナル製本協同組合

ISBN978-4-87723-262-7 C0011